万葉集の
恋と語りの
文芸史

Love History

Ayumi Otani

笠間書院

はじめに

日本文学を歴史として俯瞰すれば、それは恋歌や恋物語りに覆われていることを知る。それをもって日本文学の特質とすることは、あながち誤りではないであろう。なぜ、日本文学は恋歌や恋物語りに覆われているのか。そしてそこでは「愛」という概念ではなく、「恋」という概念を成立させた。このような文学の状況は、東アジアの文学圏においても、ある特殊性を持っているように思われる。

本書『万葉集の恋と語りの文芸史』は、この日本文学の特質の中で、特に『万葉集』に焦点を当てて、この問題を考えようとするものである。その理由は、そこに日本文学が特質とする恋歌や恋物語りの源流が認められるからである。そこで、本書では『万葉集』における恋の歌と、恋の歌をめぐる語りの形成を、第一に文芸史という枠組みから捉えることを目的とする。ここにいう〈文芸史〉とは、具体的な作品を体系的に追求する「文芸学」の方法に依拠するものであり、そこから個々の作品の史的状況を把握することを意図する方法である。このような方法が求められるのは、恋歌の研究が鑑賞や批評に流れるきらいがあるからであり、それを避けるためには、文芸史の方法による史的批評が必要であろうと判断されるためである。

本書が扱うのは、『万葉集』における男女の悲劇の恋や、特殊な事情を伝える恋歌とその語りである。『万葉集』の恋歌の多くは、社交的な集団の場でうたわれることを原則とするものと思われ、本来的にはすべて公開される中で、声に出してうたわれたものであろう。これは文字以前の段階の歌唱の方法であり、それを代表するのが歌垣や遊楽の場である。そこでは多くの聴衆の中で、男女が架空の恋の世界を自由に歌で掛け合って楽しんだのである。ただし、それはその場限りの一回的な関係の恋であり、その場が解消されればその関係も解消されることを原則としした。しかし、その架空の恋を現実にしようとする願望もあることから、そのような恋は恋愛事件として表面化し、社会的な制裁を受けることにもなる。およそ秘匿されるはずの男女の恋が、『万葉集』に多く記載されている理由は、このような原則によるものと思われる。

『万葉集』には、こうした様々な男女の恋歌が載り、その由来を伝える作品も多く存する。その幅は広く、一掴みにするには相当の困難が予想される。その中で、本書は『万葉集』の恋歌と、それをめぐる語りを有する作品を取り上げ、それらの作品を〈古物語《ふるものがた》り〉と〈今物語《いまものがた》り〉という史的概念によって分類し、その生成過程を考えようとするものである。これは『万葉集』の恋と語りの作品を、〈文芸史〉という一つの歴史として把握するための方法である。〈古物語り〉は、『万葉集』が成立する遙か以前から伝えられ、ある型を保持しながら恋歌や恋の語りの基盤を形成してきた歌と語りである。一方の〈今物語り〉は、〈古物語り〉の型を継承しながらも、近時に起きた恋愛事件について、実在性や現実性を誇示して伝えられたところの歌と語りを指す。この〈古物語り〉にしても〈今物語り〉にしても、それは『万葉集』に伝えられる男女の恋の葛藤の歴史を見つめる指標としてのそれであり、それは必ずしも史実としての時間軸に沿って推移するものではない。

本書においては、「語り」や「物語り」という語を多用するが、それは口承の段階を指すのか、書記された段階を指すのか、という混乱をもたらすかもしれない。もちろん、『万葉集』は書かれたテキストである以上、我々が知り得るのは書かれた『万葉集』である。本書の作品理解や理論も、書かれた『万葉集』から導かれたものであることは当然である。しかし、書かれた『万葉集』の背後には、口承で伝えられ、記憶された多くの歌や歌の由来があり、それを論外において作品を考えることはできないであろう。本書が「語り」や「物語り」というのは、口承の伝えから昇華して書記されるに至る中で交差する、歌にまつわる伝えや故事の総体としての用語である。それは、書かれたことが唯一の指針となることを尊重する態度ではなく、書かれることへと向かうことをも許容する、恋歌の生成の問題である。このことは、『万葉集』の中に多くの類歌や類想歌があることを思えば、一つの歌がさまざまに流通してうたわれていたという事実から知られることであろう。

本書では、このような歌にまつわる由来や故事を、『万葉集』の言葉に即して〈由縁〉と呼ぶ。この〈由縁〉は本来巻十六の諸作品をのみ指すわけだが、本書が文芸史を構想するための〈古物語り〉と〈今物語り〉という概念を具体的に示す言葉として適切であろう。それは、歌にまつわる語りが、ある物語り性を帯びて作品として形成される段階において、その歌の由緒や故事を伝えていることを端的に示しているためである。むしろ、『万葉集』は原万葉と呼ばれる段階において、すでに歌の由来を記すことに熱心であった。これは歌には〈由縁〉があるという認識から出発したことによるものであり、それを史的に伝えようとする態度にあらわれていることからも認められるであろう。

この〈由縁〉を持ちながら成立した『万葉集』の恋歌は、それが書記される段階においてある特殊な用語を取り入れる場合がある。それは、漢語や仏典語などに典拠を持つ、日本上代文献における孤語や稀語に相当する言葉である。それらは恋歌とは縁遠いと思われる特殊な言葉でありながら、むしろその特殊な言葉によって作品の核心を伝える機能性を持っている状況が存する。このような特殊な言葉は、それを記録する者が、その物語りを意図的に再構築する態度としてあるように思われる。原点の歌が書記されることにおいて、その歌は解釈される段階を持ったのであり、そこには作品の二重性が認められることになる。書記された歌は、書記されることで新たな生命が吹き込まれるのである。それは初めから書き記すことで成立する作品とは、大きな異なりをみせるはずである。本書の二つ目の柱は、この特殊な漢語・仏典語に注目して、個々の作品の形成を論じようとするものである。

このようなことから、本書は『万葉集の恋と語りの文芸史』というタイトルになった。その中心課題は、〈古物語り〉から〈今物語り〉へという視点から、男女の恋の歴史を追求することにある。〈文芸史〉を経糸とし、作品に用いられる特殊な表現や用語による物語りの形成を緯糸として、『万葉集』の男女の恋歌と、その語りの文芸の歴史を明らかにすることを意図するものである。それはすなわち、古代の人々が歩んできた心の歴史を紐解くことであり、今に生きる我々の心や感情の起原を明めることであると期待する。日本文学に太く広く根を張った恋歌や恋の物語りは、原初のテキストにおいてその歴史を語るのではないかと思われるのである。

『万葉集の恋と語りの文芸史』目次

第二章　桜児・縵児をめぐる〈由縁〉の物語り

第三章　真間手児名伝説歌の形成　歌の詠法を通して

凡例

一、本書で使用した主要テキストは以下の通りである。

『万葉集』……………中西進『万葉集　全訳注 原文付』（講談社文庫）
『古事記』……………中村啓信『新版　古事記』（角川ソフィア文庫）
『日本書紀』…………日本古典文学大系『日本書紀』（岩波書店）
『続日本紀』…………新日本古典文学大系『続日本紀』（岩波書店）
『風土記』……………新編日本古典文学全集『風土記』（小学館）
『詩経』………………漢詩大系『詩経』（集英社）
『玉台新詠』…………新釈漢文大系『玉台新詠』（明治書院）

一、本書で使用した『万葉集』の注釈書の略号は以下の通りである。

仙覚『万葉集註釈』……………仙覚抄
北村季吟『万葉拾穂抄』………拾穂抄
契沖『万葉代匠記』……………代匠記・代初（初稿本）・代精（精撰本）
荷田春満『万葉童蒙抄』………童蒙抄
賀茂真淵『万葉考』……………万葉考
橘（加藤）千蔭『万葉集略解』………略解

岸本由豆流『万葉集攷証』……………………攷証
鹿持雅澄『万葉集古義』……………………古義
折口信夫『口訳万葉集』（中央公論社）……………折口口訳
井上通泰『万葉集新考』（国民図書出版）…………井上新考
鴻巣盛広『万葉集全釈』（広文堂）…………………全釈
『万葉集総釈』（楽浪書院）………………………総釈
窪田空穂『万葉集評釈』（東京堂出版）……………窪田評釈
日本古典全書『万葉集』（朝日新聞社）……………日本古典全書本
武田祐吉『増訂　万葉集全註釈』（角川書店）……武田全註釈
佐佐木信綱『評釈万葉集』（六興社）………………佐佐木評釈
土屋文明『万葉集私注』（新装版・筑摩書房）……土屋私注
日本古典文学大系『万葉集』（岩波書店）…………日本古典文学大系本
澤瀉久孝『万葉集注釈』（中央公論社）……………澤瀉注釈
日本古典文学全集『万葉集』（小学館）……………日本古典文学全集本
日本古典集成『万葉集』（新潮社）…………………日本古典集成本
中西進『万葉集　全訳注　原文付』（講談社文庫）……講談社文庫本
完訳日本の古典『万葉集』（小学館）………………完訳日本の古典
『万葉集全注』（有斐閣）……………………………全注
新編日本古典文学全集『万葉集』（小学館）………新編日本古典文学全集本
伊藤博『万葉集釈注』（集英社）……………………釈注

和歌文学大系『万葉集』（明治書院）……………………和歌大系本
新日本古典文学大系『万葉集』（岩波書店）……………新日本古典文学大系本
阿蘇瑞枝『万葉集全歌講義』（笠間書院）………………全歌講義
多田一臣『万葉集全解』（筑摩書房）……………………全解

一、テキスト・注釈書・論文の引用にあたり、旧字体は全て新字体に統一した。
一、引用文献のルビは原則として省略したが、必要と思われる箇所は適宜付した。

愛のはじまりの物語

序論

本書の目的と方法——i

本書『万葉集の恋と語りの文芸史』は、『万葉集』における男女の恋を主題とした歌と語りの成立と、その史的展開を考察するものである。

古代には、歌は様々な形で存在した。本来、歌は声によってうたわれることがその基本であり、歌は声のテキストとして古代の人々の中に大量に保持されていた。やがて古代日本人が大陸から漢字を受け入れ、文字文化の広がりによって、声のテキストであった歌は文字のテキストとしてその形を留めるようになった。その一端が、現在残されている『古事記』や『日本書紀』の歌謡であり、古代の一大歌集である『万葉集』に載る歌々である。『古事記』の歌謡は一一二首、『日本書紀』の歌謡は『古事記』の歌謡と重なり合いながらも一二八首が収録されており、『万葉集』においては四五〇〇余首の歌が収録されている。その他にも『常陸国風土記』、『肥前国風土記』、『播磨国風土記』などの逸文を含めた諸古風土記には、土地の説話と共に歌謡が残されている。奈良朝より時代を少し下れば、『神楽歌』や『催馬楽』『風俗歌』など、古代歌謡の形を継承しながら伝えられる歌も存するように、古代日本の文化の基盤には歌が強く根を張っていたことが知られるのである。

こうした古代日本の歌は、まず『古事記』『日本書紀』などの史書によって神話や伝説、物語りの中に伝えられ、諸風土記においても、土地の神話や説話と密接な関係の中に伝えられるという特色が認められる。このように、歌と語りによって歴史が伝えられるということは、原初のクニの歴史やムラの歴史、あるいはヒトの歴史が、歌を媒介とすること無しには成立しないという状況が存在したことを示唆するものであろう。これは、歌が神話や物語りと密接不離の関係において存在したことを示している。また、奈良朝には大伴家持の手を経て『万葉集』が成立するように、四五〇〇首以上もの歌が一つの歌集として編まれるのであるが、この歌数の多さは、平安朝の勅撰和歌集と比較すれば殊に膨大な数であり、古代の東アジア文学史の上でも特筆すべきことである。その『万葉集』に残された歌々には、伝えられるべき歴史や物語りが含まれているのであり、それらは貴重な文化的遺産であるといえよう。

このような形で古代の歌は現在に伝えられているのであるが、では、歌はなぜうたわれる必要があったのであろうか。その理由は様々にあるが、一に神への祭祀があり、二に王権の儀礼があり、三に集団における歌の社交の場があり、四に男女の交際による歌のやりとりが想定される。神々への祭祀と王権の儀礼に歌が必要とされたのは、神々を祀る際に人間が持ち得る唯一の言葉が歌であったことによるのであり、神々に願い、訴え、祈る言葉として歌が機能していたためである。王権の時代に入ると、王や天皇がクニを統一する際に神々への祭祀が必要とされ、その際にうたわれた歌はやがて宮廷の儀礼歌として整えられてゆく。その中にはクニや民族の神話、物語りを歌によって語る叙事歌が存在し、クニや民族の歴史を語る重要な儀礼歌（大歌）として、伝承されるべき民族の歌としてうたい継がれてゆくのである。★1 クニや民族の歴史が大歌によって伝えられるということは、その歌を共有する者たちが同じ歴史を共有する同一民族であることを証明するのであり、民族の起源や根拠が歌によって示されているのである。『古事記』や『日本書紀』が王の歴史とともに多くの歌謡を載せるのも、そこにはクニの成り立ちや民族の歴史が内在しているためであると思われ、歌は民族の存在証明そのものだったのである。★2

一方、祭祀や王の儀礼歌とは性格を異にする、社交的集団の中で誕生する歌の世界がある。それは歌垣や遊楽、宴や労働の場でうたわれる歌々であり、男女の集団による掛け合いをその基本とする。歌垣は『常陸国風土記』にその記述がみられ、春秋に老若男女が手を取って山に登り、「詠へる歌甚多にして、載《の》筆するに勝へず」[3]とあるように、多くの歌の掛け合いが行われたことが知られる。また高橋虫麻呂歌集に載る筑波山の嬥歌の歌には「……率ひて　未通女壮士の　行き集ひ　かがふ嬥歌に　人妻に　吾も交らむ　わが妻に　他も言問へ　この山を　領く神の　昔より　禁めぬ行事ぞ　今日のみは　めぐしもな見そ　言も咎むな」（巻九・一七五九）[4]とあり、男女の性の解放と読み取れる内容が詠まれている。従来「嬥歌（歌垣）」は、夫や妻となる相手を探すという求婚的意義や、豊饒の予祝的意義の中において理解されてきた。[5]しかし、歌垣は結婚相手を求めるためだけに歌を掛け合うことを目的とするものではなく、歌垣の時にだけ存在する架空の恋愛世界を、恰《あたか》も現実の男女の恋であるかのようにうたうことに特徴があり、そこには一回性のドラマが存在するのである。その一回性の中に、架空の、あるいは擬似的な恋を演じる〈個人〉が存在するのであるが、その〈個人〉もまた歌垣が終われば集団の中に回収されてゆく集団内の個人なのである。[6]つまり、歌の場は集団や社会に生きる〈個人〉が、歌の世界を通して別の〈個人〉を獲得する場なのであり、そこには二重の〈個人〉が存在することになる。歌の中で生きる〈個人〉は心の中に生きる精神的人格であり、社会の中で生きる〈個人〉は村や集団、家などの枠組みにおける社会的人格である。歌の場で解放され、聴衆に公開されるのは心の人格である〈個人〉であり、その〈個人〉同士が歌を掛け合い、歌の世界でのみ許される恋の世界を手に入れるのである。これが個人の恋の思いを述べる歌の原則であろうと思われ、社会的人格と心の人格が一体化した純粋個人の歌の誕生は、文字文化に接触した頃の専門歌人の登場を待たなければならないであろう。『万葉集』は、この二重の〈個人〉と純粋個人の成立する歌の過渡的状況を合わせ持っており、それは必ずしも歴史的な時間軸によって推移するというものではない。

古代の歌が純粋個人の歌へと向かってゆくまでには、集団から切り離せない自己という問題が横たわる。家や村や国など、その集団の大きさは様々であるが、人々が一群となって生きるために歌が必要とされた。それは先にも述べたように、歌は民族や自己の存在を証明する唯一の方法であったためである。『古事記』の「神語り歌」が、神々や王の事蹟を具に語る叙事歌であるように、歌は物語りを内在させている。折口信夫氏の論理を援用すれば、〈まれびと〉なる神が各地を訪れ、その土地の豊饒を予祝し、土地の女性と結婚し、土地誉めの託宣により土地を祝福する。それが土地の起源説話となり、或いは枕詞として歌語の中に残存する。『古事記』にみる須佐之男神や八千矛神の歌謡のように、土地の女神に求婚し、その土地の始祖神となる神の語りは、民族誕生の歴史として語り継がれた神々の業績であったのだろう。王の物語りも、基本的には神々の物語りを継承し、土地の祝福と求婚をその基盤としながら、祭祀を司る王としての性格によって、儀礼歌が重要な位置を占めることとなる。殊に国見歌は王の特権的祭祀であり、王がその土地を支配する根拠として「見る」ことをうたい、その領土の支配を保証してゆくのである。『古事記』の歌謡に王の求婚歌が多く存在するのも、〈まれびと〉なる神が土地の女神に妻問いをする始祖起源（神話）の型を引き継いでいるためであり、王の恋物語りもこの形式に加わるのである。

このように、歌は常に物語りを抱えており、神話から王の物語りへという流れの中で、神々の事蹟をうたい、民族の歴史をうたう祭祀歌謡を原初として、やがて人間の歴史をうたう歌へと流れ込む、という歴史が想定される。その状況は、たとえば『万葉集』の巻頭歌である雄略天皇の求婚歌であり、あるいは巻十三の泊瀬国によばいする「スメロキ」の歌（三三一二）などである。このような歌がうたわれたのは、おそらく特別な祭祀の場であり、そこでは神々や王の事蹟が、叙事歌としてうたわれていたことが推測される。しかし、この神や王の歴史から人の歴史へと移行する段階において、ある変質が迫られたのではないかと考えられる。その変質の中にあらわれたのが、兄妹婚という恋の物語りであった。『古事記』の軽太子・軽大郎女の同母の兄妹には、兄妹婚の禁忌を犯し、ついに自死を遂げたという悲劇の歌と物語りが存在する。兄妹婚は、記紀神話にみるようにイザナキ・イザナミ二神の結婚にその起源が求められ、二神は続いて生み成される神々の始祖神として位置付けられる。民族の始祖神としての兄妹婚は、その一回性によって禁忌性を帯びることなく、むしろ民族誕生の重要な根拠として伝えられる。しかし、その一回性の禁忌を犯して二度目の兄妹婚が成されることは、おそらく民族や集団の秩序を破綻させる、忌避すべき事件であったに違いない。それはいわば、兄妹婚の再生によって新たな民族始祖が誕生し、民族の分裂を招きかねない恐るべき事態であったからだと思われる。この二度目の兄妹婚は、神々における兄妹婚神話の残存であり、軽太子・軽大郎女の兄妹婚は、神々の物語りから人間の物語りへ移行する際に起こった悲劇なのである。それは『万葉集』において恋人を「妹」「背」と呼ぶことの中に残存するように、人間の男女の恋は神話の兄妹を幻視しながら成立する。それを現実世界において求めた時に、男女の愛の悲劇が起こるのだといえる。★7

神話における兄妹婚は、民族の始祖起源である一方、男女の愛の起源としても民族の記憶に留められた。それはやがて人間の男女の恋へと移行するのであり、そこでもやはり兄妹（妹背）を理想の関係として、男女の恋は出発するのである。この兄妹の結びつきを理想とする人間の男女の恋は、彼らが現実に生きる社会においては、忌避される異常性の中に存在したのである。先に述べたように、兄妹婚の禁忌は民族や集団の秩序を破綻させる、排除すべき関係であり、その名残の中に成立する男女の恋は、社会的秩序を重んじる人間集団の約束に反する行為なのである。そこには、人間の社会秩序や社会的な生き方と対立する関係としての男女の恋がある。古代の男女の恋は、兄妹婚（妹背の恋）への願望と、社会秩序における恋愛の排除という二つの相容れない関係の中に存在したのである。このような状況の中において、『万葉集』の恋と語りの歴史が成立するのだと考えられる。

また、集団の歌の場における架空の男女の恋は、兄と妹の関係の中で恋の成就を可能とするものであるが、その歌の場が解消されればその関係も解消される、極めて一回的な関係である。ただし、中には架空の恋を現実において成就させようとする男女がおり、そのような男女は社会制度と対立し、社会から排除される道をたどることが予想される。古代の婚姻制度は必ずしも明らかになってはいないが、少なくとも若い男女の結婚はその親や血縁関係者が取り決めていたと思われ、女子は母親に厳しく監視されていたことが『万葉集』の歌や物語りの中から窺うことができる。現実の結婚には当事者の意志が介在する余地は無かったものと思われ、本来架空の場においてのみ成立する恋愛関係を、現実においても貫こうとする時に、個人が生きる社会からの排除という制裁を受けたことは想像に難くない。しかも、この自由な恋愛関係による社会との対立は、既婚者においても存在したのである。

社会から排除され、生きる場所を失ってでもその恋を成就させたいと願う原動力は、一体何であったのか。それはおそらく、愛し合う男女の間に交わされる歌の言葉のみが真実であり、真実の言葉を交わすことこそが人間の真の幸福であるという価値を発見したことによるのではないだろうか。しかしながら、真実の愛の希求は同時に社会に反する行為であり、それは社会からの逸脱や死を覚悟した者のみが獲得できる世界であった。現実世界における男女の恋は、兄妹婚を理想とし、死を厭わない決意によって成就することが可能なのであり、その意味で、『古事記』の軽兄妹の恋物語りが二人の死によって閉じられている必然性も理解されるのである。

以上の視点は、本書の基本的な論の方向性である。従って、本書の目的は、この男女の愛の獲得の歴史が、恋の語りとして伝えられる文芸史のあり方を紐解くことにある。なぜ人間は他者に恋をし、その愛を必要とし、その心の動きを歌や物語りに託すのか。恋は晴の時間にのみ存在し、日常である褻の時間に恋の存在する余地はない。しかし、人間の真の心は晴の時間である恋の中にのみ求められたのであり、相手の真の愛情を知る手段は擬似的に交わされる恋歌でしかなかった。その葛藤の中において男女は真実の愛を求めて歌を交わし、駆け引きをして相手の真心を引き出そうとする。それが『万葉集』に残されている大量の恋歌なのであり、真の愛情を求めたがゆえに挫折していった多くの男女の恋の歴史なのである。むしろ、『万葉集』は恋に挫折した男女の姿を恋歌とその語りとして伝えることによって、人間の愛の歴史を語ろうとしているのではないかと思われるのである。本書は真実の愛の希求と挫折とによって描かれる、男女の恋にまつわる作品を考察対象とし、それらがいかにして作品として形成されたのかを明らかにすることを目的とする。

そのために、本書では作品の形成の歴史を、〈古物語《ふるものがた》り〉から〈今物語《いまものがた》り〉へという系譜を想定し、それを〈文芸史〉の視点から位置付けることを試みる。〈文芸史〉とは〈文学史〉と共有される概念であるが、ここで〈文芸史〉と呼ぶのは、「文芸学」（具体的な作品を体系的に追求する方法）に依拠することによる。それは一つの作品としてのテキストの形成の歴史と、同時にそのテキストに内在する〈表現〉の形成の歴史を追究する方法である。この「文芸」について、小西甚一氏は「日本文芸には、日本固有の性質と外国文化との接触により変化させられた性質とがあり、両者が結びついて『日本文芸の特質』を形成している」と述べている。[★8] 小西氏は、世界文学との対比によって見出される特徴を「日本文芸の特質」とし、その特質によって日本文芸を通史的・体系的に論じている。本書が把握しようとする〈文芸史〉は、必ずしも世界文学との対比による方法に依拠するものではないが、『万葉集』の中から見出される精神史ともいえる心の歴史を、個別の作品を通して理解しようとするものである。その具体的方法としては、一、神々の愛の歌と物語りが人の世へ移行する際に生じた悲劇の歴史に視点を向け、それを文芸史の方法によって追求すること、二、また人間を主人公として展開する男女の恋の成就と挫折の物語りの歴史に見出される、特殊な用語に注目し、文芸史の方法から追求することにある。殊のほか、本書で扱う中心的課題は『万葉集』における人間の愛の獲得の問題である。この考察のために、本書では桜児・縵児や真間手児名などの伝説の女性の悲劇の死や、自らの意志で愛を貫こうとした但馬皇女の歌、罪を得てもなお釆女を係念する安貴王の愛への執着、巻十六にみられる無名の娘子たちの恋や結婚にまつわる物語りなどを通じて、『万葉集』における男女の恋を一つの歴史（文芸史）として把握するものである。

この時、本書では〈古物語り〉と〈今物語り〉という視点から、各作品の性格分類を行う。〈古物語り〉とは、真間手児名などに代表されるように、古くから語り継がれてきたという、いわゆる伝説歌と呼ばれるもの、また軽兄妹の恋物語りや、記紀万葉に伝えられる磐姫皇后の歌や物語りなど、『万葉集』の成立する遙か以前から伝えられ、ある型を持ちながら恋歌や恋物語りの基盤を形成してきた歌と物語りを指す。〈今物語り〉とは、〈古物語り〉の型を継承しながら、近い世の実在したと考えられる人物を主人公とすることで、その作品に現実性や迫真性がもたらされることを特徴とする歌と物語りを指す。伝説歌の場合は、〈古物語り〉が万葉歌人によって再生されることにより、〈古物語り〉の継承の在り方をうかがうことができる。その一方、『万葉集』の多くの恋物語りは〈今物語り〉として成立しているものと思われるが、初期万葉においては〈古物語り〉から〈今物語り〉への過渡的状況を見て取ることができる作品が存する。本書は、〈古物語り〉の再生と継承の方法にはじまり、〈古物語り〉から〈今物語り〉への展開、さらに〈今物語り〉の成立を、人間の愛の獲得という視点から論じる。その方法として、これらの物語りに用いられる漢語・仏典語などの特殊な用語に注目しながら、男女の愛がいかにして特殊な用語と呼応しつつ、物語りとして形成されたのかを論じるものである。いわば、文芸史を経糸とし、漢語・仏典語などの特殊な用語を緯糸とし、古代の男女の恋歌と語りの文芸の歴史を明らかにすることが本書の目的である。

注

1 「大歌」の概念については、折口信夫「万葉集講義—飛鳥・藤原時代—」新編『折口信夫全集 7』(中央公論社)に述べられており、東アジア文化論としては辰巳正明「叙事大歌における民族的感情の形成」『折口信夫 東アジア文化と日本学の成立』(二〇〇七年、笠間書院)がある。

2 歌と民族的関係については、辰巳正明『詩の起原 東アジア文化圏の恋愛詩』(二〇〇〇年、笠間書院)の「序章」に詳しく論じられている。

3 『常陸国風土記』の引用は、新編日本古典文学全集本(小学館)に拠る。

4 『万葉集』の引用は、中西進『万葉集 全訳注 原文付』(講談社文庫)に拠る。

5 歌垣に関する研究史は、土橋寛「歌垣の意義とその歴史」『古代歌謡と儀礼の研究』(一九六五年、岩波書店)に詳しい。

6 辰巳正明「恋情歌の定式と歌路」『万葉集と比較詩学』(一九九七年、おうふう)。

7 辰巳正明「愛を身をもって知り苦しむ者 †兄と妹」『詩霊論 人はなぜ詩に感動するのか』(二〇〇四年、笠間書院)。

8 小西甚一「対象としての日本文芸」『日本文芸史 I』(一九八五年、講談社)。

『万葉集』の恋と語りに関する研究史――ii

『万葉集』の恋と語りに関わる個々の作品に関する論考は多く、挙げるべき論は多岐にわたるが、ここでは本書の主眼である『万葉集』の恋と語りの問題を文芸史的に論じた論考に絞り、その研究史を概観しておきたい。

本書が対象とする多くの作品は、後述するように所謂〈歌語り〉論によって積極的に説かれてきた経緯がある。しかし、〈歌語り〉論の展開以前には、これらの作品は伝説歌という枠組みによって論じられており、その嚆矢が川村悦磨氏の『万葉集伝説歌考』★1である。川村氏は序論において、『万葉集』は「抒情詩と対立して、抒情的叙事詩が重要な位置を占めてゐる」とし、「万葉集の時代は神話時代に次ぐ伝説・譚《ものがたり》の時代である」と述べ、抒情的叙事詩である伝説歌研究の有用性を説く。川村氏は、『万葉集』において伝説歌と位置付けられる歌を抽出して注釈を施し、さらに各伝説を解説している。中でも、「由縁」の有る歌を収録する巻十六を重視して全歌に注釈を施しており、土俗の伝説や関連する後代の文学作品からも例を挙げて検証している。川村氏の論考より十六年後に、西村真次氏が『万葉集伝説歌謡の研究』★2を出版する。西村氏は、『万葉集』には「神話や歴史と包合した状態」の中で詠まれた口誦文学が含まれており、『万葉集』に収められている伝説歌からは、その流れを看取することができるという。西村氏の定義する「伝説」とは、神話（民族の宗教的価値を持つもの）、民譚（民間説話、神話に起源を有する原始物語りや純粋な物語り形式）、口碑（実在の場所、人物に関する物語り）であり、この三つの物語りの形態をもって広義の神話学的方法に依拠して論じている（西村氏第一章「緒論」に拠る）。西村氏が取り上げる伝説の分類は、①妻争伝説、②沈鐘伝説、③岩石伝説、④湧泉伝説、⑤棄老伝説、⑥樹木伝説、⑦動物伝説、⑧天降伝説、⑨開闢伝説、⑩地名伝説、⑪神婚伝説の十一項目であるが、中には『万葉集』に例がみられないものもあり、また右の分類のような要素は見出せるものの、それを伝説歌と呼び得るかが問題となる例も存する。但し、西村氏の論証方法は多くの文献を用いて精密であり、上代の文献のみならず、後代の文献や漢籍を積極的に取り入れて作品を説こうとする試みは評価されるべきものと思われる。歌と歌にまつわる口承の語りの存在に注目してまとめられた研究は多くはないが、一九四〇年代前半まではこの二冊に集約されるであろう。

一九五〇年前後を堺に、『万葉集』の歌と語りへの視座は大きな変革期を迎える。それが、益田勝実氏のa「上代文学史稿案（二）」[★3]によって提唱された〈歌語り〉の存在である。益田氏の〈歌語り〉論は、平安朝の貴族文学を対象として論じられており、続いて発表されたb「歌語りの世界」[★4]では、平安朝の〈歌語り〉を歌物語りの親であると位置付け、それは貴族の口承文芸の世界であるという視点を確立させた。〈歌語り〉は平安朝の文学作品にみられる語であり、池田亀鑑氏が『日本文学教養講座』の「物語文学」[★5]でその口承性を認めたこともあり、現在は学術用語として定着している。益田氏b論の説く口承文芸とは、文字文芸の母体であり、それは民衆（被支配者）の中に生き続け、かつ貴族（支配者）も保持していたものである。ただし、貴族は口承文芸と文字文芸との両方を保持しており、民衆と貴族の口承文芸は異質な関係性の中にあるという。民衆の口承文芸は、具体的作者を持たず、「歌の場」「話の場」という集団的な場で語られ、集団の共通物としての性格によって語り継がれるものである。平安貴族はこれらの口承文芸を背景として自らの文学を作り上げてゆくのであるが、その契機は「虚構の世界に心をのばす外なかつた中央貴族社会の自己閉鎖を前提としている」のだという。この貴族の自己閉鎖的虚構の世界が文字化され、物語り文学へと辿りつくのであり、このような自己閉鎖的な環境は「律令政治の崩壊によって、京都の地に孤立化する貴族社会を形成する摂関政治の進行に伴って、民衆の社会とのつながりによって保有していた話の供給を絶たれた貴族達が、和歌中心に自分達の話を造り始めた」ためであるとし、〈歌語り〉は「かつての昔話の空隙を埋めるべく生れた新しい口承文芸」であるという。益田氏のいう〈歌語り〉とは、「歌を軸とした説話、即ち和歌の物語として、歌の詠まれた経緯を伝えたもの」であり、それが歌物語りへと向かってゆくのであるが、〈歌語り〉は歌物語りの母体として一方通行の関係にあるのではなく、文字化された物語りが語られ、それがまた〈歌語り〉の源泉になるという往復運動の中で展開してゆくのであるという。

この益田氏の〈歌語り〉論による口承文芸世界の発見は、文章表現・用字法の面からも保証されることとなる。それが、益田氏b論の三ヶ月後に発表された、阪倉篤義氏の「歌物語の文章――『なむ』の係り結びをめぐって――」[★6]である。阪倉氏の論は、歌物語りの文体は歌集の詞書の発展型であると考えられてきた従来の説を再検討したものであり、古今集の詞書と『伊勢物語』の文体を比較し、助詞「なむ」の使用に注目して論じたものである。阪倉氏によれば、古今集の詞書における助詞「なむ」は会話文でのみ使用される語であり、一方『伊勢物語』、『竹取物語』には頻出する。阪倉氏はこの「なむ」の機能を「全体として聞き手に対して『おし出して確にことわる』という気持ちを示す」ものであり、「前に述べられた事実をふり返って、話し手の立場からそれを解釈し、解説する言い方なのである」と論じる。ただし、古今集でも左注には多く「なむ」が用いられ、それは『万葉集』巻十六の左注にも同様の現象がみられるという（『万葉集』の場合は文末の「也」「矣」「焉」が「なむ」に該当するという）。『万葉集』巻十六の場合は題詞にもこれらの助辞がみられるのであるが、この場合は通常の題詞・詞書ではなく、左注を歌の右側に据えたものであるとみなされる。このような題詞の内容は、歌の詠まれた経緯を詳細に説明したものであり、物語り性を充分に持つ内容であることから、「左注的題詞」と呼ぶことが可能であろうとする。

そして益田氏の論を受けて、『伊勢物語』は〈歌語り〉の文体を用いて創作されたものであり、歌の成立事情を左注的立場から解説したものであるとし、次のように述べている。

こうして生まれて来た歌物語の文体は、一歩一歩立ち止まり振り返っては、解説を加えていくものなるが故に、当然短く切れるのである。しかも、かかる文体は、長い文を構成しつつ下へ下へと流れて行く、典型的な日本文の型を持つ詞書式の文とは反対に、句毎に断絶があり、休止があり、そして、そこに知的な整理が行われる（これは「なむ」を含む文章において、殊に顕著である）という意味で、むしろ漢語の文章の型に似たものがあると言えよう。（中略）しかし、直接には、この文体は、やはり古くからある「歌がたり」の左注的文章に、その系譜を辿り得るものと思うのである。

このように、〈歌語り〉論における口承性は文体面からも保証されることとなったのである。阪倉氏の文体論は『万葉集』巻十六の作品にも及んでおり、巻十六における文体と口承性を論じる上では、益田氏の論と合わせて重要な意味を持つ。この阪倉氏の論を踏まえながら、益田氏はc『説話文学と絵巻』の「説話文学の方法（一）」[★7]において〈歌語り〉論を再考している。

一九五〇年代までの〈歌語り〉論を受け、一九六〇年代に入ると『万葉集』の〈歌語り〉論が展開する。その先駆けとなったのが、伊藤博氏a「万葉の歌語り」[★8]である。伊藤氏は、益田氏が提唱した平安朝の〈歌語り〉の実体は上代文学にあったと想定し、『万葉集』巻十六の諸作品を例に取りながら、『万葉集』の〈歌語り〉の形式を題詞・左注の表記に沿って分類する。その分類は「伝誦型」「伝云型」と、阪倉氏が提起した「左注的題詞型」の三つである。「伝誦型」は「歌の由来を語る点よりも、歌そのものを吟誦するという点に比重がおかれたことば」であり、その吟誦にあたっては歌の由来も語られたであろうと推測し、語りとしては原初的であるとする。「伝云型」は巻十六にほぼ集中し、「昔からこうこう伝え云われてきたという意味というよりはむしろ、誰かがある場面で伝え語ったという意味にとるべきもの」であり、「歌の由来に興味を置いたことばであって、語りの場を反映する語」で、その語りの場は「貴族の社交場」であるという。この形式は、語りとしては伝誦よりも本来的であるとする。「左注的題詞型」は、「左注を、題詞に移した形」であり、「伝云型」は「歌の伝誦と語りとが一度断絶している」のに対し、「左注的題詞型」は「語りと歌の伝誦とが同じ平面に連続している。いわば、これは、語りと吟誦が調和した形である。歌語りの順序としては、今の場合の方が自然で進歩したものであることは、いうまでもない」として、歌語りの「最も整ったもの」であるとする。また伊藤氏は、阪倉氏が『万葉集』巻十六の助辞使用に口承性を認めたことを受けて、『万葉集』の歌中の「也」と係り結びの関係を検討し、助辞「也」の使用は〈歌語り〉の反映の結果であると断定する。その応用として、巻十五の中臣宅守と茅上娘子の贈答歌の目録に「也」が存在することに注目して、「歌語りとして目録記録者の時代に喧伝されていたものであったということでなかろうか」として、「これも、広くは、左注的題詞の一例と見てよいであろう」とする。伊藤氏は、『万葉集』の題詞・左注の書式分類から、『万葉集』における〈歌語り〉の存在を論じた上で、さらに〈歌語り〉の内実を二つに分類している。その一つを「昔話的歌語り」とし、もう一つを「世間話的歌語り」とする。前者は、「昔者」「時」の語で言い起こす場合であり、これは話の時代を漠然とした過去においており、聞き手は遠い昔の話として聞く語りを指す。後者は、特定の人名から始まる場合であり、話の時代を特定の過去においており、現在に結びついた事実として聞く語りを指すという。この両者の違いについては、「説話と実録のちがいを示している」のであり、それらは「貴族の社交場で、織りまぜて享受されていたものに相違あるまい」と述べる。「実話的歌語り」（世間話的歌語り）の源は、記紀の記述が当時の人々にとって歴史事実であった態度と重なるものであり、「対象の人物が、語りの時代に密着した人で、その場の人々に、ことさらくだくだしくことわる人物でないということになれば、それは実録的であると同時に、世間話的傾向を強めるということである」として、それは持統朝にまで遡り得るものであるという。伊藤氏はこの論において万葉以後の平安朝文学との関わりをも論じ、「大和物語は、万葉時代からあった昔話的歌語りと世間話的歌語りの伝統を、発展的に継承し、その流れを直接的に承けた物語だといってよいのではないか」という見通しを述べている。

続いて伊藤氏はa論の発表から十ヶ月後にb「歌語りの世界――その問題点をめぐって――」★9を発表する。これは、〈歌語り〉の発生時期が持統朝にあることを保証するために、記紀の歌謡と物語りと、『万葉集』の〈歌語り〉の差異を明確にする意図によって構成されたものである。伊藤氏は、a論における『万葉集』の〈歌語り〉を「歌についてその由来を語ることであり、かつ、その歌を、吟ずることによつて紹介することであつた」と定義し、その成立時期について次のように述べている。

> 歌語りにおいて、あくまで、その歌が中心であり、歌の持つ味わいが興味の的になつたということは、歌語りの発生の時期について、重要な示唆を投げかける。すなわち、貴族の社会において、歌なるものが、抒情詩として確立し、それを作り味わうことが、貴族の教養・風流として確立してからでないと、歌語りというものは発生しないであろうということである。

伊藤氏は、日本の抒情詩の確立を推古朝と推定し、貴族社会の文化的所産である〈歌語り〉は持統朝には確立していたのではないかと想定する。一方、記紀の歌謡と物語りの場合は、歌は物語りのための歌であり、「歌謡への興味から話が生まれてきたというような例を、記紀から探すことははなはだ困難である。歌謡が、作品（芸術）として独立していなかつた記紀歌謡時代にあつては、それは、当然なことであろう」とする。但し、記紀編纂前の氏族説話の段階では、昔話や世間話や歴史説話などの様々な口承の物語りが、歌謡の有無は別として伝えられていたのであろうと述べている。さらに伊藤氏は同論で、『万葉集』の伝説歌と〈歌語り〉の差異や、国風暗黒時代と〈歌語り〉の展開へも目を向けている。

この後、一九六〇年代半ばから一九七〇年代にかけては〈歌語り〉論を問題とする論文は表立ってみられなくなるが、一九七〇年代に入ると、益田勝実氏がd「有由縁歌[★10]」において、伊藤氏の一連の『万葉集』の〈歌語り〉論（ab）について、巻十六の「由縁」を論じる中で次のように疑問を投げかける。

> わたしは、「右伝云」や「右歌伝云」の群を、書かれる歌の時代になお強く残留している口誦・口承の流れ本来のものと見る。書かれた歌がそれをめぐる物語とともに口承されるような〈歌語り〉とやや違いを感じてもいる。

益田氏は〈歌語り〉を口承と文字化の往復運動の中で生産される平安朝貴族の新たな文芸として位置付けており、『万葉集』においては口承性が筆録の形式に残存する場合は認められるという。益田氏の主張は、〈歌語り〉は文字化された文章形式から口承の語りが想定されるものではない、ということであろう。さらに益田氏は「左注的題詞型」についても、〈歌語り〉といえる決め手がなく、むしろ作者（編者）の新しい文芸創作の営みの一つであったとみる。それは小島憲之氏が、『万葉集』巻五の梅花の宴の「歌序＋歌群」の形式は、六朝詩・初唐の「詩序＋詩」の形式に重ね合わせて創作されたものであると述べているように[★11]、巻十六の長大な序を持つ桜児・縵児や竹取翁の作品も、「歌序＋歌群」という新たな文芸形式であり、その創造性において〈由縁〉ある歌として位置付けられているのだと述べている。

益田氏d論の二年後に、伊藤氏はc「歌語りの方法[★12]」を発表するが、益田氏d論に対する意見は示されていない。伊藤氏c論は、ab論で提起した『万葉集』の〈歌語り〉の理論を用いて、もと〈歌語り〉であったとみなされる歌々の内実を検証することを目的としており、作品の内容から「独詠歌で納める法」、「当事者的姿勢に転ずる法」、「身を入れた享受法」を析出する。しかし、その分析はいずれも構成論に傾斜しており、物語り的歌群の構成が歌の場や享受者の態度を反映しているとみる氏の論は、益田氏が疑義を呈した問題を振り返ることなく拡大している。伊藤氏の〈歌語り〉論は、自身の万葉研究に大きな影響を与えた一方、自身が規定した〈歌語り〉の諸相について、個々の作品における具体相が提示されることはなかったのではないかと思われる。この伊藤氏c論によって、『万葉集』における〈歌語り〉論は物語り的歌群の構成論へとずれ込む結果となった。

この伊藤氏の〈歌語り〉論の拡大に警鐘を鳴らしたのが、神野志隆光氏a「伊藤博氏の〈歌語り〉論をめぐって――『万葉集の表現と方法上　古代和歌史研究5』を中心に――」[★13]である。神野志氏の論は、伊藤博氏の「古代和歌史研究」全六巻の出版を機に、伊藤氏の研究の一つの基軸である〈歌語り〉論の妥当性を確認しようとするものであり、主として伊藤氏abc論が対象となっている。神野志氏は、伊藤氏c論において〈歌語り〉論が構成論へと展開したことについて、「（伊藤氏は：筆者注）かかる『物語的構成法』の先縦を天武朝七夕歌の世界に見い出そうとする。それを〈歌語り〉の『直接かつ重大な土壌となった』（二一四頁）と位置づけるところ、〈歌語り〉論がもはや歌群の物語性（その虚構的構成）の論であるに外ならぬこと明瞭であろう」と批判する。神野志氏は、伊藤氏の〈歌語り〉論の立論点を「歌の生きた具体的な場、生きて働いた環境をとらえていこうとする一貫した志向のなかでの理論化」にあったと捉えており、〈歌語り〉論と物語り的構成法を同一の問題として論じることへの矛盾を指摘している。また神野志氏は益田氏d論による伊藤氏の理論の批判を支持し、「端的に、巻十六は〈書く〉歌の次元の世界であり、〈歌語り〉によって釈くべきではないというべきであろう」、「氏の〈歌語り〉論には、歌が口承と〈書く〉ことと交錯しつつ、〈書く〉なかで形式されてくるもの、〈書く〉ことが歌にもたらす質的転換への視点が欠けてしまったのではなかったか」と述べ、歌の生きていた現場を重視する中で、歌や語りが筆録されること、テキスト化されることに対する意味付けがなされなかったことを指摘し、伊藤氏の〈歌語り〉論は成り立ち得ないのではないかと結論する。しかし、伊藤氏が新たに展開させた物語り的構成論は、〈歌語り〉とは別個の理論として重要であると評価している。神野志氏はa論の翌年、『万葉集を学ぶ』（第七集）において、b「伝云型と歌語り」[★14]を執筆する。神野志氏b論においても、益田氏d論を基盤として、『万葉集』巻十六の諸作品は〈歌語り〉と呼び得るかという問題を提起する。神野志氏は、『万葉集』の場合は一貫して〈書く〉ことの次元において理解すべきであることを主張し、「（「伝云型」は：筆者注）伝誦歌に付随していたであろうもの、それをそのままに文字化するのでなく、〈書く〉側でとらえかえしいわば再生産してその新しい『由縁』をあらためて今までとは異なる角度から機能させてみるような試みであったのではないか」と述べ、伊藤氏が把握した〈歌語り〉はあくまでも新しい文芸の形式・様式であり、『歌がたり』説をうけいれがたいのは、謡われて享受される場という表層で見るだけであり、〈書く〉ことと口誦とのこの動態をとらえきれていないと思われるからである」と述べている。神野志氏ab論によって、伊藤氏の〈歌語り〉論は徹底して批判を受けることになるのであるが、同じ『万葉集を学ぶ』（第七集）に収録された身崎寿氏a「左注的題詞型と歌語り」[★15]は、これまでの〈歌語り〉論の経緯を整理して批判検討するも、基本的には伊藤氏の『万葉集』の〈歌語り〉論を認めながら、記載文芸としての展開を要求するものである。

一九八〇年代以降、〈歌語り〉論は身崎寿氏によって展開してゆく。身崎氏b「〈うた〉と〈散文〉——万葉時代の歌語り再論」[★16]は、a論と立場を同じくし、益田氏や神野志氏によって批判された伊藤氏の『万葉集』の〈歌語り〉論を、修正を加えながら認めようとするものである。身崎氏は、神野志氏の主張する〈書く〉次元の文芸であるという点について、「しかし、それらが〈書く〉次元の作品だということがただちに、その背後に〈歌語り〉が存在したことの否定にはならないはずです。巻十六の作品群と、その背後に想定しうる口誦の世界との関係は、ちょうど、『伊勢』『大和』などの歌物語――記載文芸としての〈説話文学〉――とその背後に存在した〈歌語り〉=〈説話〉との関係とパラレルにみるべきものなのではないでしょうか」と、改めて口誦世界との交渉を認める立場を取る。加えて神野志氏が、「伝云型」の背後に存在した語りの性格について、口誦世界の歌の新しい形式、記載文芸として理解すべきものであると指摘した点ついては、次のように反論する。

　口誦の〈うた〉と記載の〈うた〉とは相互媒介的にかかわったはずで、記載の〈うた〉のがわもまた、口誦の〈うた〉との不断の接触・交錯のなかで、独自の展開の可能性を無限にひめていたとかんがえるべきではないでしょうか。そこに、記載の〈うた〉をめぐって口承の説話=〈かたり〉が生産されていく〈歌語り〉という形式の誕生の契機をみたいとおもうのです。

このように、身崎氏は伊藤氏の〈歌語り〉論を継承し、厳密な〈歌語り〉論の構築を目指してゆくのであり、以後、身崎氏はc「『歌語り』への視角」[★17]、d「文字と散文文学の成立」[★18]、e「万葉集の〈歌語り〉」[★19]、f「『歌語り』の時代――『万葉の歌語り』論の復権のために――」[★20]、g「『歌語り』から『歌物語』へ――『万葉集』のばあい――」[★21]など、〈歌語り〉論や歌と物語りにまつわる多くの論文を執筆している。

このように、益田氏、伊藤氏などによる〈歌語り〉論の展開は、古代文学史上重要な問題を提起したことは認められるものである。しかし、『万葉集』の〈歌語り〉論の収束によって、『万葉集』の歌と語りの関係は、個別の論の範囲に落とし込まれ、体系的な研究方法としての確立をみない状況となったといえる。

この『万葉集』の〈歌語り〉論は、基本的には巻十六の諸作品に対する検討からはじまり、伊藤博氏によってその範囲は持統朝にまで広がりを持つことになった。しかし、益田氏や神野志氏からの批判にみるように、題詞や左注の記載形式が、ただちに口承の世界を反映すると断定することには慎重になるべきであろう。また、この記載形式の問題へと論点が絞られることは、裏を返せば、この記載形式に該当しない他の巻の作品は、いかにして取り扱うべきかの指針を失うことにもなり得る。たしかに、身崎氏の主張するように、『万葉集』が記載の文芸であることは、ただちに口承文芸の存在を否定することにはならない。この問題は、記載形式や助辞の検討から解決すべきものではなく、個々の作品一つ一つの中から、その作品がいかにしてテキストとして成立し、そのテキストの成立する背後にどのような状況が存在したのかを検討することなしには解決し得ないことである。本書の述べる〈文芸史〉とは、『万葉集』全体を通してこの問題を考えようとするものであり、〈古物語り〉と〈今物語り〉という概念は、その指針とする概念である。この〈古物語り〉と〈今物語り〉は、伊藤博氏の提示した「昔話的歌語り」と「世間話的歌語り」の概念と重なるように思われる。たしかに、伊藤氏のこの分類には首肯できる点も多い。しかし、本書の〈古物語り〉と〈今物語り〉という概念は、歌のうたわれた場や口承の段階のみを想定するための概念ではない。各作品の分析から導かれる作品の位置付けや、その背後に存在したであろう作歌の状況など、テキストから読み取り得る作品の性格分類の指標である。その意味で、本書は『万葉集』の〈歌語り〉論を否定するのではなく、歌の詠まれた状況や作歌の場、その作品の成立した事情を、テキストに沿った読み取り——作品論として新たに考察することへの試みである。

『万葉集』の〈歌語り〉がこのような状況を迎える中で、一九九〇年代後半には、東アジアという視点から『万葉集』の恋歌を体系的に論じようとする、辰巳正明氏のa『万葉集と比較詩学』★22における「恋情歌の定式と歌路」

（第六章　恋歌の詩学）が発表される。辰巳氏のａ論は、中国少数民族の歌唱システムから《歌路》という定式を発見し、《歌路》のシステムに基づきながら、『万葉集』の恋歌を体系的に説明する試みがなされている。これは、歌が生成される現場的状況に基づいた歌唱理論の構築であり、恋の歌はシステムとして捉えられるべきであるという問題提起である。辰巳氏は、『万葉集』の恋歌と《歌路》との関係を次のように述べている。

現万葉集の恋歌がどのような成立過程を経ているのかを考える場合に、恋愛歌には恋愛の道筋があり、その道筋に沿って恋愛歌の定式が存在したのではないかという推測である。中国少数民族の定式に従うならば、いわば《歌路》ともいうべき恋歌の定式が存在したのではないかということであり、それによってある段階の万葉恋歌の成立とその展開の状況が推測されて来るのではないかということである。

この《歌路》とは、恋歌における男女の出会いから別離までの恋の段階と、その思いを展開させるための道筋であり、それらは一定のテーマのもとに男女が互いに恋の物語りを紡ぎ出す方法であるという。そこには、すでに男女の恋の物語りが内在するのであるという。こうした《歌路》の発見は、辰巳氏の次の著書であるｂ『詩の起原　東アジア文化圏の恋愛詩』★23を覆う理論として重要な意味を持つ。辰巳氏ｂ本は、『万葉集』のみならず、古代東アジアの恋愛詩を詩学として捉えようとしたものであり、その詩学の基盤は中国少数民族が持つ歌唱システムにある。辰巳氏は、このシステムを形成する恋歌の原則を六項目に分類し、その第六項目において、恋歌の形態を次の五種類に分類している（序章「詩の起原としての恋愛詩」）。

娯神情歌　　神と神、神と人との恋愛を歌う、神に供する恋歌。――第一分類
文娯情歌　　人々が聞いて楽しむ、専門歌手による恋歌。――第二分類
社交情歌　　社交を中心とした、歌遊びの性格の強い恋歌。――第三分類

恋人情歌　男女の恋人が結婚を目的に、歌路に沿って歌う恋歌。——第四分類

愛情故事歌　恋愛の事件を中心に、物語的に歌う恋歌。——第五分類

この他に特別分類として「失愛情歌」（さまざまな事情で別離した男女・夫婦が悲しみ歌う恋歌）を挙げている。この中で注目されるのは、第五分類における「愛情故事歌」という枠組みである。故事というのは物語りのことで、男女の愛情に関わる物語りを指し、それを歌によって語るのが愛情故事である。辰巳氏はすでにa『万葉集と比較詩学』において「処女墓伝説と愛情故事」（第六章　恋歌の詩学）を執筆しており、これは本書でも取り上げる、真間手児名や桜児・縵児のような悲劇の死を遂げる女性の歌と語りについて、これらを愛情故事として例示している。辰巳氏はb本で「愛情故事歌」を、「万葉集では恋愛物語と歌とを一体として伝えるもの、あるいは恋愛の物語を歌に仕立てたものなどが見られ、さらに新作の恋愛物語を詠む歌も見られ、これらを一括して《愛情故事歌》と呼ぶことが出来る」とし、巻十六の諸作品は女性の純愛を主題とした「愛情故事歌」であるという。さらに、処女墓伝説や男女の恋愛事件をうたう作品も「愛情故事歌」として位置付けられるといい、そうした恋愛事件をうたう「愛情故事歌」について、次のように述べている。

恋愛事件が巷の人々の大きな関心を引くのは、日常に現れる恋愛が事件であることによる。恋愛は恋歌の中にしか存在しないという原則の中で、実際に出来した恋愛事件は人々の興味の恰好の餌食であったに違いない。無名の男女の恋愛は種々に存在したものと思われるが、万葉集の伝える恋愛事件は貴顕の男女の事件が中心である。伝説に見る愛情故事から現実に出来する恋愛事件へと興味が移り、天平期にはその関心が最も大きくなったように思われる。（「万葉集恋歌の再分類と復元の試み」『詩の起原』）

ここには、『万葉集』にみられる固有の恋歌と物語りを、より広く東アジアに展開する男女の愛情物語りとし

て把握しようとする視点がある。これは、恋歌をめぐる恋愛事件を〈愛情故事〉として捉え、それが語りとして伝承される生態を捉えようとするものである。それらは現在の恋愛事件のみではなく、記憶に残された過去の恋愛事件も〈愛情故事〉として再生産されるのだという。昔や今の話、あるいは声や文字のテキストに拘わらず、そこに展開する男女の愛情の物語りを〈愛情故事〉として捉えることは、シンプルであることによりその本質が把握し易くなるように思われる。本書が対象とする作品は、この《愛情故事歌》に分類される歌々である。『万葉集』の恋と語りの文芸に共通するのは、〈古物語り〉にしろ〈今物語り〉にしろ、いずれも事件性を背負った男女の恋の物語りであり、それは男女をめぐる〈愛情故事〉であるといえる。それが恋歌を通して伝えられることにおいて、その恋歌は《愛情故事歌》ということになる。その恋愛事件は人々の口伝え（噂話・再生産）により異伝を生み、また肥大化して一つの物語り性のある話へと展開する。そこには、やがて文字のテキストへと写し取られてゆく物語りも、消滅する物語りもある。あるいは、そこから新たな文字化の物語りも生まれることになり、その形成は通時的ではなく共時的なのである。以上のことから、本書が取り上げる男女の恋にまつわる物語りは《愛情故事歌》として扱うことが可能であり、そこには〈古物語り〉と〈今物語り〉とが、《愛情故事歌》として立ちあらわれる状況がみられるのではないかと思われる。

注

1 川村悦磨『万葉集伝説歌考』（一九二七年、甲子社書房）。
2 西村真次『万葉集伝説歌謡の研究』（一九四三年、第一書房）。
3 益田勝実「上代文学史稿案（二）」（『日本文学史研究』四号、一九四九年）。

4　益田勝実「歌語りの世界」（『季刊国文』四号、一九五三年三月）。
5　池田亀鑑「物語文学」（『日本文学教養講座』第六巻、一九五一年、至文堂）。
6　阪倉篤義「歌物語の文章―『なむ』の係り結びをめぐって―」（『国語国文』二十二巻六号、一九五三年六月。後『文章と表現』一九七五年、角川書店に収録）。
7　益田勝実「説話文学の方法（一）」『説話文学と絵巻』（一九六〇年、三一書房）。
8　伊藤博「万葉の歌語り」（『国文学　言語と文芸』四巻一号、一九六二年一月。後『万葉集の表現と方法 上』一九七五年、塙書房に収録）。
9　伊藤博「歌語りの世界―その問題点をめぐって―」（『国語と国文学』三十九巻十号、一九六二年十月。後『万葉集の表現と方法 上』一九七五年、塙書房に収録）。
10　益田勝実「有由縁歌」（『万葉集講座』第四巻、一九七三年、有精堂）。
11　小島憲之『上代日本文学と中国文学 中』（一九六四年、塙書房）。
12　伊藤博「歌語りの方法」（『万葉』八十七巻、一九七五年三月。後『万葉集の表現と方法 上』一九七五年、塙書房に収録）。
13　神野志隆光「伊藤博氏の〈歌語り〉論をめぐって―『万葉集の表現と方法上　古代和歌史研究5』を中心に―」（『日本文学』二十六巻五号、一九七七年五月、後『柿本人麻呂研究』一九九二年、塙書房に収録）。
14　神野志隆光「伝云型と歌語り」（『万葉集を学ぶ』第七集、一九七八年、有斐閣）。
15　身崎寿「左注的題詞型と歌語り」（『万葉集を学ぶ』第七集、一九七八年、有斐閣）。
16　身崎寿「〈うた〉と〈散文〉―万葉時代の歌語り再論―」（『日本文学』三十一巻五号、一九八二年五月）。
17　身崎寿「『歌語り』への視角」（『国文学　解釈と教材の研究』二十八巻七号、一九八三年五月、學燈社）。
18　身崎寿「文字と散文文学の成立」（『国文学　解釈と教材の研究』三十二巻二号、一九八七年二月）。
19　身崎寿「万葉集の〈歌語り〉」（『国文学　解釈と教材の研究』三十七巻四号、一九九二年四月、學燈社）。

20 身崎寿『「歌語り」の時代―『万葉の歌語り』論の復権のために―』（美夫君志会編『万葉集の今を考える』二〇〇九年、新典社）。
21 身崎寿「『歌語り』から『歌物語』へ―『万葉集』のばあい―」（『説話論集』第十八集、二〇一〇年、清文堂出版）。
22 辰巳正明「恋情歌の定式と歌路」『万葉集と比較詩学』（一九九七年、おうふう）。
23 辰巳正明『詩の起原　東アジア文化圏の恋愛詩』（二〇〇〇年、笠間書院）。

〈由縁〉をめぐる〈古物語り〉と〈今物語り〉――iii

本書が立論のために用いる鍵語は、〈古物語り〉と〈今物語り〉であり、これは文芸史上の概念である。この〈古物語り〉と〈今物語り〉という概念を具体的に示すならば、『万葉集』巻十六の目録と標題（標目）にみえる「由縁」の語によって説明されるものと思われる。「由縁」の語は、本来的には巻十六の諸作品をのみ指す言葉であるわけだが、本書における〈由縁〉が示す範囲は、題詞や左注によって示される歌の状況、作歌契機、その歌が伝えられた由緒（故事）など、物語りとしての性格を有する歌にまつわる語りを指す。この故事を持つ歌が「由縁有る歌」（故事歌）であり、それらは巻十六に示された〈由縁〉の語によって収斂されるものであると判断される。このことを確認し、ここでは『万葉集』巻十六の〈由縁〉をめぐる問題点や現在の研究状況を整理しておきたい。

この〈由縁〉の語は『万葉集』巻十六の目録及び標題にみられる語であるが、目録と標題の表記において諸写本間に揺れのあることは従来指摘されてきた通りである。即ちA「有由縁雑歌」とB「有由縁并雑歌」の問題である。[★1] 標題をA「有由縁雑歌」とする諸注釈書は、拾穂抄・澤瀉注釈・日本古典集成本・釈注・全解であり、B「有由縁并雑歌」は万葉考・古義・全釈・総釈・窪田評釈・武田全註釈・佐佐木評釈・土屋私注・日本古典文学全集本・完訳日本の古典・講談社文庫本・新編日本古典文学全集本・新日本古典文学大系本であり、『万葉代匠記』（初稿本）は、Aの表記は「并」を脱したものであろうと説明する。「由縁」の訓読としては、「ユウエン」（拾穂抄ほか）、「由恵・ユヱ」（代初・窪田評釈・武田全註釈ほか）、「ヨシ」（万葉考・古義・総釈ほか）、「ユエン」（日本古典文学大系本・日本古典文学全集本・講談社文庫本ほか）、「ユヱヨシ」（古義・日本古典集成本・釈注）などがある。A「有由縁雑歌」の場合は、「由縁有る雑歌」として安定した訓みが認められるが、すると、巻十六は収録される全ての歌が「由縁」を持つ歌々であると理解すべきことになる。日本古典文学大系本の概説では「何かわけがあるぐらいの意味に解すれば、この巻の歌の大体はその規格の中に入るのではなかろうか」と述べ、きわめて緩やかな理解を示している。[★2] また清水克彦氏は、歌は本来すべて由縁歌であったという視点から出発し、奈良朝には歌が自立して存在するという和歌観が成立したのだという。そしてその和歌観に基づいて巻十六をみるならば、巻十六は本来的な由縁歌ではなく、新たな「由縁」が付された歌々であり、それは和歌的言語の卓越性を主張するためのものであったと述べてA説を支持する。[★3]

B「有由縁并雑歌」の場合は、その訓読から問題が出発する。古注釈では「ヨシアルトクサ〳〵ノウタ」（万葉考）、「ヨシアルウタマタクサ〳〵ノウタ」（古義）とされ、「并」字を「…と…」「…また…」と同格・並列の関係で捉えていると理解される。諸注釈書においては、「由縁ある并に雑の歌」（佐佐木評釈）、「由縁ある、并はせて雑歌」（武田全註釈・講談社文庫本）、「有由縁并せて雑歌」（日本古典文学全集本）、「有由縁 雑歌を并せたり」（新日本古典文学大系本）などがあり、定訓を得ていない。[★4]この「并」のあり方を問題とした芳賀紀雄氏は、「有由縁」を成語として一つの部立とみなし、「雑歌」と同じく音読すべきであると論じている。[★5]芳賀氏は明確な訓読を示してはいないが、「巻十六の標目は、『有由縁』が主で、『雑歌』がその『由縁』にかかわって包摂されるものという意識で立てられたと言えよう」と述べている。[★6]この「包摂」という視点は、既に尾崎富義氏によって提示された見解であり、尾崎氏は無由縁歌（題詞や左注によって詳細な説明を持たない歌々）は「直前の由縁に代用させるという編者（追補者）の意識があったのではないかと思われる」と述べており、標題は「由縁有るに雑歌を并せたり」と訓ませるつもりであったのだろうと論じている。[★7]

以上のように、巻十六全体を由縁有る歌とみるA説と、由縁歌と雑歌の二部構成、もしくは由縁歌に雑歌が追従するというB説とがあり、いずれも未だ決着をみない状況にある。それは、巻十六の作品の性格と配列の問題とも大きく関わっている。

巻十六の配列については、尼崎本が穂積皇子歌（三八一六）の頭注に朱で「已下雑歌歟」と記しており、巻頭から三八一五を有由縁部、三八一六から巻末が雑歌部に分れることを示している。この尼崎本とは異なる二部構成を主張するのが、大館義一氏である。[★8]大館氏は巻頭の桜児（三七八六）から椎野長年歌（三八二三）までを由縁歌の部、長忌寸意吉麻呂歌（三八二四）から巻末「怕物歌」（三八八九）までを雑歌の部とし、雑歌の部を二つに分けている。雑歌の部・其の一は長忌寸意吉麻呂歌（三八二四）から高宮王歌（三八五六）まで、其の二は「恋夫君歌」（三八五七）から巻末までとするが、大館氏はこの分類に対して明確な基準を示していない。この配列分類について、根拠を示しながら巻全体の構成を説いたのは中西進氏であり、★9中西氏は巻十六を三部に分け、第一部を恋物語りとして巻頭から「恋夫君歌」（三八一五）とする。第二部は内容の上からは誦詠歌・嗤笑歌・物名歌の三種により構成されており、その配列順をa三八一六―三八三四、b三八三五―三八四七、c三八四八―三八五六に区分する。そしてこのabcの各まとまりは誦詠歌→嗤笑歌→物名歌の順に配列されているという（ただしbは物名歌を欠く）。そして第二部はaにbcが倣ったものであり、abcはそれぞれ別資料から漸次付加されたものであろうという。第三部は「恋夫君歌」（三八五七）から巻末までであり、広義の誦詠歌・歌謡であるという。伊藤博氏も三部構成を取り、★10甲は巻頭から三八一五、乙は三八一六（穂積皇子歌）から三八五九、丙は三八六〇（志賀白水郎）から巻末までとし、甲乙の諸歌は由縁歌と認められ、その限りでは「有由縁雑歌」であるが、丙に「由縁」を認めるのは困難であり、丙が増補されたことによって「有由縁并雑歌」となったのではないかと想定する。次に伊藤氏は編纂上の段階分類としてⅠ由縁明記歌群、Ⅱ無注記由縁歌（イ）三八二五―三四、（ロ）三八四〇―三四・三八四六―四七、（ハ）三八五一―五二）、Ⅲ高宮王歌（三八五五）以下とし、Ⅰを基としてⅡが類聚・追補され、Ⅲが一括増補されたとみる。大館氏、中西氏、伊藤氏の分類は、大館氏の雑歌の分類其の一・其の二を独立させればみな三部構成であり、第一部と第二部の境は大館氏以外は尼崎本が指示する穂積皇子歌（三八一六）による。また第二部と第三部の境は、大館氏（雑歌其の二）と中西氏が「恋夫君歌」（三八五七）、伊藤氏が「又恋歌」（三八五九）であり、近接するこの三首の前後が第二部と第三部の境界とみなされるのである。第一部が由縁の部であることは疑いなく、その内容から女性の恋や結婚にまつわる歌と物語りであるといってよい。第二部がその内容において『万葉集』中最も特殊な歌々であることに相違なく、その配列においても議論を呼ぶ箇所であるが、その全体は中西氏が示すように誦詠歌・嗤笑歌・物名歌の部として理解されるべきであろう。第三部は志賀白水郎歌群や豊前・豊後・能登・越中など地方の歌、乞食者の歌によって、地方の謡い物、芸謡の部であるといえよう。

このような巻十六の性格を考えるならば、「由縁」のみでは処理できない複雑な問題を抱えていることは明らかであり、その事情が「并」の字によって示されているとみられる。「有由縁并雑歌」の「并」は、並列関係を示す用法である。この「并」の字が示された理由は、「有由縁雑歌」では巻全体が説明できない問題があり、それ故に「并」を加えることで巻全体の説明を可能にしたものと考えられる。巻十六は総体としては「雑歌」の巻であったが、特に題詞や序あるいは左注を通して物語り性の強い歌を「有由縁」として区別することで、「由縁有る」歌を取り立てた呼称としたことが考えられるのである。このことから、おそらく、「并」の用法に基づくならば、正しくは「有由縁雑歌并雑歌」であったのではないだろうか。これは、「有由縁雑歌并雑歌」を正格としながらも、最初の「雑歌」は繰り返しを避けたか、あるいは平板を避ける避板法により削除された結果であると想定されるのである。したがって、「有由縁并雑歌」とは、「由縁有る雑歌并せて雑歌」の意であろうと考えられ、由縁のある雑歌が先に取り上げられたのは、それらを尊重した巻であることを示すためであったと思われる。「雑歌」は巻一においては祭祀や儀礼を主とする晴の歌を収録し、巻五では愛や死を含む種々の歌を収録し、巻八では季節の歌を収録する。このような『万葉集』の「雑歌」の在り方の中で、特に「由縁有る雑歌」への興味関心の中でそれを尊重し、由縁の無い雑歌とを并せて収録したのが巻十六であったのだろう。

さて、「有由縁(雑歌)并雑歌」の理解から、巻十六の分類に及ぶ問題について概観してきたわけであるが、本書が対象とするのは巻十六の第一部に分類される由縁の部の作品、もしくは伊藤氏によって由縁明記歌と認定された作品群である。「由縁」の語の意味については、北村季吟『万葉拾穂抄』が「有由縁」に注して「由来因縁ある歌也」★11と述べるように、基本的な語義としてはその意味の範疇にある。それを巻十六の性格としていかに捉え得るかが問題とされてきたのであり、『万葉集総釈』の概説で高木市之助氏は「由縁とは不明瞭な用語であるが、要するに極めて大まかにその歌の成立についての事情、由来を指したものらしく、随って『有由縁歌』を直ちに伝説歌と訳してしまふのは面白くない」[★12]と述べ、伝説歌と区別すべき視点を提示した。武田祐吉氏『増訂万葉集全註釈』は「由縁アルは、作歌事情の特に語るべきもののあるをいう。物語を構成する歌、特殊の条件のもとに詠まれた歌などをさすであろうが、その限界は、性質上あきらかにしがたい」[★13]と述べ、この「特殊の条件」は次の窪田空穂氏『万葉集評釈』が述べる「事情・事件」に該当するものであろう。

本集の歌は、すべて実際に即して詠んだ形となつてゐるので、その実際は、言ひかへると事情といへるものである。これは、それらを普通の事情とし、それに対させての特別の事情で、更に言ひかへると、事件を伴つた歌、といふことである。これは現在の歌物語といふに当る語である。「由縁ある」と「雑歌」とを並べてあるのは「由縁ある」は、大体相聞と挽歌の範囲のもので、「雑歌」は、同じく由縁はあるが、それ以外のものとの意である。[★14]

窪田氏は、『万葉集』中の歌に付される題詞や左注を、歌の「事情」と呼び得るものとして把握するが、巻十六に限っては、他巻の有する「普通の事情」と異なる「特別の事情」を有しているのであり、それを「事件を伴つた歌」と述べているのである。これは万葉一般の作歌事情とは異なる巻十六の性格を指摘するものであり、窪田氏が標題の「有由縁」に相聞と挽歌の性格をみているのは、「由縁」が人間の愛情にまつわる故事であることを示しているといえよう。そしてその「由縁」の内実は、個々の作品の理解によって導かれなければならない問題なのである。

「由縁」がこのように捉えられる中で、「由縁」の語義について、日本古典文学全集本は「もとは仏語か」[★15]として仏典語の可能性を指摘するが、これは夙に土屋文明氏『万葉集私注』が次のように述べている。

ここの由縁の「縁」はもつと特殊の用例で、霊異記の標題に、某々縁とあるのを、今昔物語には某々語として ある如く、縁を物語、説話の意に用ゐて居ると見える。これは法苑珠林の感応縁などの示す如く、中国佛教説話などの用例に従つたものであらう。「有由縁」は関連する物語の附せられた意と見てよい。（中略）いづれにしても、佛語の縁、即ち因縁の縁から出た語であることは明かであらう。[16]

確かに、『日本霊異記』の各説話は「縁」をその単位としており、新日本古典文学大系本は「『由縁』は由来、事情。『仍ち由縁を叙す』（魏書・鹿悆伝）、『歴（あまね）く古今を観ずれば、禍福の証皆な由縁有り』（晋・孫綽「喩道論」・弘明集三）」のように漢籍・仏典の用例を指摘する。[17]この「由縁」の語の漢籍・仏典の出典は、内田賢徳氏と芳賀紀雄氏の論に詳しく述べられている。ただし、内田氏は「由縁」は仏典語よりも漢語一般の用法に近いとし、柿本人麻呂の日並知皇子挽歌（巻二・一六七）の「由縁母無」などの用例や、「縁・ヨル」の用例（巻二・一一四、巻十・二二四七）にみる文字意識の上に立って「由縁」も捉えられるべきであり、特殊に仏教語的用語ではなく、「物語的な了解も含んで、広く、いきさつ、かかわるところといった意義の語であろう」と述べている。[18]芳賀氏は内田氏の論を受けてより詳細に漢語・仏典語の用例を渉猟し、中国文献における「由縁」の語は六朝期に入ってから登場する語であること、さらに天平期書写の正倉院聖語蔵本「金光明経懺悔滅罪伝」の冒頭部分に「居道即説由縁」とあることを指摘し、この「金光明経懺悔滅罪伝」が『金光明経』の前に付されていたことを鑑みれば、「張居道にまつわる『由縁』は、『金光明経』が重んぜられたことに伴って、知られる範囲の広かった蓋然性が高いと言えよう」と、仏典由来の語である可能性を説いている。[19]注釈史においては、日本古典文学全集本・土屋文明氏『万葉集私注』が仏典語の可能性を指摘して以降、新日本古典文学大系本に至るまで漢語・仏典語に関する指摘はみられず、わずかに伊藤博氏『万葉集釈注』が「『由縁』は漢語[★20]」と注するのみである。内田氏・芳賀氏によって「由縁」の出自はある程度明確化されたといえるが、現在の研究における「由縁」の理解は、『万葉拾穂抄』が「由来因縁ある歌也」と簡潔に述べた言の範疇に収まってしまうこととなる。「由縁」の語が漢語・仏典語に由来する言葉であるとするならば、標題に「有由縁并雑歌」とあることは、巻十六は仏典や漢籍に覆われた巻であるという位置付けがなされているということになる。このことは、先学によって指摘されている次の仏典語を挙げるだけでも十分に証明されるであろう。

尓時（三八一〇左注）／係恋（三八一三左注、三八五七左注）／泉路（三八一三左注）

嗤咲（嗤笑）・愚（三八二一左注）／寺・餓鬼（三八四〇）／仏（三八四一）／僧（三八四六題詞）／法師（三八四六）

檀越（三八四七）／世間無常（三八四九題詞）／婆羅門（三八五六）／愚人（三八七八）

巻十六には右のような仏典語や仏典語と指摘されている語がみられ、特に「餓鬼」「仏」「法師」「檀越」はそのまま歌語として詠まれている。「由縁」の語もまたこの範疇に入るものであろう。このような仏典語が多くあらわれる巻十六の作品研究は、出典論による指摘が進められているが、今後は仏典語が用いられた根拠を踏まえながら、作品の読みへと向かうことが求められるであろう。

このように巻十六の「有由縁」とされる雑歌が、ある特定の縁（由縁）を持つ作品であることを考えるならば、そこに展開する〈由縁〉を持つ歌には、伝承された昔時の古歌――〈古物語り〉が収録され、また近い時代の噂話のような〈由縁〉を持つ歌――〈今物語り〉も収録され、歌に〈由縁〉を求める新たな段階が巻十六の「有由縁」に示される歌々であろう。そうした〈由縁〉の有る歌になぜ男女の恋の悲劇が語られるのかという問題は、『万葉集』の恋と語りの成立を考える上で重要な意味を持つものと思われる。

注

1　諸本間の異同を確認すると、目録で「有由縁雑歌」と記すのは紀州本・西本願寺本・細井本・温故堂本・大矢本・京都大学本・神宮文庫本・活字無訓本・活字附訓本・寛永版本の諸本であり、巻十六の目録を残す諸写本はすべて「有由縁雑歌」となっている。しかし、これらの諸写本は標題においては全て「有由縁并雑歌」と「并」の字を記すのであり、目録を持たない巻十六最古の写本である尼崎本と、広瀬本も「并」字を記す。ただし、西本願寺本のみは「并」字をミセケチにしており、『万葉集』の最善本である西本願寺本のこの処置が、多くの議論を呼ぶことになる。それは、「并」字の有無によって、巻十六という特殊な巻の理解が大きく変わるためである。

2　日本古典文学大系『万葉集 四』（一九六二年、岩波書店）。A「有由縁雑歌」に関して、概説では次のように述べている。もし「有由縁歌」と「雑歌」とからこの巻が成っているのならば、初に「有由縁歌」とし、巻の途中の然るべき所に新たに「雑歌」の標目を置くのが当然だと思われる。（中略）そうすると巻十六全部が「有由縁雑歌」ということになり、どこまでが「有由縁歌」であるかという問題は消えるが、一方に大して由縁のありそうもない歌が含まれて来ることに対する疑問が生ずると思う。しかし有由縁というのを、何かわけがあるぐらいの意味に解すれば、この巻の歌の大体はその規格の中に入るのではなかろうか。雑歌の内容もこの巻あたりになると、巻一・三・六のような宮廷的な晴の歌という性格や巻八・十あたりの都会的風雅などとは違い、勅撰集の雑の部のような位置に近くなっていると思われる。

日本古典文学大系本は、『万葉集』中の部立の立て方に注目し、二部構成であるならば「并」字によって冒頭に提示するのではなく、「有由縁」「雑歌」の部のそれぞれの冒頭に置かれるべきであると主張するのである。そうでない以上は巻全体が「有由縁雑歌」なのであり、〈由縁〉の理解はきわめて緩やかなものであろうと捉えるのである。

3　清水克彦「万葉集巻十六論―その編纂意図をめぐって―」『万葉論集』（一九七〇年、桜楓社）。

4　これらの訓読に関して、「并」は同格・並列、もしくは付加する意で解釈されているのであるが、問題は「并雑歌」の上に「有由縁」という動詞が接続し得るかということである。同格・並列とするならば、「有由縁」は「雑歌」と対等の関係である。そのためには「雑歌」に対応するべき「有由縁」も「歌」を補って理解しなくてはならないということになり、そのことにいち早く気が付いたのは童蒙抄である。童蒙抄は「有由縁并雑歌」は「有由縁歌并雑歌」（傍点筆者）の「歌」の字を脱したのではないかと指摘している。総釈が「由縁ある（歌）并に雑歌」と括弧に「歌」の字を補ったように、「并」字があることによって「有由縁歌」と「雑歌」という同格の二つの部立として理解されることになる。

5　芳賀紀雄「歌の由縁ということ―万葉集巻十六の『有由縁并雑歌』―」（『説話論集』第六集、一九九七年、清文堂）。

6　芳賀氏のいう「包摂」とは、「并」の字を付加の意味で理解することによるもので、例えば「長忌寸意吉麻呂八首」（三八二四―三八三一）において、由縁を記した左注を持つ一首目と続く七首の関係を、後続七首を一首目の「類別・類題」として編纂したものであると捉え、「この類別・類題を通じての、由縁を記しえぬ歌群を、おそらくは『雑歌』として、『有由縁』に『并』せたと見るのが穏やかであろう」と論じている。

7　尾崎富義「万葉集巻十六論―標目・題詞・左注を中心にして―」（『日本文学科論集』二号、一九七五年三月）。

8　大館義一「巻十六論」（『万葉集講座』第六巻、一九三三年、春陽堂）。

9　中西進「愚の世界―万葉集巻十六の形成―」（『国語国文』三十六巻五号、一九六七年五月。後、『万葉論集』第六巻、一九九五年、講談社に収録）。

10　伊藤博「由縁有る雑歌―万葉集巻十六の論―」（『万葉集研究』第二集、一九七三年四月、塙書房）。

11　北村季吟『万葉拾穂抄』（古典索引刊行会編『万葉拾穂抄　影印・翻刻』Ⅳ、二〇〇〇年、塙書房）。

12　高木市之助「巻第十六概説」（『万葉集総釈』第八巻、一九三五年、楽浪書店）。

13　武田祐吉『増訂　万葉集全註釈』第十一巻（一九五七年、角川書店）。

14　窪田空穂『万葉集評釈』第十巻（一九八五年、東京堂出版）。

15　日本古典文学全集『万葉集 四』（一九七五年、小学館）。

16　土屋文明『万葉集私注』第八巻（新装版、一九八二年、筑摩書房）。
17　新日本古典文学大系『万葉集 四』（二〇〇三年、岩波書店）。
18　内田賢徳「巻十六　桜児・縵児の歌―主題と方法―」（『万葉集研究』第二十集、一九九四年六月、塙書房）。
19　注5芳賀論。
20　伊藤博『万葉集釈注』第八巻（一九九八年、集英社）。

本書の概要――iv

第一章「磐姫皇后と但馬皇女の恋歌の形成――〈類型〉と〈引用〉の流通性をめぐって――」は、巻二の磐姫皇后と但馬皇女の相聞歌を対象とし、〈古物語り〉から〈今物語り〉へと展開する『万葉集』の恋の語りの状況を、〈類型〉と〈引用〉という視点から考察するものである。磐姫皇后の相聞歌は、天皇を待つ態度の中からあらわれており、それが或本歌を含めた五首によって、女の恋歌の普遍的な思いがうたわれている。そこには多くの恋歌の〈類型〉を通して恋の思いの葛藤が詠まれるのであるが、その葛藤はやがて軽太郎女が「待つには待たじ」と詠み、軽太子を追いかけようとしたように、悲劇へと向かう女の運命も予測させるようになる。この磐姫皇后と軽太郎女の〈古物語り〉は、女の恋歌の〈類型〉を通して成立し、彼女たちの恋の在り方や恋の物語りとして伝えられることで、〈古物語り〉を想起させる〈引用〉という方法を導いていったのである。また、但馬皇女の三首は、多くの類句・類想歌を持ちながら〈類型〉の中に成立している状況がうかがえ、その多くが磐姫皇后の歌と、軽太郎女の歌を〈引用〉する態度にみられる。〈類型〉は恋歌の普遍的な理解の中で歌の持つ型が規定され、〈引用〉は特定の歌句によってある典拠が導かれるというものである。このことから、但馬皇女の恋物語りは、一人の男性を激しく思うがゆえに悲劇の恋へと向かうという道筋が、〈古物語り〉の枠組みによって示されているといえる。ただし、三首目の「朝川渡る」の語は、この〈類型〉や〈引用〉に基づく〈古物語り〉の型から逸脱しているのであり、但馬皇女の「朝川渡る」という決意によって、この作品は〈類型〉や〈引用〉を脱した、但馬皇女を主人公とする〈今物語り〉たりえる根拠となっているのである。

第二章「桜児・縵児をめぐる〈由縁〉の物語り」は、巻十六冒頭の桜児・縵児の歌と物語りを取り上げ、複数の男から求婚された女性が死を選ぶ理由と、男たちが詠む歌の〈由縁〉について考察する。桜児・縵児のような悲劇の女性の死の物語りは、美しい女性が神の妻であった時代から、人間の時代へと移行する段階にあらわれた物語りであると思われる。多くの女性が親や共同体の意向に従って結婚へと向かう時代にあって、複数の男性から激しく求婚されるという異常な状況は、本人の意志に拘わらず、結果的に共同体からは「男を惑わせる淫らな女」というレッテルを貼られたのであり、共同体の秩序を著しく乱す存在として位置付けられたのである。桜児・縵児たちは、そのような生き方を望んではいなかったと思われ、親や共同体の意向のままに生きる生き方との落差に、激しく絶望したことによって、自ら死を選んだのである。ここには美しさが悲劇の原因としてあること、それが人間の側に属すことによって、桜児・縵児の悲劇が生まれたのである。そして、その悲劇的な死に対し、男たちが桜や縵をよすがとする歌を残すことで、彼女たちの美しさと共に、桜と縵の美しさの起源伝説として、年毎に語り継がれる〈由縁〉を持つ歌として成立したのだと考えられる。そこには社会が求めるあるべき女と、男が求める理想の女という対立があり、桜児や縵児は男の求めたあるべき女の幻想性を抱えて成立したものと思われる。

第三章「真間手児名伝説歌の形成――歌の詠法を通して――」は、葛飾の真間手児名の墓（奥つ城）を詠んだ山部赤人と高橋虫麻呂の作品を取り上げ、題詞「過」と「詠」の方法の違いを検討するものである。赤人歌は題詞に「過勝鹿真間娘子墓」とあり、この「過」は、柿本人麻呂の「過近江荒都時」の歌にみるように、ある場所において過去の記憶や歴史に引き寄せられたことが作歌契機となり、その旧跡における過去の歴史や伝説を回顧し、それらと一体となることによって自らの感懐を述べる方法であり、抒情的性格が強い内容であるといえる。そうした「過」を題詞に持つ作品は一つの表現様式の中にあり、その形式は中国詩の方法に求められる。これに対する虫麻呂歌の題詞は「詠勝鹿真間娘子」とあり、この「詠」による方法は中国詩の『玉台新詠』や『文選』の詠物詩の影響が指摘されている。虫麻呂の人物をうたう「詠」の歌も、もちろん詠物の範疇にあるのだが、それは一般的な方法であるよりも、むしろ『文選』の「詠史」にみられる人物（実在・非実在）の人生やその歴史を詩に託し、詠み上げる方法に接近しているといえる。虫麻呂は娘子の容姿や死の理由を詳細に歌に詠んでおり、これは「詠史」の方法によって獲得された手法であると思われる。虫麻呂は、墓に寄せて伝説の人物である娘子の人生を歴史として描くことを志向したのである。同じ手児名伝説が、「過」と「詠」という二つの方法によって詠まれたことに注目しながら、旅の途次で〈古物語り〉が再生産される方法を検証する。

第四章「嫉妬と怨情――古代日中文学の愛情詩と主題の形成――」は、古代日中文学の〈嫉妬〉と〈怨情〉の詩歌を取り上げ、愛情にまつわる文学の形成の状況を、比較研究の方法を通して考察するものである。古代中国文学には早くから〈棄婦〉を主題とする棄婦詩が存在するが、それが後に〈怨情〉の詩歌を生み出してゆく状況を整理する。『詩経』国風歌謡の棄婦詩は、妻が夫に対して棄てないでほしいと強く訴えるものがあるが、『玉台新詠』の古詩にみられる棄婦詩は、〈棄婦〉である自らの運命を受け入れ、夫を責めたり、怨みの情を述べることはない。これは古代中国において女性に求められた婦徳による態度であると思われ、班昭の「女誡」にみるような儒教的道徳観によって、女性は夫に従って貞節を守り、たとえ棄てられても恨み言を言わないことが、婦徳を重んじる良き女性として称揚された。そのような道徳観と、棄てられたことへの深い悲しみの狭間で生まれる〈棄婦〉の嘆きは、六朝情詩に至ると、閨房の中で訪れない夫を嘆く〈怨情〉へと向うことで、そこに怨恨が主題化される状況がみられる。古代日本文学ではこれらの中国文学が理解されながらも、一方では〈嫉妬〉の文学が存在する。これは日中間の男女・夫婦の歴史的環境や関係性の違いによるものと思われ、古代中国の詩は、夫婦関係を基本として愛情詩が成立している。しかし、古代日本では男性が複数の女性と関係を持つ場合もある、妻問い婚の中に男女の愛情関係が成立しており、女性は自分一人のみを愛さない男性を不実な男として批判し、それを嘆くことが女性の恋歌の基本となる。それゆえに、磐姫皇后のように激しく〈嫉妬〉をする女性は、愛する男性から他の女性を排除し、その愛情を独占したいという思いが〈嫉妬〉という感情を生むのである。一方で、それは同時に自らの心の闇を発見し、その感情に苛まれるという苦しみを抱え込むのである。愛する男性を独占したいという思いと、〈嫉妬〉に苦しむ中で女性は〈内省〉し、待つ女の態度に徹するのか、或いは異なる道を選ぶのかという葛藤の中に身を置くこととなる。そして、男性との恋を顧み、〈内省〉することで、女性は恋における自らの生き方を、自らの意志で選択することを可能としたのである。以上のことから、〈嫉妬〉と〈怨情〉の文学は、両国の社会における男女・夫婦の関係性の相違によってあらわれたものであり、〈嫉妬〉から〈内省〉する態度を獲得した女性は、本書の五章以下で取り上げる作品に登場する女性たちのように、恋愛における自らの生き方を、自らの意志で選択することを可能としてゆくのである。

第五章「怨恨歌の形成――〈棄婦〉という主題をめぐって――」は、巻十六の男に棄てられた女の怨恨の歌二首とその〈由縁〉をめぐって、〈怨恨〉と〈棄婦〉という主題による作品の形成を考察する。当該二作品は、棄てられた女の物語りとそれを怨む歌によって成立しているのであるが、このような作品が成立する事情には、『万葉集』の恋歌に多くみられる破局や嘆きの情が話題として取り上げられたものとは思われない。むしろ、ここにはより明確に棄てられた女による〈怨恨〉という主題の存在していることが推測される。いわば、棄てられた女の〈怨恨〉の情を主題とすることで、女がいかにして男との恋に向き合ったのかを語ろうとしている意図が窺われるのである。このように棄てられた女を話題とする文学は、中国詩においては棄婦詩として成立しており、それは夫婦の関係において詠まれるのが特徴である。当該二作品も、いわばこの棄婦詩に相当するものと考えられる。また〈怨恨〉も中国愛情詩の主題の系譜に属するものであり、これらを主題とする作品が成立する背景には、中国詩との関わりの深いことが予想されるのである。〈怨恨〉を主題とする『万葉集』の代表的な作品である坂上郎女の「怨恨の歌」は、頼みにした男が突然訪れなくなったことを嘆き、訪れない男を泣き暮らしながら待ち続ける女の哀切の情がうたわれている。それは男との関係に対して、破局への懼れを抱きながらも、一方に訪れの期待もまた残されているという不安と葛藤の中に存在する、女の情の表白である。それをもって〈怨恨〉という主題が成立しているのであり、この〈怨恨〉の主題化はそのまま『玉台新詠』の「怨」や「閨怨」の在り方と重なるものである。ところが、当該作品の娘子たちは、「寵薄れたる後」に「寄物」を返却され、或いは夫が「他妻を娶」って「裹物」のみを贈ってきたことから破局が確実となったのである。ここには、男の心離れによって棄てられた〈棄婦〉であることへの明確な自覚があり、坂上郎女の〈怨恨〉とは内実を異にするものであると思われる。この棄てられたことへの自覚による〈怨恨〉の歌は、むしろ〈棄婦〉という主題によって展開しているものであり、待つ女から怨む女へという、女性の心的態度を映し出した作品であることを論じる。

第六章「『係念』の恋――安貴王の歌と〈今物語り〉――」は、巻四の安貴王作歌の左注にみえる「係念」の語に注目して、〈今物語り〉としての安貴王の悲恋物語りの形成を考える。安貴王作歌の左注には、王が八上采女を娶ったことで不敬の罪を得て、その別離を悲しんだ歌があり、左注では王の采女に対する愛情を「係念極甚、愛情尤盛」と説明する。この「係念」は集中孤例で出典不明の語であったが、小島憲之氏により仏典語であることが明示された。但し、この語を積極的に作品理解に反映させる試みはこれまでなされておらず、本論は左注の「係念」を仏典語として捉え直し、作品の位置付けを論じるものである。この仏典語「係念」の意味は、第一に〈仏への専心〉であり、第二に〈色欲への迷いの戒め〉を説く修行法である。対して当該左注の「係念」は、この二つの意味を受け取りながらも、第一の〈仏への専心〉は〈采女への専心〉へと転換され、第二の〈色欲への迷いの戒め〉は〈采女への迷い〉へと転換されたものと思われる。ここには、仏典語の「係念」の意味を引き取って捉え直すことで、采女への専心と采女への愛情の深さへと変質させたものであり、この転換は仏典語「係念」を十分に理解した上で成立した用法であったと考えられる。王の常軌を逸した愛情は罪を得ることとなるが、しかし、それは采女を一途に愛すること、つまり「係念」することで仏教の戒めと対立する愛情の深さを示したのだといえる。ここには、男女の愛を徹底して排除してゆく仏教思想と対峙することで、より強い男女の愛情の物語りを描き出そうとする、『万葉集』の立場が色濃く反映した作品として位置付けられるのである。さらに、そのような特殊な仏典語を高貴な身分である安貴王と采女の恋へと用い、当該作品のような歌物語りに仕立てるに至った背景には、今に生きる人物を主人公とした〈今物語り〉としての性格をみることができ、当該作品は仏教思想と対峙することによって発見される男女の愛の価値を語る〈今物語り〉として成立したことを論じる。

第七章「『係恋』をめぐる恋物語りの形成――『夫の君に恋ひたる歌』をめぐって――」は、巻十六の「夫の君に恋ひたる歌」という同じ題詞を持つ二つの作品を取り上げる。一つは、その左注に車持の娘子が登場し、夫の通いが途絶えたために病に臥し、死ぬ間際になって訪れた夫に歌を詠み掛けたが、遂に身まかったという〈由縁〉を持つ歌である。この時、娘子が夫に対して抱いた恋情が「係恋傷心」である。もう一つは、左注によると佐為王の近習の婢が宿直で夫に逢えない日が続き、夢に夫の姿を見たが触れ得ず、咽び泣きながら歌を詠んだところ、その歌を聞いて哀慟した王が宿直を免除したという〈由縁〉を持つ歌である。その婢の夫への思いが、「係恋実深」であった。ここに用いられる二つの左注の「係恋」の語は、すでに佐竹昭広氏や小島憲之氏によって仏典語であることが指摘されているが、小島氏は当該の作品に用いられた段階では仏典語としての意識は稀薄であるとされた。しかし、この「係恋」の語は『大正新脩大蔵経』においても十数例しかみられない極めて特殊な言葉であり、仏典語の意味から一般化された言葉として扱うにはなお検討の余地がある語である。そこで、この仏典語「係恋」の用例を分析すると、Ⅰ思慕、Ⅱ愛着、Ⅲ執着の三つの意味を見出すことができ、当該の二作品はⅡの愛着にその意味が求められるものと思われる。ただし、この語が『万葉集』の恋物語りに用いられたのは、これが仏典語であることを充分に理解した上で、仏典語の意味を転換させ、男女の強い愛情を表現する言葉として用いたことが考えられる。そこには、『万葉集』の男女の恋の語りが仏教の時代に入り、仏の説く愛の執着への戒めと、男女が尊重する愛の執着とが対峙する段階へと至っている状況を読み取ることができるのである。このことによって、『万葉集』は仏教と対峙することによって見出される、新たな恋と語りの創造へと向かったのではないかと考えられるのである。

第八章「愚なる娘子――『児部女王の嗤へる歌』をめぐって――」は、巻十六の「児部女王の嗤へる歌」の左注にみえる「愚」として「嗤咲」される娘子の物語りと、児部女王の嗤笑歌を対象とする。この娘子は、「高姓美人」の「誂《あとらへ》」を拒否し、「下姓媿士」の「誂」を許したと伝えられ、そのことを女王が「愚」として「嗤咲」したのだという。左注には、二人の男が娘子を「誂」たとあり、ここには妻争いの話型を背景としていることがうかがわれると同時に、娘子が一方の男を選択したことによって、その話型からの逸脱が読み取れる。その娘子の選択を女王は「愚」として「嗤咲」するが、「嗤咲」は漢語「嗤笑」と同義であり、むしろ仏典に散見される語である。殊に仏典語「嗤笑」は、世間の常識から外れた、道理をわきまえない愚行に向けられる笑いを指し、女王も、世間の道理を弁えない非常識な選択をした娘子を「愚」として「嗤咲」したのである。仏典において「愚」と「嗤笑」は切り離せない関係にあり、『百喩経』においては、「愚」として「嗤笑」される愚人の話が多く載る。『百喩経』の愚人は、世間の価値観や常識、道理を理解しない愚者であるが故に嗤笑される。それは一方で世間の価値観と、それと異なる価値観の中に生きる者という立場の違いを生み出すものである。すなわち、女王が「高姓美人」を選択するべきであると判断したのは、当時の社会常識を価値とする態度であるが、娘子は男の容貌でも身分でもなく、「下姓媿士」に見出した真の愛情を価値としたのではないかと考えられる。この娘子は、世間の実利的な価値観にとらわれず、真の愛情に価値を見出した女性の登場であるといえ、自らの意志で自らの人生を選択しようとした態度である。ここには、『万葉集』の女性の恋と語りの新たな展開を見出すことができるように思われる。

以上のように、本書は〈古物語り〉から〈今物語り〉へという、『万葉集』の恋物語りにおける文芸史的展開と、〈古物語り〉を背景に持ちながらも〈今物語り〉の中にあらわれる歌にまつわる〈由縁〉の内実を、漢語や仏典語などの特殊な語彙に注目しながら論じるものである。『万葉集』に残された恋する男女の姿は、苦悩や葛藤を経験し〈今物語り〉を形成する。やがて記載される段階に至る中で、多様な要素を取り入れながらも、男女の恋そのものは真の愛情やその言葉を信頼し、あるべき恋に生きることを求めるのである。本書では、この男女の恋にまつわる心の歴史を、作品に沿いながら文芸史の視点から体系的に論じることを目的とするものである。

第一章　磐姫皇后と但馬皇女の恋歌の形成

〈類型〉と〈引用〉の流通性をめぐって

一　序

古代に成立した『古事記』や『日本書紀』には、天皇や皇子女たちをめぐる恋物語りが多く収録されている。これらの恋物語りは、いわば〈古物語り〉として伝承されていたものである。続いて成立する『万葉集』にも多くの恋物語りが伝えられているが、『万葉集』にみる恋物語りは〈古物語り〉を継承しながらも、一方に〈今物語り〉としての性格を有しているように思われる。これは『万葉集』の作品が、近い過去や現在の身近な出来事に強い関心を示したことによるものであり、その現在性が『万葉集』の恋物語りを成立させる大きな要因となっていると推測される。

『万葉集』が、〈古物語り〉を継承しながら新たな〈今物語り〉を形成してゆく状況は、巻二の相聞の作品に象徴的にあらわれている。それはたとえば、相聞部冒頭の磐姫皇后の歌群と、但馬皇女の歌群にみることが可能であろう。

A　　磐姫皇后の、天皇を思ひて作りませる御歌四首

a君が行き日長くなりぬ山たづね迎へか行かむ待ちにか待たむ（巻二・八五）

　　右の一首の歌は、山上憶良臣の類聚歌林に載す。

bかくばかり恋ひつつあらずは高山の磐根し枕きて死なましものを（同・八六）

cありつつも君をば待たむ打ち靡くわが黒髪に霜の置くまでに（同・八七）

d秋の田の穂の上に霧らふ朝霞何処辺の方にわが恋ひ止まむ（同・八八）

或る本の歌に曰はく

e居明かして君をば待たむぬばたまのわが黒髪に霜はふるとも（同・八九）

右の一首は古歌集の中に出づ。

B

但馬皇女の高市皇子の宮に在しし時に、穂積皇子を思ひて作りませる御歌一首

f秋の田の穂向の寄れるかた寄りに君に寄りなな言痛くありとも（巻二・一一四）

穂積皇子に勅して近江の志賀の山寺に遣はしし時に、但馬皇女の作りませる御歌一首

g後れ居て恋ひつつあらずは追ひ及かむ道の阿廻に標結へわが背（同・一一五）

但馬皇女の高市皇子の宮に在しし時に、竊かに穂積皇子に接ひて、事すでに形はれて作りませる御歌一首

h人言を繁み言痛み己が世にいまだ渡らぬ朝川渡る（同・一一六）★1

Aの磐姫皇后は、『古事記』や『日本書紀』には嫉妬深い女性として描かれるが、『万葉集』では天皇を思う女性としての態度を示している。aの歌では君を迎えにゆこうか、このまま待ち続けようかという葛藤をうたい、bの歌では死んでしまいたいと思うほどの恋の苦しみを、cの歌では黒髪が白くなるまでも君を待ち続けようという思いが詠まれている。このcの歌の或本歌としてeの歌がみえ、そこには夜明けの霜が降りるまで、一晩中君を待ち続ける心情がうたわれている。そしてdの歌は、秋の田の穂にかかる朝霞の景から、行方の知れない自らの恋を見つめるのである。ここには『古事記』『日本書紀』にみられる嫉妬深い皇后の姿はなく、一途に天皇を慕う恋の思いが、様々な視点から詠まれている。中でも注目されるのがaの歌であり、これは続く九〇番歌と

『古事記』八十七番歌謡にその類歌が載る。九〇番歌及び『古事記』歌謡は軽兄妹の悲劇の物語りの中に伝えられているものであり、この天皇を思う磐姫皇后のaの歌と軽兄妹の悲劇の恋物語りは、類似する歌を通して異なる物語りを伝えている。この状況は歌が持つ流通性と、そこに内在する物語り的性格という問題が大きく関わるものであろう。

Bの但馬皇女の三首は、fの歌では高市皇子の宮にありながら、「人言」が激しくとも隠せぬ穂積皇子への恋情をうたい、gの歌では穂積皇子が勅命によって志賀の山寺に遣わされたことにより、その後を追いかけようとする思いをうたう。hでは穂積皇子とのひそかな逢瀬が世間に知られたことで、いまだ渡ったこともない朝川を渡るという内容がうたわれる。この三首は題詞と呼応しながら、「寄りなな」「追ひ及かむ」「朝川渡る」などの語により、皇女の一途な恋が段階を経ながら、悲劇へと向かうことを予測させる構成である。この但馬皇女の三首は、題詞の物語り的性格や右の特徴的な歌句に注目が集められてきたが、多くの類句・類型表現が用いられていることもまた注意しなければならない。この三首は、恋歌の類句・類型表現に支えられた上で、彼女の恋に生きた人生が描かれているのであり、そこに〈古物語り〉から展開する〈今物語り〉への状況をみて取ることができるものと思われる。

本論では、この磐姫皇后と但馬皇女の歌群を検討し、〈古物語り〉から〈今物語り〉へと展開する『万葉集』の恋の語りの状況を、〈類型〉と〈引用〉という視点から考えてみたい。

二　磐姫皇后をめぐる〈古物語り〉の形成

磐姫皇后の歌群Aで注目されるのは、aの歌が類似した歌を伝えながら、異なる物語りと結びつく性格を有していることである。aの類歌に、次の『万葉集』巻二・九〇番歌がある。

古事記に曰はく「軽太子、軽太郎女に奸く。故、その太子を伊予の湯に流す。この時、衣通王、恋慕に堪へずして追ひ往く時の歌に曰はく

1君が行き日長くなりぬ山たづの迎へを往かむ待つには待たじ（ここに山たづと云ふは、今の造木なり）」

といへり。右の一首の歌は古事記と類聚歌林と説ふ所同じからず。歌の主もまた異なれり。因りて日本紀を検ふるに曰はく（下略）。

1の歌の題詞は、『古事記』の軽兄妹の物語りを取り出して説明したものであり、『古事記』の允恭天皇条の木梨軽太子の物語りの中にも同じ歌謡が載る。『古事記』によれば、木梨軽太子が同母妹の軽大郎女を姦し、そのことによって人心は背いて穴穂御子に味方し、軽太子は遂に伊予の湯に流されたという。この歌は、その時に軽大郎女（衣通王）が「恋ひ慕ふに堪へずして、追ひ往きし時[★2]」にうたった歌であると説明される。歌の内容は、君の旅立ちからずいぶんと日が経った、造木のように迎えに行こう、もうこれ以上待ってはいられない、という強い意志による詠出であり、物語り文脈との乖離が少ないことから、土橋寛氏の『古代歌謡全注釈』はこの『古事記』歌謡を「物語歌」であると位置付ける。[★3] 1の左注では、この歌について『古事記』と「類聚歌林」の説明が異なることに注目して、『日本書紀』の仁徳天皇条の磐姫皇后の物語りと、允恭天皇条の軽太子の物語りを引用することによってその是非を検証しているが、結局「今案ふるに二代二時にこの歌を見ず」という。aの歌も左注には「右の一首の歌は、山上憶良臣の類聚歌林に載す」とあり、この歌が『万葉集』と「類聚歌林」の双方に収載された歌であったことが知られる。

このように、aの歌及び1の歌は、その成立過程において様々な物語りと結びつき、また様々なテキストを流伝する歌であったと位置付けることができる。そして、一首の歌が様々な物語りを引き寄せる背景には、歌自身が持つ物語り的性格と、そこに託された心情の類型化という問題が存在するように思われる。

aは「迎へか行かむ待ちにか待たむ」と、待つ女のたゆたう心情がうたわれているのに対して、1の歌は「迎へを往かむ待つには待たじ」といい、追いかけようとする心情がうたわれている。これらは、類似する歌句を持ちつつ、そこに表現される心情は異なる様相を示している。女の恋歌は、男を待つことを基本として、その嘆きや苦しみをうたうことに特徴が認められるが、1の場合は、恋歌の基本を逸脱して男を追いかける決意の歌であることには注意される。このような恋歌の成立には、ある事情の存することが想定される。そこには先に述べた心情の類型化による、歌の流通性という性質に深く関与していることが推測されるのである。

この歌の流通性という問題は、歌句の類似、類想による〈類型〉に基づく場合と、ある物語りからの〈引用〉という場合がある。〈類型〉は、歌句の持つ連想性や類想性によって、歌の内容や方向性を規定するものであり、〈引用〉は、特定の言葉が詠まれることである物語りを想起させ、その作品に同様の話型を重ね合わせることを可能とするものである。磐姫皇后のAの歌群は、この〈類型〉と〈引用〉との中にある。ただし、〈引用〉は〈類型〉と重なりながら展開するものであるため、ここでは〈類型〉の場合から考えてみたい。

aの初句の「君が行き」は、大切に思う人が自分のもとから離れてあることを意味する歌句であるが、多くの注釈書は旅立ちのことと解釈しており、それは次のような歌から理解される。

2君が行日長くなりぬ奈良路なる山斎の木立も神さびにけり（巻五・八六七）

3君が行もし久にあらば梅柳誰とともにかわが蘰かむ（巻十九・四二三八）

2は吉田宜が大伴旅人に宛てた書簡と共に記された一首であり、旅人が奈良を旅立ってから、庭の木々ものの寂しい様子となってしまったことを嘆いており、ここでの「君が行」は旅人の大宰府赴任を指している。そして「日長くなりぬ」「神さび」によって、旅人と別れて過ごした時間がことさら長いものであることを強調しているのである。3は久米広縄が越中から帰京する時の餞の宴で大伴家持が詠んだ歌であり、君の旅立ちがもし長くなったならば、一体誰と梅や柳をかずらにして風流を楽しんだらよいのだろうかと、広縄との別れを惜しんでいる。2と3の歌はいずれも親しい人物の赴任による別れを嘆くものであり、aや1の歌のように男女の恋歌の例に限らず、「君が行き」は親しい人物が旅立ったことを意味する。これは、次の歌々も同様である。

4君が行く海辺の宿に霧立たば吾が立ち嘆く息と知りませ（巻十五・三五八〇）

5君が行く道のながてを繰り畳ね焼き亡ぼさむ天の火もがも（同・三七二四）

4は遣新羅使人の贈答歌で、女性の立場から遣新羅使となった恋人（或いは夫）へ贈った歌であり、「君が行く海辺の宿」は公務によって海の辺に宿る男の旅路を指している。そして、そこに立つ霧は恋する人と離れてあることによる、深い嘆きのため息であるのだという。5は狭野茅上娘子との密通により越前国に流された中臣宅守へ、娘子が別れに臨んで作った歌である。この「君が行く道のながて」は、宅守が向かう越前国への道のりを指しており、その道を手繰り寄せて焼き尽くし、恋人を都に引き留めたいという強い嘆きがみえる。「君が行く」は、恋人とやむを得ない事情によって別離を強いられた女性が、恋人へ自らの深い嘆きを詠む歌に用いられている。これは、妻問いに訪れない恋人を待つ女の嘆きの歌とは事情を異にするものであり、a及び1の歌の「君が行き」もそのような状況が想定されよう。

続いて、その「君」の旅立ちが「日長くなりぬ」と嘆かれる。「ケナガク」の「ケ」は、日を意味するケであり、

「相見ずて日長くなりぬ」（巻四・六四八）、「恋ふる日のけ長くあれば」（巻十・二二七八）などの類型を持ち、七夕歌にも多くみえ、「恋しくは日長きものを」（巻十・二〇一七／人麻呂歌集）、「逢はなくは日長きものを」（同・二〇三八）、「恋ふる日は日長きものを」（同・二〇七九）のように、牽牛・織女の悲恋伝説に基づいて、二星の別離の時間を嘆く表現として詠まれている。すなわち、一日千秋の如き遠い時間の長さとその苦しみを、「日長く」の語は包含しているのである。

第三句は、aの歌が「山たづね」、1の歌が「山たづの」とあり、この句を転換点として、両歌の心情表現は異なる方向へと展開する。aの歌の「山たづね」は、自らが山路を尋ねてゆくことを意味する。旅人が山を越えてゆくことは、「曇り夜のたどきも知らぬ山越えて往ます君をば何時とか待たむ」（巻十二・三一八六）のようにうたわれ、女は山を越えて旅立った男の帰りを今か今かと待ち続けるのである。aの歌が「山たづね迎へか行かむ待ちにか待たむ」とうたうのは、男が行った山路を尋ねて迎えにゆこうか、このまま待ち続けようかという揺れる心情の表白にある。この逡巡の原因は、愛する男を追いかけたいという思いと、男を待つという態度が女の基本的な立場であることとの葛藤によるものであると考えられる。この女の恋歌の基本的な性格について、辰巳正明氏は、Aの磐姫皇后の相聞歌群は女の恋歌の形式がモデル化されたものであるとし、この歌群には磐姫皇后の恋をモデルとした相聞歌の発生が窺えるという。そこにはa「追いかける女」、b「恋に死ぬ女」、c（e）「待つ女」、d「内省する女」の四つの型があり、女の感情の基本を示すものであるように思われると述べている。★4 aの歌は先に検討したように、「君が行き」は離れた相手を思う歌の類型として展開し、「日長くなりぬ」は恋人と離れてある苦しみを歌う類型表現としての性格が認められる。bの歌は、「かくばかり…」「恋ひつつあらずは…ましものを」の類型を持つ歌である。

6かくばかり恋ひつつあらずは石木にもならましものを物思はずして（巻四・七二二）

7かくばかり恋ひつつあらずは朝に日に妹が履むらむ地にあらましを（巻十一・二六九三）

6と7の歌はbの歌と近似した歌句を持つ歌であり、このように恋し続けるくらいなら、物を思わない石や木、或いは妹が毎日踏む土にでもなってしまいたいという。あるいは「咲きて散りぬる花にあらましを」（巻二・一二〇）、「君が家の池に住むとふ鴨にあらましを」（巻四・七二六）、「汝が佩ける大刀になりても斎ひてしかも」（巻二十・四三四七）なども「恋ひつつあらずは」の類型であり、恋し続ける自己とは異なるモノに成り代わりたいという願望を導き出す定型表現となっている。これはbの歌の「死なましものを」という自己消滅への願望を典型として、自己とは異なるモノに成りたいという願望を導く表現が、恋歌の中で流通していることを示している。

cの歌は、黒髪が白くなるまで、つまり老いて白髪になるまで男を待ち続ける女の姿である。それは、「黒髪の白髪までと結びてし心ひとつを今解かめやも」（巻十二・二六〇二）のように、白髪になるまで共にあることを誓う男女の恋の象徴的表現である。これは、いつまでも男を待ち続けようとする、女の激しい恋の思いに基づいた表現である。eの場合は「居明かして」とあることから、一晩中男を待ち続ける女の姿がうたわれており、たとえば「君待つと庭にし居ればうち靡くわが黒髪に霜そ置きにける」（巻十二・三〇四四）などの類想歌が存する。また、cの歌に対してeの或本歌を載せるのは、男を待つ女の定型的表現としての広がりを示すものであろう。

dの歌は、秋の田の景に寄せて、自らの恋の消息を見つめる歌である。

8秋の田の穂の上に置ける白露の消ぬべくも吾は思ほゆるかも（巻十・二二四六）

9秋の田の穂向の寄れる片よりにわれは物思ふつれなきものを（同・二二四七）

8と9の歌は巻十に連続して収められており、一種の連関性を持つ歌として理解されたのであろう。秋の田の稲穂を素材として、8はそこにあらわれる恋情が消えてしまうという方向へ、9は片寄る方向へという展開を示している。このdの歌も含めた「秋の田の穂」の歌は、稲穂の片よりから恋の願望へと展開する一方、そこに霧のかすむ景や白露の景によって、自らの恋の行方を見つめる、内省的な歌へと向かってゆくのである。

このように、磐姫皇后の相聞歌群は、男を待つことをその基本として、四つの女の恋歌の類型が存在することが認められる。それらに託された心情は、『万葉集』中に多くの類句・類想歌を持ち、古代の歌世界の中で広く流通した表現によって、形成された歌群であることが理解される。辰巳氏はaの歌を、「追いかける女」に分類しているが、その理由について次のように述べている。

待つことが女の立場であり、待つ女を古代では社会的通念とするのだが、「迎へか行かむ」には待てない女の心が現れる。それは夫に対する愛情の深さを読み取らせるものである一方に、社会的通念を超えようとする女の激しい恋慕があり、その恋慕の向こうに夫への激しい嫉妬の心がある。(前掲書)

古代の女性は男を待つことがその基本的立場でありながら、aの歌には「待てない女の心」があらわれており、追いかけたい心情と待つこととの対立の中にaの歌の葛藤があり、そこに「追いかける女」の姿があるのだという。これは、実際に追いかけたか否かという問題ではなく、待つことの苦しみに苛まれる中で、aの歌は「追いかける」という選択に思い至ったのであり、追いかけたいという自らの衝動を発見したのだということである。ここに、aの歌と1の歌との接続点が認められる。ただし、aの歌はあくまでもその選択を前にして逡巡する女の姿であり、「迎へを往かむ待つには待たじ」という1の歌の決意とは一線を画すものである。1の歌は、この葛藤や逡巡を乗り越えて、やがて男のもとへ向かうであろうことを予測させるものであり、それは即ち社会から逸脱し、日常には回帰することのできない道を選ぶことを暗示するのである。

古代において、女が男の後を追ってゆこうとする歌は多くないが、aから1の歌への展開を考察する上で、次の二首が参考となるものと思われる。

10後れゐて恋ひつつあらずは紀伊の国の妹背の山にあらましものを（巻四・五四四）

11わが背子が跡ふみ求め追ひ行かば紀伊の関守い留めてむかも（同・五四五）

この二首は、笠金村の「神亀元年甲子の冬十月、紀伊国に幸しし時に、従駕の人に贈らむがために、娘子に誂へらえて作れる歌一首并せて短歌」の反歌であり、長歌においてこの娘子の心情は「……しかすがに　黙然もありえねば　わが背子が　行のまにまに　追はむとは　千遍おもへど　手弱女の　わが身にしあれば　道守の　問はむ答を　言ひ遣らむ　術を知らにと　立ちて爪づく」（同・五四三）と詠まれている。この娘子の恋人、或いは夫は紀伊への行幸に従駕しているのであり、黙って待っていることもできず、幾度も追ってゆこうと思うのだが、女の身では関守の問いに答える術もなく、立ち上がってはためらってしまうのだという。右の二首はこの長歌を受けて成立しており、10の歌はbの歌の〈類型〉の中にある。しかし、11の歌では、わが背子のたどった道を追い求めて行ったならば、紀伊の国の関守に阻まれて、実現不可能となるであろうことへの落差に苛まれるのである。それゆえに、この娘子は行動には移さず、家でただ夫の帰りを待ち続けるしかないのである。

磐姫皇后のaの歌は、愛する男を待つ女が、待つことを強いられる女としての自己を見つめ、その内省から待つか追いかけるかの葛藤に苛まれている状態である。一方、1の歌はすでに「迎へを往かむ待つには待たじ」という、追いかけようという感情にせき立てられた段階から出発しており、磐姫皇后の葛藤を超えたところに歌の起点がある。しかし、この追いかけようとする段階においてもまた葛藤へと向かう場合もある。この、《待つ―内省―葛藤―追う》という感情の逡巡は、一方向性なのではなく、逆の順序をたどることもまた可能なのである。そして追いかけた先に待つ悲劇的な結末も、おのずから予想されているのである。ここに、aの歌が磐姫皇后の天皇を「思ふ」歌として成立し、1の歌が軽太子を追いかける軽太郎女の歌として成立した理由が求められるであろう。それは多くの〈類型〉を醸成しながら、古の世の〈古物語り〉として形成された歌々であり、それはまた〈古物語り〉から恋の思いを〈類型〉として取り出すことをも可能としているのである。

三　但馬皇女をめぐる〈今物語り〉の形成

磐姫皇后の相聞歌が、多くの〈類型〉を持ちながら成立し、女の恋歌の典型として相聞部の冒頭に位置付けられたことは、先にみた通りである。中でもaの歌は、待つ女の態度と追いかける女の態度を内包しており、それが軽太郎女が軽太子を追いかけて情死するという、悲劇の恋物語りへと結びついた要因であった。軽兄妹の物語りは、兄妹婚という始祖神話においてのみ許される、一回性の禁忌を犯したことによって死という結末が与えられるのであるが、これは神代から人の世へ移る際に起こった悲劇の記録であろう。この〈古物語り〉に記憶された男女の恋の典型としての物語りは、人の世の段階においては〈今物語り〉として展開してゆくのである。

〈今物語り〉を形成する要素として、登場人物の実在性や現実性が挙げられる。確かに、磐姫皇后や軽兄妹は、『万葉集』の近時代である舒明天皇から遙かに時代を遡った世の出来事であり、これは近時の実在性とは異なる、〈古物語り〉として享受されたものと思われる。一方、ここで取り上げる但馬皇女は、天武天皇の皇女であり、また題詞に登場する高市皇子、穂積皇子も同じく天武天皇の皇子たちであり、その実在性は『日本書紀』『続日本紀』などの歴史書において保証されている。では、この但馬皇女をめぐる〈今物語り〉は、どのようにして形成されたのだろうか。この但馬皇女の三首については、これまで題詞の物語り性が多く注目を集めてきたが、ここでは〈古物語り〉から〈今物語り〉へという展開を想定して、前節と同じく歌の〈類型〉から検討してみたい。

但馬皇女のfの歌の〈類型〉を持つ歌句は、「秋の田の穂」「かた寄り」「寄る」「言痛し」である。「秋の田の穂」を話題とする恋歌は、先に磐姫皇后のdの〈類型〉によってみた通り、稲穂にかかる霞や露のように、行く末の知られない自らの恋や、消え入りそうな恋の不安を訴える景として、また稲穂の一方向に靡く様子から、思いを寄せる相手に「寄る」ことを導くものである。但馬皇女のfの歌が、稲穂の「かた寄り」の様子からわが思いの「かた寄り」へと向かうのは、《稲穂—かた寄り—寄るべき人—恋の願望》という連想から生じるものと思われる。fの歌に「寄れる」「かた寄りに」「寄りなな」と、「寄る」の語が三度も用いられているのは、fの題詞にみえる穂積皇子を「思」うという、皇女の心の様相を示す鍵語であることを示しているのであろう。この「寄る」という語は、『万葉集』の恋歌においては男女関係を示唆する言葉として慣用的に用いられている。

12梓弓引かばまにまに依らめども後の心を知りかてぬかも（巻二・九八）

13秋の野の尾花が末の生ひ靡き心は妹に寄りにけるかも（巻十・二二四二）

12は、弓を引くことをテーマとした久米禅師と石川郎女の恋歌の贈答の一首であり、弓を引くことが相手の気を引くことを、そこから相手に「寄る」ことが導かれている。13の「心は妹に寄りにけるかも」は、相手にすっかり心を奪われた状態を意味し、類似する「（心は君・妹に）寄りにしものを」は多くの類句が存在する定型的な句である。直接に男女関係を意味する「寄る」には「寄り寝る」の語があり、柿本人麻呂の石見相聞歌では「……朝はふる　風こそ寄せめ　夕はふる　浪こそ来寄せ　浪の共　か寄りかく寄る　玉藻なす　寄り寝し妹を……（傍点は筆者による）」（巻二・一三一）の如く、妹と「寄り寝る」ことを導くまでに四度も「寄る」の語が詠まれている。fの歌が「寄る」を繰り返すのは、但馬皇女の恋情の強さと、題詞「思穂積皇子」の内実が皇女の激しい片思いにあることを意味し、さらにはそこから展開する「寄る」ことへの強い恋の願望が示されている。その願望は、次の「言痛くありとも」へと向かってゆくのである。「言痛」が恋歌の特徴的な表現であることは、『万葉集』の多くの例から知られるが、たとえば次のような歌が挙げられる。

14他辞《ひとごと》を繁み言痛み逢はざりき心あるごとな思ひわが背子（巻四・五三八）

15恋死なむそこも同じそ何せむに人目他言言痛みわがせむ（同・七四八）

14では人言の激しいことを「他辞を繁み言痛み」と繰り返す形で詠まれ、15では「人目他言」が重ねられることで、恋に死ぬことと等しい、激しい苦しみとして詠まれている。「人目」（他人の監視）や「人言」（他人の噂）は、恋する男女を待ち受ける常の障害となるものであり、「言痛」は人の噂や中傷の激しいことが、身を切るような痛みとして感じられるというものである。

こうした「秋の田の穂」「かた寄り」「寄る」のような、恋歌の中で特定の意味を持ちながら詠まれる歌句は、多くの定型的・類想的な表現を獲得してゆくのであり、そこから喚起される恋情もまた恋歌の〈類型〉として、歌の流通性の中に広まってゆくのである。fの歌が「秋の田の穂向の寄れるかた寄りに」とうたうのは、《稲穂―かた寄り―寄るべき人―恋の願望》という連想から導かれた表現の〈類型〉の中に存在することは先に述べた通りであるが、これは、磐姫皇后のdの歌と響き合う表現である。おそらく、その類似性が回路となって磐姫皇后の〈古物語り〉を想起させることを可能としているのであろう。また、fが記す「思穂積皇子」という題詞の形式は、A「磐姫皇后思天皇」、「弓削皇子思紀皇女」（巻二・一一九―一二二）、「額田王思近江天皇」（巻四・四八八）の例が存在し、fの題詞はその形式においても磐姫皇后との一致をみせる。すなわち、fの歌は、題詞や歌の〈類型〉から磐姫皇后の恋歌や恋物語りを喚起させたはずであり、それは磐姫皇后の恋物語りを〈引用〉するという方法として認められるであろう。これはgの「後れ居て恋ひつつあらずは」が、やはり磐姫皇后のb「かくばかり恋ひつつあらずは」と重なることからも明らかであろう。これらの類句の起源を何処に求めるかを定めることは困難であるが、この表現の形式がやがて磐姫皇后の夫を思う歌に集約され、磐姫皇后の恋歌がその思いを託す定型となり、その物語り性を抱えながら歌の流通へと向かったと推測される。fgの歌の背後には、こうした流通する恋歌の〈引用〉による恋物語りが示唆されているといえよう。

gの歌は下二句の解釈の難解さにより、様々な論が展開されている。ただし、「後れ居て恋ひつつあらずは」が「追い及かむ」の動機であることは間違いなく、上句の理解によって下句の理解の方向が決定されるものと考えられる。またここで問題としている〈類型〉の性格に照らし合わせるならば、「後れ居て恋ひつつあらずは」の表現に注目することができる。

16後れゐて恋ひつつあらずは紀伊の国の妹背の山にあらましものを（巻四・五四四）

17おくれ居て恋ひつつあらずは田子の浦の海人ならましを玉藻刈る刈る（巻十二・三二〇五）

18おくれ居て恋ひば苦しも朝狩の君が弓にもならましものを（巻十四・三五六八）

右の三首は、「後れ居て」恋に苦しむくらいなら、妹背山や海人になりたい、恋人が身につける弓になってしまいたいと願うものであり、「後れ居て」は恋人と離れ一人残されて恋し続けることの苦しみを訴える方法として、類句化されている例である。相手に後れてあることの嘆きは、茅上娘子が中臣宅守への思いを詠んだ歌に「君が共行かましものを同じこと後れて居れど良きことも無し」（巻十五・三七七三）とあるように、離れた相手に自らの恋の苦しみを訴える方法として存在している。また第二句の「恋つつあらずは」は、先に磐姫皇后のbの歌でみたように、自己とは異なるモノに成り代わりたいという願望を表出するものであった。牧野正文氏は、『万葉集』の「恋ひつつあらずは」の例に共通するのは「常に実現不可能な願望を表現している」ことであると指摘し、これらの類例によって、gの歌の「恋ひつつあらずは」に続く「追い及かむ」も、現実的に不可能な行為とみるべきであると述べている。[★5] しかし、これら「恋ひつつあらずは」の〈類型〉は、恋し続ける自己とは異なるモノに成り代わりたいという願望に向かうのであり、gの歌のように「追い及かむ」という心情を導く場合と類想関係にあるとは思われない。むしろ、「後れ居」であることから追いかけることへと向かう事例は、次の歌にみることができる。

19わが背子が跡ふみ求め追ひ行かば紀伊の関守い留めてむかも（巻四・五四五）

これは前掲16に続く歌で、「後れ居」であることから追いゆくことへと展開しつつも、そこには大きな障害が待ち受けていることがうたわれている。gの歌の場合は、「後れ居て恋ひつつあらずは」とうたうことによって、「…ましものを」という「実現不可能な願望」へと向かう〈類型〉を想起させつつ、三句目で「追い及かむ」と切り返すことで〈類型〉からの逸脱をはかり、相手を追い求める心情へと展開させているのである。

四句目の「道の阿廻」について、井手至氏は「阿（隈）・クマ」は葬地、他界、死に場所などと密接な関わりを持っているとし、「阿」では「邪悪な者の異郷からの侵入を遮り遠ざけるてだての一つとして障神が祭られていた」[★6]と述べている。この「阿廻」について牧野氏は、「万葉歌の中では現実の旅路と観念上の死出の道筋との二様の文脈において位置付けられている」とし、gの歌の場合は、「他界への道筋の中に位置付ける」ことができるのだという（牧野氏前掲論）。両説に共通するのは、「道の阿廻」が異郷や他界など、死と関わる場所として捉えられるという点である。そうした意見を踏まえるならば、「追い及かむ」は但馬皇女が穂積皇子を追って死へ向かう道を突き進もうとしたことを暗示することになるが、これは結句の「標結へわが背」との関わりから考えるべき問題である。

「標結へわが背」については諸説あり、①道に迷わないようにする目印[★7]、②但馬皇女が追いつかないようにする結界・立ち入り禁止の標識[★8]、③手向けの神への幣[★9]などの説があり、現在は概ね①の説が支持される状況にある。『万葉集』にみえる「標」は、天智天皇大殯の時の額田王の歌に「かからむの懐知りせば大御船泊てし泊りに標結はましを」（巻二・一五一）とあるように、挽歌においては死者の魂をこの世に留めるための呪術としてもみえるが、第一義としては占有を意味し、延伸して目印を意味するようになる。額田王の歌の場合は、泊を占有して立ち入りを禁止する印としての意味である。この他の『万葉集』における「標」の歌は、たとえば次のようにみられる。

20標結ひてわが定めてし住吉の浜の小松は後もわが松（巻三・三九四）

21山守のありける知らにその山に標結ひ立てて結ひの恥しつ（同・四〇一）

22うち延へて　思ひし小野は　遠からぬ　その里人の　標結ふと　聞きてし日より　立てらくの　たづきも知らず　居らくの　奥処も知らず　親びにし　わが家すらを　草枕　旅寝の如く　思ふそら　苦しきものを　嘆くそら　過し得ぬものを……（巻十三・三二七二）

右の三例は、20「小松」、21「山」、22「小野」に「標」を結ったという内容であり、ここでの「標」は第一義的には占有のために付ける目印である。ただし、これらの景物は比喩表現の中にあり、その裏には恋人が示されている場合が多い。20は住吉の浜の小松が、歌い手が見定めていた女性を暗喩し、21は山を女性に、山守をその女性が約束した男性に喩えている。22は里人が小野に「標」を結った（目印を付けた）ことに寄せて、その里人と我が思う人が結ばれたことを暗に述べている。これらの「標」は、占有の目印としての意味が第一義であり、そこから比喩への展開を示しているのである。しかし、gの歌は「標結へ」と命令の形で相手に標を結うことを求めていることから、自らが「標」を結うことをうたう右の例や、万葉一般の「標」をうたう例とは異なる性格を持つ。gの歌の「標」は①の目印として理解するのが順当であるが、同時に第一義の占有の意を強く持つとすれば、但馬皇女は、道の阿廻に「標」を結わせることで穂積皇子に何かを占有してほしいと希求した、ということになる。おそらく、ここでの占有の対象は但馬皇女自身であったのではないだろうか。★10 但馬皇女は「追い及かむ」ことを決意し、追いついた時に「道の阿廻」に標を結って目印とし、自分を占有して欲しいという比喩性の中に、gの歌における但馬皇女の恋情の帰着点があったものと考えられるのである。「道の阿廻」は、その意味では紛れの場所である。そして、その紛れの場所に穂積皇子を追いかけた但馬皇女が立ち入った時には、標を結って私を占有せよとの意が含まれているのであろうと思われる。gの歌の主情は、人目を憚らない皇子への激しい思いにあり、穂積皇子を思い、追いかけることへと展開する皇女の激しい恋情こそが、gの歌の主題であったとみるべきであろう。

この追いかけることへと向かう但馬皇女の態度は、磐姫皇后のaの歌が「山たづね迎へか行かむ待ちにか待たむ」とうたったように、そのたゆたう思いが底流にある。会いに行くべきか、待つべきなのかという選択の中に、gの歌もあったのである。しかし、gの歌は待つことで恋に焦がれて死ぬよりも、「追ひ及かむ」という決意へと至るのであり、それは皇女の予測不可能な恋の激しさを示すものとして理解される。これは同時に、『古事記』からの引用であるという、前掲1の軽兄妹の〈古物語り〉を呼び起こすことになる。gの歌が「後れ居て恋ひつつあらずは」という〈類型〉を詠みながら、一転して「追ひ及かむ」というのは、この軽太郎女の〈古物語り〉

の〈引用〉を示唆するものであろう。そして、その恋の悲劇性をも引き継いでいることが推測されるのである。

こうした〈引用〉の方法は、一つの典拠を引き出す方法であり、それは〈類型〉により示唆される恋情の普遍性を導くと共に、過去の〈古物語り〉を引き出してその作品に重ねることで、新たな物語りを予想させるものである。但馬皇女の三首の歌が、磐姫皇后や軽太郎女の恋の〈古物語り〉の流通性の中にあるのは、磐姫皇后の追うことを躊躇する態度と、軽太郎女の追いかける態度の中に、女の恋歌の二つの側面を見ているからであろう。

gの題詞には、「穂積皇子に勅して近江の志賀の山寺に遣はしし時」とあり、この穂積皇子の山寺派遣の意味については諸説あるが、この勅命を二人の噂を断つことに目的があったとみる説がある。[★11] この説には多くの反対意見が提出されているが、それはあくまでもgの題詞を歴史事実として検証した結果によるものであり、当該作品が一連の流れを持つ〈但馬皇女の恋物語り〉であることからすれば、gの題詞は「追ひ及かむ」と決意する皇女の作歌動機を示しているとみるのが妥当である。この理解の参考となるのは、安貴王が采女を娶った時の「時に勅して不敬の罪に断め、本郷に退却らしむ」（巻四・五三五左注）の例や、中臣宅守が蔵部の女嬬である狭野茅上娘子を娶った時の「勅して流罪に断じて、越前国に配しき」（巻十五目録）などの例であり、これらは恋愛事件を起こして勅により男女が別離させられた悲恋物語りの一例である。gの歌の題詞が「勅して」と記すのは、「不敬の罪」による別離ではないものの、安貴王や宅守の例に照らせば「勅断」の意が示唆されている。おそらくfの歌にみる皇女の思いを経て、次第に二人の噂が宮廷の中に囁かれるようになった段階を迎えたのであろう。それはfの歌に「言痛くありとも」というように、これからの恋の行方への覚悟が示されていることからも知られる。このgの題詞の段階に至ると、天皇の耳にもその噂が聞こえ、天皇は当面の処置として勅命で穂積皇子を山寺へと遣わしたと推察される。しかし、そうした別離が与えられたことで皇女の思いは一層のこと激しさを増し、

「追ひ及かむ」という衝動へと駆り立てられた道筋がみえる。勅命という大きな力を示す語がここに用意されたのは、その力による別離を通して、皇女を追いかける女へと変質させるためであったと思われるのである。「勅」という大きな力により穂積皇子と引き離されたことで、却って皇女の激しい感情が表面化したのである。その激しい感情が導かれることを予定したのが、題詞の「勅」の作用であったと思われる。題詞は歴史事実を書き記しているという形式を取るにしても、それは歌と呼応関係を取りながら、続く歌への展開を促しているのである。それはむしろ物語りを歴史化する意図のなかに存在するのであり、〈今物語り〉の現実性の問題なのである。

hの歌の題詞は、皇女の恋の行方を暗示する内容である。題詞では、以下のことは皇女が高市皇子の宮に居た時のことであると再び繰り返す。この繰り返しの意味は、但馬皇女が高市皇子の妻であることを今一度強く印象付けるものであり、そこから穂積皇子との密通の露見が話題として取り上げられるのである。二人の関係が密通であることを意味するのは、題詞の「竊」の字による。この字は『説文解字』に「竊　盗自中出曰竊从穴从米禼廿皆聲廿古文疾禼古文偰」★12とあり、わたくしにすることがその第一義である。和語としては『類聚名義抄』（観智院本）に「竊　ヒソカニ　ヌスミ」★13とみえる。この「竊」という字は、『万葉集』では多く男女の密通を説明する場合に用いられるのが特徴であり★14、当該作品以外の『万葉集』中の「竊」の用例は、(1)軽兄妹の「遂に竊かに通けし」（巻二・九〇左注）、(2)「大津皇子の竊かに伊勢の神宮に下りて上り来ましし時」（巻二・一〇五題詞）、(3)「大津皇子の竊かに石川女郎に婚ひし時」（巻二・一〇九題詞）、(4)「紀皇女竊に高安王と嫁ひて」（巻十二・三〇九八左注）、(5)美女と壮士の「二の親に告げずして竊に交接を為せり」（巻十六・三八〇三題詞）、(6)女子と壮士の「父母に知れずて竊に壮士に接ひき」（巻十六・三八〇六左注）があり、(2)の大津皇子の伊勢下向にかかる例以外は、いずれも男女の密通や秘密裏の愛情関係を暗示するものである。殊に、(1)が占いによって兄妹の密通が露見するという文脈であることは、(3)において大津皇子と石川女郎の「竊婚」が占いによって露見するという題詞の説明と重なり合う。そして、占いによる露見ではないものの、hの題詞も、「事すでに形はれて」と、密通がすでに露見したことが示されている。この《密通―(卜占)―露見》という流れは、軽兄妹の密通事件の〈古物語り〉の型であり、それを「竊」の字が担っているのである。ここにも、恋愛事件を語る〈古物語り〉の型が、但馬皇女の恋物語りへと重ねられてゆく道筋が認められるのである。

四　朝川を渡る女

hの歌の題詞が『万葉集』の「竊」なる恋の形式の中で説明されながらも、hの歌の「朝川渡る」という表現は、歌の流通性から逸脱している。それは但馬皇女という作者が、作品の根源として位置付けられようとしているためだと思われる。作者が作品の根源であるというのは、歌句や歌語の流通性からみると、どのように信頼性があるかは疑問である。これまでみてきたように、但馬皇女の歌は、流通する歌句と〈古物語り〉の中に集約されて行くからである。しかし、この但馬皇女の三首の歌は、皇女を主人公とする恋の物語りとして考えるべきことに疑いはなく、それが第三者の手になる伝承性の強い歌であるとしても、但馬皇女がこの作品の根源であることは間違いない。その意味においてこの作品は、但馬皇女の歴史的事実が語られているのであり、皇女の実在性を確かなものとして語る根源としての作品なのである。但馬皇女の三首は〈類型〉や〈引用〉によって〈古物語り〉を受けて成立しながらも、hの歌に至ってこの両者から独立してゆくのであり、その鍵語が「朝川渡る」の語であると考えられるのである。

hの歌の「人言を繁み言痛み」の〈類型〉はfの歌でも触れたが、他にも次のような歌がみられる。

23人言を繁み言痛み吾妹子に去にし月よりいまだ逢はぬかも（巻十二・二八九五）

24人言を繁みこちたみわが背子を目には見れども逢ふよしも無し（同・二九三八）

右の例からは類句・類想の表現が顕著にみられ、その流通性が特徴的にあらわれている。いずれの歌も、人言の激しさゆえに逢瀬をためらう男女の姿がある。ただし次の歌々には、人言に屈することなく、その障害を乗り越えてでも恋を全うしようとする姿がある。

25わが背子し遂げむと言はば人言は繁くありとも出でて逢はましを（巻四・五三九）

26現世には人言繁し来む生にも逢はむわが背子今ならずとも（同・五四一）

27人言はまこと言痛くなりぬとも彼処に障らむわれにあらなくに（巻十二・二八八六）

23と24が人言によって逢瀬をためらう姿であるのに対して、25から27は人言に立ち向かおうとする恋情の激しさが詠まれている。この男女の対照的な立場の違いからは、恋する男女は人目・人言を避けて逢瀬を躊躇するか、それを乗り越えてでも恋の成就を決意するかという二者の選択が迫られるということになる。すると、hの歌における但馬皇女の選択は、「己が世にいまだ渡らぬ朝川渡る」であったことから、後者が選択されたのだといえる。ただし、この「朝川渡る」の語は、これまでみたような〈類型〉の中には存在せず、恋歌の流通性から逸脱した表現であり、それが皇女の運命を強く印象付けるものとなっているのである。

hの歌の「朝川渡る」の語が、但馬皇女の恋物語りの理解の上で重要な役割を果たしていることは、研究史の上からも認められる。夙に契沖の『万葉代匠記』（精撰本）では、「皆男女ノ中ヲ川ニ喩テ、ナラヌヲハ渡ラヌニ喩へ、成ヲハ渡ルニ喩フ（中略）朝川渡ハ速クヨリ事ノ成ヤウノ意ナリ」★15と述べており、これは川を渡ることが男女の恋の成就に関わるという指摘である。荷田春満の『万葉童蒙抄』は「唐にても世人の朝川渡は難義なることのやうに作る詩もあれば、とかく古事あるごとく見ゆれども上古の事故不考得也[16]」と、中国文学との関わりを指摘しており、それは後に講談社文庫本が「中国に渡河は男女相会うこと[17]」と述べるように、中国の渡河の詩との関連を指摘する論へと引き継がれる。賀茂真淵の『万葉考』では、「七夕に天河わたるになぞらへて、河を渡るを男女の逢ことに譬たる多ければ、こゝもおのが世にはじめたるいもせの道なるに、人言によりて中たえ行は、よにも浅き吾中かなとなげき給ふよしなるべし[18]」と、川渡りの歌を七夕歌から説こうと試みている。日本古典文学全集本は「朝川渡る」を「密通という危険な未知の世界にあえて足を踏み入れた皇女の行動が寓意として歌い込まれているか[19]」と、その寓意性を指摘し、日本古典集成本は「『川』は恋の障害を象徴し、『川を渡る』のは女が恋の成就を願う行為であるとする考えが古くからある[20]」といい、先の契沖の理解を踏襲する。大久間喜一郎氏は「川を渡るというのはやはり恋愛の手段の一つ」であるが、『万葉集』には「生きる喜びのための川渡り」と「死者の川渡り」の二つがあることを指摘する[21]。牧野正文氏も大久間氏の論を受けて、hの川渡りを「いわば越境的行為によって恋の結実を見るといった流れが想定される[22]」とする。これらの説を通して、「朝川渡る」ことが男女の恋の成就に関わる行為であることは認められる。しかし、恋の成就に関わる行為がなぜ川を渡ることで表現されるのかは、必ずしも明確ではない。

川を渡ることが日常生活とは異なる特殊な領域にみられるものとして、七夕伝説がある。先に真淵が七夕伝説と関与することを指摘したのは、それが特殊な川渡りであったためである。この伝説は中国渡来のものではあるが、この伝説に基づいて詠まれた七夕歌は、既に天武朝頃には存在したと思われ[23]、『万葉集』においては柿本人麻呂歌集に始まり、奈良朝を通じて広く関心がもたれて多くの七夕歌が残された。その中で最も関心をもって詠まれたのが、川を渡る場面である。この川渡りについて、松本雅明氏は『万葉集』一般の川渡りの歌と、七夕歌にみる川渡りとに差異のあることを指摘し、「万葉の渡河の歌は、『詩経』の渡河と、六朝の雲漢詩の影響をうけて成立していることは明らかであるが、七夕歌について言えば、いちじるしく日本化し具象化している」★[24]という。また、中西進氏は七夕伝説と川渡りについて、

漢水を源として七夕伝説が出来、渡りなずむ七夕詩が作られたという事は、漢水のほとりの同様な習俗があったからである。その渡りなずむ七夕詩のみが伝えられ、渡りなずむ恋歌が出来たのではなくて、渡りなずむ説話型が既にあって、それと七夕伝説が同一だったにすぎないのである。★[25]

と述べており、日本の七夕歌は、話型としての川渡りと中国の七夕伝説とが結びついたものであると指摘する。さらに、古代の漢詩集である『懐風藻』にも、「仙車渡鵲橋　神駕越清流」（詩番五六）、「昔惜河難越　今傷漢易旋」（詩番七六）★[26]などと詠まれており、七夕の川渡りは広く古代に展開していたのである。これらの『懐風藻』の詩の川渡りは、中国の七夕詩を参考として詠まれたことが認められ、七六番詩は、梁の武帝の「七夕」の「昔時悲難越　今傷何易旋」を受けた句である。そうした中国の七夕詩の特徴は、川を渡るのが織女であることにある。

七夕の詩歌が川渡りを話型としていると考えられるのは、中国の七夕伝説を形成した川辺の習俗にあることは既に指摘されている。橋川時雄氏は『文選』「古詩十九首」の「迢迢牽牛星　皎皎河漢女」は、漢水のほとりの男女の恋物語りがやがて牽牛・織女の恋物語りへと変貌する段階の詩であると指摘している。★[27]またこの漢水の辺に生まれる男女の恋物語りは、川を挟んで恋の心をうたいあう中国古代の歌会（歌垣）の習俗によるものであり、それは水辺の求婚儀礼として存在したことがマーセル・グラネーによって説かれている。★[28]このような水辺の習俗を詠む詩は、『詩経』鄭風の「溱洧」の中にみられる。

溱与洧　方渙渙兮　　溱と洧と　方に渙渙たり
士与女　方秉蕑兮　　士と女と　方に蕑を秉る
女曰観乎　士曰既且　　女曰く 観んか　士曰く 既にす
且往観乎　　且つ往き観んか
洧之外　洵訏且楽　　洧の外　洵に訏にして且つ楽しと
維士与女　伊其相謔　　維れ士と女と　伊れ其れ相謔し
贈之以勺薬　　之に贈るに勺薬を以てす★29

「溱洧」の詩には女が男を川辺に誘う様子が詠まれており、この詩について白川静氏は「溱・洧二水の合流する川べりで、上巳の日に歌垣が行なわれていた。その歌が鄭風の溱洧である。（「溱洧」引用略）春の流れがゆたかさを加える上巳の日に、男女は草花をかざしてここに群集する★30」と、三月上巳の日の習俗を指摘する。この日には、村の老若男女が池や川辺に集って禊をし、邪気を払う習俗のあったことが『荊楚歳時記』にみえ★31、その習俗は『詩経』の時代へも遡り得るものであると考えられることから、白川氏の指摘は首肯されるものであろう。また、同じ鄭風にもう一編、溱洧の川が詠まれた「褰裳」の詩がある。

子恵思我　褰裳渉溱　　子 恵して我を思はば　裳を褰げて溱を渉らん
子不我思　豈無他人　　子 我を思はざれば　豈他人無からんや
狂童之狂也且　　狂童の狂なればなり（第一章）

この詩には、男が自分のことを愛してくれるならば川を渡るが、そうでなければ他にも男はいるのだという内容がうたわれている。女が積極的に男を挑発していることが読み取れ、ここには男女の歌の応酬が想定される。

続く第二章では、「溱」の川が「洧」の川となり、同じ内容がうたわれる。この詩について白川静氏は「歌垣が行なわれる鄭風溱洧と同じ場所である。あるいは歌垣のうたであるかも知れない[★32]」と指摘するように、溱洧の川辺で男女が恋歌をかけ合う習俗が存したものと推測される。おそらく「褰裳」の詩は、水辺で男女が互いに挑発し合う恋歌の一編であったのだろう。松本雅明氏は、「大河をわたるといふ表現には、たしかに、愛の決意のつよさがこめられてゐる。それは女の歌とされるときいちじるしい[★33]」と述べ、このような表現は後代の渡河の詩にも引き継がれてゆくと指摘する。この〈女の渡河〉に関わる詩は、『詩経』衛風の「氓」にも「送子渉淇。至于頓丘。匪我愆期。子無良媒」とあり、ある商人が女を誘惑し、女はその商人の誘いにのって「淇」という川を渡り、「頓丘」という場所まで行くが、そこで女はためらう心を起こし、良媒がいないことを理由に結婚の約束を先延ばしにするという内容である。「媒」とは媒酌人のことで、媒酌人のいない結婚は正式な結婚とは認められなかったものと思われ、『礼記』坊記には「男女媒無きときは交はらず、幣無きときは相見ざるは、男女の別無からんことを恐るればなり[★34]」とあり、媒酌人を立てない結婚は淫らな行為であるとされた。川を渡るという行為はこのような意味を含み持つのであり、それは親の決めた結婚を逃れて自由な結婚を選択した男女の立場を示しているのである。それ故に、淇の川を渡った女は思い直し、男との結婚を躊躇したのである。

『詩経』国風の渡河の詩にみるように、〈女の渡河〉は川辺の習俗に発し、男女の自由な恋と恋愛詩を生み出したとみることができる。川辺で男女が歌をかけ合うという習俗から七夕伝説の川渡りが発生することを考えるならば、男女の川渡りはおそらく川の習俗に発する話型として存在し、その広がりの中に、川を渡る恋の物語りが成立したのだと考えられる。このように、話型としての川渡りが物語りとして展開する中で、但馬皇女の「朝川渡る」という表現の生成する背景は整えられていったのであろう。

もちろん、『万葉集』には川を渡る歌が様々にみられる。それらには、官命による赴任の際の川渡りや（巻十三・三二四〇）、行路死人が辿ってきた道行きにも川渡りがみられ（巻十三・三三三五）、中には挽歌的発想の川渡りもみられる（巻十三・三三〇三）。しかし、そのような中でも最も多く詠まれるのは、妻問いをする男の川渡りである。いわば、『万葉集』の恋歌における川渡りは妻問いのために渡るものであり、それは男の行為として認められる。★35 だが、『万葉集』中には女が川を渡ろうとする特殊な歌が存在し、hの歌との接点が見出される。それが、次の紀女郎の「怨恨の歌」である。

紀女郎の怨恨の歌三首〔鹿人大夫の女、名を小鹿といへり。安貴王の妻なり〕

28世間の女にしあらばわが渡る痛背の河を渡りかねめや（巻四・六四三）

29今は吾は侘びそしにける気の緒に思ひし君をゆるさく思へば（同・六四四）

30白栲の袖別るべき日を近み心に咽ひねのみし泣かゆ（同・六四五）

28の歌は、講談社文庫本によると、「私が世間尋常の女だったら、『あな背』の川を渡りかねるでしょうか。不運な女だからこそ、この『あな背』という川も渡りなずむのです」★36と解釈されており、痛背川を渡ることに逡巡する女の心の葛藤がうたわれている。女が逡巡するのは、おそらく男の誘いを受けながらも躊躇せざるを得ない事情があるからであろう。題詞の注にある「安貴王の妻」という事情がここに加わるならば、女郎の逡巡は人妻であるところに起因するものと思われる。それを川を渡ることに寄せているのは、比喩であろう。この比喩が成立する背景には、川を渡ることが男のもとへ行くことであるという理解がある。そして、川を渡ることを逡巡する女は、29で自分との恋の束縛から男を解放するのだといい、30では男との別れの日が近づき、ただ泣くばかりである哀しみをうたう。この別れの事情を想定すれば、女が川を渡り男と一緒になることは、先に『礼記』坊記でみたように、媒酌人のいない自媒による結婚、すなわち正式な結婚とはみなされない、社会に反する行為であるということになろう。そのことに思い至れば、女郎は川の前で逡巡することになるのである。ただし、この時の女郎の歌がなぜ「怨恨」と題されるのかは一見すると明確ではない。これが「怨恨の歌」であることを考えるならば、今少し複雑な事情が読み取れるように思われる。この「怨恨」という題詞には、女郎が相手の男による略奪を望みながらも、果たされなかったという怨情が込められているのではないだろうか。女が自らの意志で川を渡ることは、『礼記』や『詩経』衛風の「氓」の詩でみたように、淫らな行為であるとされるのであり、それが自らの意志である以上は、世間からの批判を受けることになる。そのため、女郎は男に略奪されることを望んだのに反して、男は女郎自身が川を渡ることを勧めるのである。女郎の三首は、自分を略奪してくれなかった愛する男への怨み、また、周囲の目を気にして男のもとへ行けなかった自らへの怨みが、題詞に「怨恨」という語を選択させたものと推測されるのである。

このような女の川渡りの中に、但馬皇女の「朝川渡る」の歌が発想される要因があると考えられる。「朝川」という語は『万葉集』に二例みえるが、一例は人麻呂の吉野讃歌（巻一・三六）において臣下たちの船渡りの様子として詠まれ、もう一例は坂上郎女の尼理願への挽歌（巻三・四六〇）において、死者の船渡りの様子として詠まれるが、これらの例をもってhの歌の「朝川」を説くことは困難であると思われる。むしろ、hの歌の「朝川」の問題は、まず「朝」の時間に焦点があると考えられる。★37 従って、女にとっての「朝」がいかなる時間であるのかについて、恋歌の中から考える必要があろう。

《Ⅰ群》

31秋の田の穂の上に霧らふ朝霞何処辺の方にわが恋ひ止まむ（巻二・八八）

32人の親の少女児据ゑて守山辺から　朝な朝な通ひし君が来ねばかなしも（巻十一・二三六〇）
33君に恋ひ寝ねぬ朝明に誰が乗れる馬の足音そわれに聞かする（同・二六五四）
34大海の荒磯の渚鳥朝な朝な見まく欲しきを見えぬ君かも（同・二八〇一）
《Ⅱ群》
35わが背子に復は逢はじかと思へばか今朝の別れのすべなかりつる（巻四・五四〇）
36朝戸出の君が姿をよく見ずて長き春日を恋ひや暮さむ（巻十・一九二五）
37朝戸出の君が足結を濡らす露原　はやく起き出でつつわれも裳裾濡らさな（巻十一・二三五七）
38ぬばたまのこの夜な明けそ赤らひく朝行く君を待たば苦しも（同・二三八九）
39朝戸を早くな開けそ味さはふ目が欲る君が今夜来ませる（同・二五五五）
40朝寝髪われは梳らじ愛しき君が手枕触れてしものを（同・二五七八）
41わが背子が朝明の姿よく見ずて今日の間を恋ひ暮すかも（巻十二・二八四一）
42朝烏早くな鳴きそわが背子が朝明の姿見れば悲しも（同・三〇九五）

恋歌に詠まれるこれらの「朝」は、Ⅰ群では女が朝まで男を待ち続ける中にみられ、Ⅱ群では女が男との別れを嘆く中にみられる。Ⅰ群の31は朝霞を景として恋の行方が詠まれ、朝に至るまで恋い続けていた様子がうかがえる。32は親の管理が厳しいために、足繁く通って来た男の訪れが絶えたことを嘆く歌と考えられ、33は朝まで男の訪れを待ったが男は訪れず、他所の男が女のもとから帰る際に乗っている馬の足音を聞いて嘆く歌であり、34は毎朝でも見ていたいほどに愛しい恋人の訪れがないことを嘆く歌である。これらの恋歌は男女の逢瀬の時間の終わりである「朝」を話題にした、男の訪れの無かったことを嘆く歌々である。すなわち、恋歌における朝は、男を待ち続けた女が夜を明かし、悲嘆に暮れる時間である。

一方、Ⅱ群は朝になって帰る男を見送る女の歌々である。35はこの朝に男と別れれば、もう逢うことは無いと覚悟した、女の悲痛な心が詠まれている。36は夜明けに男を送り出したが、その時男の姿をよく見なかったことを悔やむ歌であり、それは41も同様である。37では夜明けに男を送り出すのだが、自分も早く起きて一緒に裳の裾を濡らしたいのだという。39の歌で朝戸を早く開けないで欲しいというのは、夜があけても男と共寝をしたいからであろう。38では、逢瀬の時間である夜が明けると恋人が帰る時間となるので、このまま夜の時間が続いて欲しいと願うものである。40は朝になって男が帰った後も、男が手枕をしてくれた乱れ髪を梳らずに、男を想って日を過ごすのだという。42は男が帰る姿を見ると悲しくなるので、夜明けの烏よ早くは鳴くなと訴える。

このように女にとっての朝の時間は、Ⅰ群からみれば訪れない男を夜明けまで思い続けて待っていた時間であり、Ⅱ群からみれば訪れた男と一夜を過ごして名残を惜しみ、また男を見送る時間であった。これは妻問いという古代の婚姻習俗の中から生まれた時間であり、通常はこの時間の中に男女の恋の生活があったのである。

しかし、女が「朝川渡る」というのは、通常の時間や妻問いの慣習とは逆行する異常性を示している。すでに皇女は自らの恋の状況を、「人言を繁み言痛み」と訴えている。それは他人の非難の眼差しや中傷の中で、自らの今ある運命から逃れ、新たな運命を決定しなければならない状況にあったということであろう。すなわち、恋のために現状を棄てるか、あるいは日常へと回帰するかの狭間にあったのである。紀女郎が痛背川を前に躊躇したのは、その決断の重大性にあったからだといえる。しかも、「朝川」の「朝」は男が女のもとから帰る時間を指しており、その朝に女が川を渡るというのは、世間の時間からすれば男女の時間に逆行する異常性が予想されている。その異常性は、一に男の妻問いを示す川渡りが女の川渡りへと移行していることであり、二に男が女のもとから帰る時間を示す「朝」が、女が恋人のもとへと向かう時間へと移行していることにある。★38 そのことにより「朝川渡る」という表現は、古代の妻問いの約束から大きく逸脱し、男と女の秩序が逆転してゆくことによる異常性があらわれているのである。そうした世間に逆行した二重の異常性により、この川を渡ればおそらく二度と日常へと回帰することは不可能であることが予想されている。それはこの世間を棄てて恋する男と出奔することであり、そこには皇女を主人公とした駆け落ちの物語りが予想されているのである。それは〈古物語り〉の話型ではなく、今の時代に起きた身近な事件として記憶されたのであろう。そうした「朝川渡る」ことの皇女の強い意志こそが、但馬皇女の運命を左右する物語りを成立させているのである。それが、当該作品を類型性から逸脱させ、〈今物語り〉ならしめている理由であるといえる。

五　結

本論は、磐姫皇后の相聞歌群と、但馬皇女の三首を取り上げ、それぞれの〈古物語り〉と〈今物語り〉としての成立の状況を論じたものである。磐姫皇后の相聞歌群は、天皇を待つ態度の中にあらわれており、それが或本歌を含めた五首によって、女の恋歌の普遍的な思いがうたわれている。そこには多くの恋歌の〈類型〉を通してあらわれる恋の思いの葛藤から、軽太郎女の追いかける女へと向かう悲劇の恋物語りへの展開がみられる。この磐姫皇后と軽太郎女の〈古物語り〉は、女の恋歌の〈類型〉を通して成立し、彼女たちの恋の在り方や恋の物語りとして伝えられることで、〈古物語り〉を想起させる〈引用〉という方法を導いていったのである。

但馬皇女の三首は、多くの類句・類想歌を持ちながら〈類型〉の中に成立している状況がうかがえ、その多くが磐姫皇后の歌と、軽太郎女の歌を〈引用〉する態度にみられる。〈類型〉は恋歌の普遍的な理解の中で歌の持つ性格が規定され、〈引用〉は特定の歌句によってある典拠が導かれるというものである。このことから、但馬皇女の恋物語りは、一人の男性を激しく思うがゆえに悲劇の恋へと向かうという道筋が、〈古物語り〉の枠組みによって示されているといえる。ただし、三首目の「朝川渡る」の語は、この〈類型〉〈引用〉に基づく〈古物語り〉の型から逸脱しているのであり、皇女の「朝川渡る」という決意によって、この物語りが但馬皇女を主人公とする〈今物語り〉たりえる根拠となっているのである。但馬皇女の恋の悲劇への予感は、この「朝川渡る」という表現において決定されてゆくのだといえるのである。

この三首の歌には、皇女の運命の結末が描かれていない。その結末は聞く者の判断に委ねられることになるが、一方でそれは但馬皇女の死によって当時の人々の理解するところであったのだと思われる。『続日本紀』和銅元（七〇八）年六月には但馬皇女薨去の記事が載るが、この皇女の死がこの物語りと関係するのか否かは知られない。ただし、三首の作品が皇女の恋の根源であるという理解に立てば、その死をも含み込んで皇女の〈今物語り〉が形成され、宮廷を取り巻く人々の間に伝えられるに至ったのであろう。しかも、『万葉集』には皇女の亡き後に穂積皇子が降る雪の中で皇女の墓を望んだ歌（巻二・二〇三）が伝えられており、『万葉集』がそのような恋の物語りを取り立てて収録したのは、こうした〈今物語り〉が興味の対象となり始めたからだと思われるのである。

注

1 『万葉集』の引用は、中西進『万葉集 全訳注 原文付』（講談社文庫）に拠る。以下同じ。なお、f歌の三句目の「異所縁」の訓は従来問題とされ、(1)「カタヨリニ」（旧訓ほか）、(2)「ゴトヨリシ」（童蒙抄）、(3)「コトヨリニ」（日本古典文学大系本・

武田全註釈）などと訓まれている。(1)「カタヨリニ」の訓は、類歌に「秋の田の穂向の寄れる片よりに［片縁］」（巻十・二二四七）とあることから、妥当性の高い訓みであると思われる。但し、大野晋氏は、『万葉集』中「異」を「カタ」と訓む例は無いため「コトヨリノ」と訓むべきであるとするが、「異所縁」は「片縁」と同義であろうとする（大野晋「万葉集訓詁断片」『万葉』三号、一九五二年四月）。大野氏の説に対して、澤瀉注釈は「コトヨリノ」と訓むならば、助詞にあたる文字は「所」ではなく「之・乃」を用いるべきであるとし、(1)「カタヨリニ」を採る。また「異」を「カタ」と訓んだ例がないという点については、「異所」の二字で「コト」と訓むべきとし、攷証の義訓であるという見解を支持すると述べている。本論では、写本間において訓の異同がみられないことを重視して、(1)「カタヨリニ」と解する。

2 『古事記』の引用は、中村啓信『新版 古事記』（角川ソフィア文庫）に拠る。

3 土橋寛『古代歌謡全注釈 古事記編』（一九七二年、角川書店）。

4 辰巳正明「磐姫皇后の相聞歌 女歌の四つの型について」『万葉集の歴史 日本人が歌によって築いた原初のヒストリー』（二〇一一年、笠間書院）。

5 牧野正文「但馬皇女歌群の物語世界―一一五番歌の考察を中心に―」（『美夫君志』四十号、一九九〇年三月）。

6 井手至「万葉人と『隈』」（『万葉集研究』第八集、一九七九年、塙書房）。

7 代匠記、万葉考、略解、古義、窪田評釈、武田全註釈、日本古典文学大系本、澤瀉注釈、日本古典文学全集本など。

8 攷証、新編日本文学全集本、浅見徹「但馬皇女の歌」（神野志隆光・坂本信幸編『セミナー万葉の歌人と作品』第一巻、一九九五年五月、和泉書房）、浅見徹「『標結へ我が夫』再説」（『万葉』一八七号、二〇〇四年五月）など。

9 釈注など。

10 神永あい子「『標結へ我が背』―但馬皇女が望んだもの―」（『青山語文』三十一号、二〇〇一年三月）では、注8浅見徹氏の「『標結へ我が夫』再説」を支持し、「標」を「立ち入り禁止の標識」と捉える。しかし、その「標」によって進入が禁止されるのは但馬皇女でも穂積皇子でもなく、二人の恋の障害となる第三者であるとし、但馬皇女の「標結へわが背」は、自らは

「標」の内側、穂積皇子の占有地にいることを示していると述べている。

11　gの題詞「勅」による穂積皇子の志賀山寺派遣については諸説あり、童蒙抄は但馬皇女との密通のために蟄居させられていたとし、万葉考は穂積皇子が法師になるための派遣であるとする。釈注は、穂積皇子と持統天皇の母方が同じ蘇我氏であったことから、但馬皇女と噂のあった穂積皇子を擁護するため、法会などの勅使に事寄せて山寺に派遣し、閉居させるという処置をとったのではないかという。同時に、この山寺派遣は、高市皇子と穂積皇子の両者の立場をつくろう意図があったものとも述べている（同説、日本古典集成本）。

12　『説文解字　附検字』（一九七二年、中華書局）。

13　正宗敦夫校訂『類聚名義抄』（一九五四年、風間書房）。

14　『万葉集』中の題詞・左注における「竊」の語例は、他に山上憶良の「沈痾自哀文」、「悲歎俗道仮合即離易去難留詩一首并序」に「竊以」が各一例ずつみえるが、これは漢籍の用法に依拠するものであり、考察対象からは除くこととする。

15　『契沖全集』第一巻（一九七三年、岩波書店）。

16　『荷田全集』第二巻（一九二九年、吉川弘文館）。

17　中西進『万葉集　全訳注　原文付』第一巻（一九七八年、講談社文庫）。

18　『賀茂真淵全集』第一巻（一九七七年、続群書類従完成会）。以下『万葉考』は同書に拠る。

19　日本古典文学全集『万葉集　一』（一九七一年、小学館）。

20　日本古典集成『万葉集　一』（一九七六年、新潮社）。

21　大久間喜一郎「川を渡る女―但馬皇女をめぐって―」（『國學院雜誌』六十八巻十号、一九六七年十月）。

22　注5牧野論に同じ。

23　巻十・二〇三三の左注に「この歌一首は庚辰の年に作れり」とあり、庚辰の年は天武九年か天平十二年が考えられているが、おそらく前者であろう。

24 松本雅明「詩経と万葉集」(『文学』三十九巻九号、一九七一年九月)。
25 中西進「水辺の婚」『万葉論集』第二巻(一九九五年、講談社)。
26 『懐風藻』の引用は、辰巳正明『懐風藻全注釈』(二〇一二年、笠間書院)に拠る。
27 橋川時雄「七夕物語とその詩歌」『万葉集大成』第八巻・月報(平凡社)に拠る。
28 マーセル・グラネー『中国古代の祭礼と歌謡』(内田智雄訳注、一九八九年、平凡社)。
29 漢詩大系『詩経 上巻』(一九六六年、集英社)。以下『詩経』の引用は同書に拠る。
30 白川静『詩経 中国の古代歌謡』(一九七〇年、中公新書)。
31 『荊楚歳時記』には、「三月三日、四民並びに江渚池沼の間に出で、清流に臨んで流杯曲水の飲を為す」とあり、注には「三月、桃花水の下、招魂続魄するを以て、以て歳穢を除くと」などとみえる(引用は、東洋文庫『荊楚歳時記』一九七八年、平凡社に拠る)。
32 注30白川論に同じ。
33 松本雅明『詩経諸篇の成立に関する研究 上巻』(『松本雅明著作集』第五巻、一九八六年、弘生書林)。
34 全釈漢文大系『礼記 下』(一九七九年、集英社)。
35 たとえば、「佐保河の小石ふみ渡りぬばたまの黒馬の来る夜は年にもあらぬか」(巻四・五二五/坂上郎女)では、男の訪れを待つ女の歌に男の川渡りが詠まれ、「泊瀬川夕渡り来て吾妹子が家の門に近づきにけり」(巻九・一七七五/人麻呂歌集)からは、男が女のもとへ向かう折に川を渡っていることが知られる。
36 注17講談社文庫に同じ。
37 従来の「朝川渡る」の解釈には揺れがあり、万葉考は「朝」を「浅」の借字とし、男女の浅い仲を意味すると説き、中西進氏も借字として「浅い恋の契り、即ち『すべなき事』なのである」(同注25中西論)とする。しかし、ここにうたわれる恋の川渡りは、先にみたように恋の成就を比喩として表現するものであることから、相手を思う心の浅さの比喩とはなり難い。

「朝」の語に即して澤瀉注釈は「人目にたたぬ夜明け」と述べ、釈注は『朝』は男女が逢って別れる時」と述べるように、両者は「朝」を薄暗い未明の時間帯と捉える。岡内弘子氏は『万葉集』の「朝」を検討し、『朝』は女性が積極的に行動する時間帯ではない」(「但馬皇女御作三首」『万葉学藻』一九九六年、塙書房)と述べる。一方、この「朝」を夜明けの明るい時間を指すと説く全注(稲岡耕二氏担当)は、「暁の川ならともかく、すっかり明けてしまって日の光もまぶしいほどの朝川を皇女は渡ったのである」という。

38 なお、この川渡りを皇女が穂積皇子のもとから帰る時の歌とみる説もある(土屋私注・全注・全歌講義など)。その可能性も考えられるが、皇女の恋情の在り方からみれば、皇子との逢会が三首の歌の基調音であることから、朝まで待ちながらも訪れの無かった穂積皇子のもとへ夜明けに向かったのだと理解する。

第二章　桜児・縵児をめぐる〈由縁〉の物語り

一　序

『万葉集』巻十六は、「有由縁并雑歌」という標題のもとに、二人の女性の死をめぐる物語りと、その死を悼む男たちの歌から始まる。この二人の女性は、伝説歌に詠まれる真間手児名や菟原処女のように、複数の男に求婚されたことにより自ら命を絶った女性たちであり、妻争いにより死を選択した女性の〈古物語り〉として成立しているといえる。この作品に登場する二人の女性は、「桜児」「縵児」という一対となるような「字《あざな》」を持ち、彼女たちが死へと至る事情はいずれも漢文の序によって記されている。さらに、彼女たちの死を悼む男たちの歌が続いて載せられている点も共通しており、二つの作品は類似する物語りの形式の中に出自を持つことが認められる。この二つの作品の関係性について論じた内田賢徳氏は、二つの作品を結ぶ「或曰」の語に注目し、池田朝臣と大神朝臣奥守の嗤咲歌（巻十六・三八四〇—四一）の後続の「平群朝臣嗤歌一首」（同・三八四二）の題詞に「或云」とあり、後者が前者に先行する年代の作品であることを傍証に、「或曰」で結ばれる縵児の作品が、桜児に先行する類似の物語りであったことを論じている。[★1] 実在したと思われる人物の作品と、桜児・縵児のような〈古物語り〉の中の主人公に同質の関係性を認め得るかはなお検討の余地が残されているが、この二つの作品はいずれも女性の悲劇的な死にまつわる〈古物語り〉として成立したものであること、残された男たちの歌からは桜や縵を愛でることの〈由縁〉となっていることなどの類型性から、二つが類同する作品として並記されたと考えることは可能であろう。その桜児と縵児をめぐる歌と〈由縁〉は、次のように伝えられている。

A　昔者娘子ありき。字を桜児と曰ふ。時に二の壮士あり。共にこの娘を誂ひて、生を捐てて挌競ひ、死を貪りて相敵る。ここに娘子歔欷きて曰はく「古より今に至るまで、聞かず、見ず、一の女の身の、二つの門に往適くといふことを。方今、壮士の意和平び難きものあり。妾が死にて、相害ふこと永く息まむには如かじ」といふ。すなはち林の中に尋ね入りて、樹に懸りて経き死にき。その両の壮士哀慟に敢へずして、血の泣襟に漣れ、各〻心緒を陳べて作れる歌二首

i 春さらば插頭にせむとわが思ひし桜の花は散りにけるかも 〔その一〕（巻十六・三七八六）

ii 妹が名に懸けたる桜花咲かば常にや恋ひむいや毎年《としのは》に 〔その二〕（同・三七八七）

B

或は曰はく、昔三の男ありき。同に一の女を娉ふ。娘子嘆息きて曰はく「一の女の身の滅易きこと露の如く、三の雄の志の平び難きこと石の如し」といふ。遂に乃ち池の上に彷徨り、水底に沈没みき。時にその壮士等、哀頽の至に勝へずして、各〻所心を陳べて作れる歌三首〔娘子、字を縵児と曰ふ〕

iii 耳無の池し恨めし吾妹子が来つつ潜かば水は涸れなむ 一（巻十六・三七八八）

iv あしひきの山縵の児今日往くとわれに告げせば還り来ましを 二（同・三七八九）

v あしひきの玉縵の児今日の如いづれの隈を見つつ来にけむ 三（同・三七九〇）

昔者有娘子。字曰桜児也。于時有二壮士。共誂此娘、而捐生挌競、貪死相敵。於是娘子歔欷曰、従古来今、未聞未見、一女之身、往適二門矣。方今壮士之意有難和平。不如妾死、相害永息。尓乃尋入林中、懸樹経死。其両壮士、不敢哀慟、血泣漣襟、各陳心緒作歌二首

春去者　插頭尓将為跡　我念之　桜花者　散去流香聞〔其一〕（巻十六・三七八六）

妹之名尓　繫有桜　花開者　常哉将恋　弥年之羽尓〔其二〕（同・三七八七）

或曰、昔有三男。同娉一女也。娘子嘆息曰、一女之身易滅如露、三雄之志難平如石。遂乃彷徨池上、沈没水底。於時其壮士等、不勝哀頽之至、各陳所心作歌三首〔娘子字曰縵児也〕

無耳之　池羊蹄恨之　吾妹児之　来乍潜者　水波将涸　一（巻十六・三七八八）

足曳之　山縵之児　今日往跡　吾尓告世婆　還来麻之乎　二（同・三七八九）

足曳之　玉縵之児　如今日　何隈乎　見管来尓監　三（同・三七九〇）[★2]

Aの漢文序には、桜児が二人の壮士からの求婚を受けるが、その争いの激しいことから、一人の女が二門に往くことは出来ないのだと嘆き、壮士たちの争いを止めるために経死する。Bの縵児は、三人の男から求婚され、女は露のように儚い身であるために、三人の男の思いを宥めることはできないと嘆き、池の淵で彷徨い悩み、入水して自ら命を絶つのである。この二つの作品は、いわゆる妻争い伝説の枠組みの中にあることが認められ、桜児の場合は二男一女型、縵児の場合は三男一女型の妻争いの物語りである。

このように、一人の女性が同時に複数の男性から求婚されることにより死を選ぶという物語りの生成は、古代社会の特殊な婚姻事情の上に成り立ったものと思われる。その特殊な事情については後に触れるが、折口信夫氏は古代の女性には職掌上に結婚を避ける女がおり、最も優れた女の為事は神に仕えることであるため、多くの処女たちが死んでゆくという伝えを継承したのだと説いている。[★3]そこには神に奉仕する巫女の特殊な事情が想定されているのであるが、それはこの伝承の原初の姿を想定させるとしても、前出の処女たちの死を直接に導いているわけではない。真間手児名や菟原処女、さらに当該の桜児・縵児の死も、古代の女性の特殊事情を背景として成立したものと思われるが、複数の男がなぜ一人の女性に求婚するのか、また複数の男性に求婚されることがなぜ死を選ぶ原因となるのかは、巫女の性格のみからでは解き明かせない問題が残るであろう。桜児・縵児はなぜ死ななければならなかったのか、その問いに答える必要がある。彼女たちの死は、その死を悲しむ男たちの歌の〈由縁〉であることから、そこには複数の男による求婚と、処女の死が語り伝えられるべき特別な〈由縁〉として存在したということであろう。巻十六には、女性を主体とした恋や結婚にまつわる様々な〈由縁〉を持った歌が伝えられており、そのような事情からこの二つの作品も捉えられるべきである。桜児・縵児が死に至る理由も、巻十六が語る男女の愛情にまつわる〈由縁〉の中に、その問題が潜んでいるように思われる。そして、そのような〈由縁〉を持って伝えられる歌が、彼女たちの字である「桜」「縵」という植物と密接に関わっているということも、見過ごしてはならない問題である。

本論は、桜児・縵児にまつわる歌とその伝えをめぐって、複数の男から求婚された女性が死を選ばなければならない事情と、そのような〈由縁〉を持つ歌における〈古物語り〉の形成を考察するものである。

二　古代の婚姻をめぐる女性の生き方

『万葉集』における妻争いの伝説は、大和三山の例（巻一・一三）が著名である。しかし、妻争いの末に女性が自死するという悲惨な結末を伝えるのは、神話を超えた人間の物語りの形成を示唆するものであり、彼女たちの死の理由は、ある特殊な問題の中から出発するものと考えられる。桜児と縵児の作品について早い段階で注目したのは、川村悦磨氏である。川村氏は真間手児名や菟原処女の例も含め、桜児・縵児のような女性にまつわる伝説は「美人出生伝説、妻争伝説、投身伝説を共通に具へて伝承されてゐた」★4と分析し、後には『大和物語』の猿沢の池に身投げした采女の話や、『源氏物語』の浮船の物語りへの展開を示唆すると指摘し、桜児については、「即ち桜児は木に縁のあつた為か、その死場所を水にとらずに樹に依つて縊死した点は注意すべきである」（前掲書）と述べている。これは、女性の死が必ずしも水に関わるものではないことに留意したためである。このような死を遂げる女性の原初の姿を捉えようとしたのが、先に触れた折口信夫氏の説である。

> 昔は、男を極端に嫌ふ女がいた。神に仕えて生涯を処女で通している女である。それは、男に媾《あ》わなかった。こういう女に対する空想から物語がでてき、まれには、それが現実の事実ともなって、神に仕えている女が死んだりする。古い時代に多い話である。一種の嬬争いの話である。
>
> たまにはまったく逆に、誰にも許す女が出てくる。両極端のようであるが、神に仕えている女は、神以外には媾わないが、祭りのときには神に媾う。それは想像の神ではなく、人間が神となって出てきて媾うわけである。それで、神となる男は毎年変わるので、結局は、一人の女が数人もの男に媾うということが出てくるわけである。売笑の女に近い者が出てくることになる。両極端だが、ともに一つの考えから出てくる。万葉にはこういう女が多く、東では真間の手児名、西では芦ノ屋の菟会処女がそうだ。それから一方には、下総のすゑの珠名のような、誰にも許した女もあらわれてくる。★5

折口氏は、桜児や縵児のような女性について、本来神の妻である巫女としての性格を有していた女性であったことを説いている。そのような女性は男性を拒否し、一方では毎年行われる神祭りなどに際して、神に扮した男を次々に受け入れてゆくという二面性を有していることを述べている。折口氏は、桜児や縵児のような女性が登場する原初の段階を捉えており、発生論的な理解として重要な指摘であろう。高野正美氏はこの折口氏の巫女説を受けて、複数の男性に求婚されて死ぬ女性の性質を、真間手児名を例に取りながら次のように論じている。

ある地域に評判の美しい女がいるのを知って、男たちが求婚に訪れ、時には妻争いにまで発展したというものである。その対象が巫女であるのは、神に選ばれた者として、女の美しさを象徴する存在であったからである。この女をめぐって、男たちが求婚に押し寄せたり、争ったりするのは、間接的に女を称えることになるからであり、それは巫女を称える古代の表現様式であった。（中略）男たちに騒がれるということは、それほどの魅力を備えていることによるものだし、この男たちの行為は間接的に巫女の称賛となっている。[★6]

高野氏は、真間手児名や莵原処女など、複数の男性に求婚されて死を選ぶ女性たちは、神に選ばれた女性の象徴的存在であり、男たちがこぞって求婚するのは、その女性の美しさを称える行為であったと説いている。またこのような女性の死にまつわる伝説について、共同体の内部で語られていた段階を想定し、その段階で伝説化されるにあたっては、彼女たちの死の理由は語るまでもない自明のことであり、詳細な説明は要しなかったのだという。そして、「古より今に至るまで、聞かず、見ず、一の女の身の、二つの門に往適くといふことを」という桜児の発言は、『節婦』を称揚する儒教倫理を規範としたものであろう」（前掲論）と指摘している。高野氏の述べるように、桜児が神の妻たる「巫女」の素質を有した女性であった可能性は十分に考えられるが、それはこの物語りの最も古い段階を捉えようとしたものである。当面問題とする桜児・縵児の死の理由に関しては、高野氏が桜児に関して述べていたように、儒教思想が基盤となっていることが指摘されている。この儒教的な思想を桜児の物語りの形成に据えているのは、次の瀬間正之氏である。

A［桜児］・B［縵児］の自死の理由の表現が直接何に依拠したかは不明であるが、B［縵児］の方が仏教的価値観に基づくとすれば、A［桜児］の方は儒教的価値観に基づくと言うこともできよう。とすれば、この両者は、儒・仏の対を意識した表現である可能性を残す。[★7]

瀬間氏は、桜児と縵児の物語りに、それぞれ儒教思想と仏教思想に基づいた関係性を指摘する。しかし、孫久富氏は、儒教思想が説く女性の貞操観念は結婚後の女性の在り方を示すもので、桜児の物語りは結婚前の求婚の段階を問題としており、儒教思想にただちに一致するものではないとして、以下のように述べている。

巻十六の漢文序（桜児の序文：筆者注）は、結婚後ではなく、結婚以前即ち求婚段階のことを問題にしている。従って、中国の「烈女不事二夫」は、女性の節操（「女事二夫則失節」、「男子以宗嗣・祭祀為重。故妻死可再娶。女則以守貞為正」）を強調するが、巻十六の漢文序は、女性の「貞節を守る」ことを強調するために書いたものではないと言える。しかも漢文序中の「一女之身往適二門」は、明らかに漢文の表現を取っただけで、日本上代の通い婚の状態に（男性が女性の所に通う）合うとは言えない。[★8]

孫氏は、桜児の物語りは女性のあるべき貞操観念を強調するためではなく、漢文の表現を借りたために、必ずしも日本の婚姻形態と合致しない表現となっているという。首肯できる指摘ではあるが、桜児や縵児の死の理由については、「男性の争いに戸惑って自殺する以外に仕方ないと強調されているわけである」（前掲論）と、男の争いに対する戸惑いが原因であるとするに留まっている。

こうした先行論の主旨をまとめるならば、(1)桜児・縵児のような死を遂げる女性たちは、原初的には巫女としての資格を有する女性であり、その死は共同体の内部においては必然の死であること、(2)その死の必然性は、これまで多く儒教思想に基づく女性の在り方の中で説かれてきたこと、(3)彼女たちの死が儒教思想に基づくものであるかのように見えるのは、漢文の文脈によっているること、この三点に集約できよう。(3)については伊藤博氏が「二つの門に往かないのは中国の思想の影響もあろうが、日本の古くからの習わしであったろう。佳き女、尊き女はかくあるべきものという厳正な社会習慣があったのであろう[★9]」と、日本古来の慣習の存在を想定している。

これが先の折口論や高野論と重なるのか否かは明らかではないが、少なくとも女性の死の問題を『万葉集』の中から検討する必要があろう。

『万葉集』において、複数の男からの求婚により女性が死を選ぶという内容の作品は、次の真間手児名と菟原処女の伝説歌にみることができる。

①　勝鹿の真間娘子の墓を過ぎし時に、山部宿祢赤人の作れる歌一首并せて短歌
〔東の俗語に云はく、かづしかのままのてご〕

古に　在りけむ人の　倭文幡の　帯解きかへて　伏屋立て　妻問ひしけむ　葛飾の　真間の手児名が　奥
つ城を　こことは聞けど　真木の葉や　茂りたるらむ　松の根や　遠く久しき　言のみも　名のみもわれ
は　忘らえなくに（巻三・四三一）

反　歌

われも見つ人にも告げむ葛飾の真間の手児名が奥つ城処（同・四三二）
葛飾の真間の入江にうちなびく玉藻刈りけむ手児名し思ほゆ（同・四三三）

②　勝鹿の真間娘子を詠める歌一首并せて短歌〈高橋虫麻呂歌集〉

雞が鳴く　東の国に　古に　ありける事と　今までに　絶えず言ひ来る　勝鹿の　真間の手児奈が　麻衣
に　青衿着け　直さ麻を　裳には織り着て　髪だにも　掻きは梳らず　履をだに　穿かず行けども　錦綾
の　中につつめる　斎児も　妹に如かめや　望月の　満れる面わに　花の如　笑みて立てれば　夏虫の
火に入るが如　水門入りに　船漕ぐ如く　行きかぐれ　人のいふ時　いくばくも　生けらじものを　何す

とか　身をたな知りて　波の音の　騒く湊の　奥津城に　妹が臥せる　遠き代に　ありける事を　昨日しも　見けむが如も　思ほゆるかも（巻九・一八〇七）

反歌

勝鹿の真間の井を見れば立ち平し水汲ましけむ手児奈し思ほゆ（同・一八〇八）

③　葦屋処女の墓を過ぎし時に作れる歌一首并せて短歌〈田辺福麻呂歌集〉

古の　ますら壮士の　相競ひ　妻問しけむ　葦屋の　うなひ処女の　奥津城を　わが立ち見れば　永き世の　語りにしつつ　後人の　思ひにせむと　玉桙の　道の辺近く　磐構へ　作れる塚を　天雲の　そくへの限り　この道を　行く人ごとに　行き寄りて　い立ち嘆かひ　ある人は　哭にも泣きつつ　語り継ぎ思ひ継ぎ来る　処女らが　奥津城どころ　われさへに　見れば悲しも　古思へば（巻九・一八〇一）

反歌

古の小竹田壮子の妻問ひしうなひ処女の奥津城ぞこれ（同・一八〇二）

語りつぐからにも幾許恋しきを直目に見けむ古壮士（同・一八〇三）

④　菟原処女の墓を見たる歌一首并せて短歌〈高橋虫麻呂歌集〉

葦屋の　うなひ処女の　八年児の　片生の時ゆ　小放髪に　髪たくまでに　並び居る　家にも見えず　虚木綿の　隠りてませば　見てしかと　悒憤む時の　垣ほなす　人の誂ふ時　血沼壮士　うなひ壮士の　廬屋焼く　すすし競ひ　相結婚ひ　しける時は　焼太刀の　手柄押しねり　白檀弓　靫取り負ひて　水に入

り　火にも入らむと　立ち向ひ　競ひし時に　吾妹子が　母に語らく　倭文手纏　賤しきわがゆゑ　大夫の　争ふ見れば　生けりとも　逢ふべくあれや　ししくしろ　黄泉に待たむと　隠沼の　下延へ置きて　うち嘆き　妹が去ぬれば　血沼壮士　その夜夢に見　取り続き　追ひ行きければ　後れたる　菟原壮士い　天仰ぎ　叫びおらび　足ずりし　牙喫み建びて　如己男に　負けてはあらじと　懸佩の　小剣取り佩き　冬薮蕷葛　尋め行きければ　親族どち　い行き集ひ　永き代に　標にせむと　遠き代に　語り継がむと　処女墓　中に造り置き　壮士墓　此方彼方に　造り置ける　故縁聞きて　知らねども　新喪の如も　哭泣きつるかも（巻九・一八〇九）

反歌

葦屋のうなひ処女の奥津城を往き来と見れば哭のみし泣かゆ（同・一八一〇）

墓の上の木の枝靡けり聞きし如血沼壮士にし寄りにけらしも（同・一八一一）

⑤　追ひて処女の墓の歌に同へたる一首并せて短歌〈大伴家持〉

古に　ありけるわざの　奇ばしき　事と言ひ継ぐ　血沼壮士　うなひ壮士の　うつせみの　名を争ふと　たまきはる　命も捨てて　争ひに　妻問しける　少女らが　聞けば悲しさ　春花の　にほえ栄えて　秋の葉の　にほひに照れる　あたらしき　身の壮すら　大夫の　言いたはしみ　父母に　申し別れて　家離り　海辺に出で立ち　朝夕に　満ち来る潮の　八重波に　靡く珠藻の　節の間も　惜しき命を　露霜の　過ぎましにけれ　奥墓を　此処と定めて　後の代の　聞き継ぐ人も　いや遠に　思ひにせよと　黄楊小櫛　しか刺しけらし　生ひて靡けり（巻十九・四二一一）

処女らが後のしるしと黄楊小櫛生ひかはり生ひて靡きけらしも（同・四二一二）

これらの作品は、山部赤人・高橋虫麻呂歌集・田辺福麻呂歌集・大伴家持にみられるものであり、①から⑤は旅の途次で聞き知った伝説をもとにうたわれたと考えられ、⑤の家持歌は③の福麻呂歌集歌か④の虫呂歌集歌に追同したものと思われる。この中で①赤人歌と③福麻呂歌集歌には死の理由は詠まれず、墓によって呼び起こされる古の処女の伝説への感懐をうたうことに主眼がある（本書第三章参照）。②の虫麻呂歌集歌では「夏虫の　火に入るが如　水門入りに　船漕ぐ如く」（一八〇七）と、真間娘子に群がるように男たちが求婚したというのであり、娘子は「身をたな知りて」波の間に身を投げたのであろう。②では桜児・縵児のように、娘子が命を絶った方法は明確には語られないが、娘子の墓が湊にあることを「古に　ありける事と　今までに　絶えず言ひ来る」として伝えることから、そこが死の場所であったことが想像される。娘子は多くの男たちの求婚によって、自らの身の程を知り、死を選んだのである。④では、処女をめぐって家の周りに男たちが「垣ほなす」状態で求婚を迫り、その中でも、血沼壮士と菟原壮士の二人が激しい争いを繰り広げた。それにより、卑しいわが身のために男たちが争うことは堪えられないとして、処女は自ら死を選ぶのである。

以上のように、彼女たちは複数の男性に求婚されることで、その中の誰かを選ぶことなく、自ら命を絶ってゆくのである。ここには神にのみ奉仕する巫女の性格とは異なる、人間社会の中に生きる女性の悲劇の物語りが展開しているとみるべきであろう。

このように、『万葉集』には桜児・縵児と同様の状況の中で、悲劇の死を遂げた女性の物語りが伝えられており、彼女たちの死の原因は、いずれも男たちの妻問いの激しさにあるといえる。当該作品ABや④のように、男たちが死闘を繰り広げて一人の女性を奪い合うという妻問いの在り方は、古代社会の求婚や婚姻の慣習を逸脱した、特殊な問題が存在するように思われる。古代の律令社会以前の婚姻は、基本的には社会的な慣習の中にあり、その形態は男が女の家に通う「妻問い婚」（招婿婚）であったと考えられる。その婚姻法について、高群逸枝氏は次のように説明している。

> (1)妻問婚は、いくどもいうように、招婿婚という母系婚のなかでの初期の純母系の婚姻形態であって、男女両者の身柄は、各自の共同体に属しており、一方が他の一方へ身柄を移すことはない。
>
> (2)妻問婚の婚主は、第一次的には当事者たる男女なので、妻問の男は、まず直接女にたいして求婚する。それを女の背後にある女側の共同体が承認または否認する。この意味では、根本的婚主は共同体であるといえる。共同体の代表者たる族長の意向が顧慮されるのは、このゆえである。[★10]

高群氏は、古代日本で行われていた妻問い婚について、その結婚を承認するのは、個の背後にある共同体であり、古代における結婚は個が所属する共同体全体の問題であることを述べている。古代日本の婚姻が親族や社会が認知することで成立する「妻問い婚」であったと考えられるのは、『万葉集』の恋歌に娘を厳しく管理する母親がたびたび登場することからも知られ、そこには母系婚による継承性が反映しているとみられる。一方、先にみた先行論が指摘するように、律令が施行される時代になると、中国の制度的な夫婦関係の影響があらわれるようになる。儒教思想上の古代中国の婚姻については、妻となる女性に対する厳しい規範が示されるようになり、そのような規範は『礼記』（昏義）や班昭の「女誡」にみることができる。また、『史記』田単列伝には「王蠋曰く、忠臣は二君に事へず。貞女は二夫を更へず」[★11]とある。ここには、貞節ある女性は夫を二人持たないこと、つまり、再婚せずに夫の家に仕えるべきであるという当時の烈女の思想が反映している。またそうした貞女の物語りとして、中国の古詩に「為焦仲卿妻作并序」をみることができる。その序文によると、「漢末建安中に、廬江府の小吏、焦仲卿が妻の劉氏、仲卿が母の遣る所と為り、自ら誓つて嫁せず。其の家之に逼るや、乃ち水に没して死す。仲卿之を聞き、亦自ら庭樹に縊る。時人之を傷み、詩を為ると爾云ふ」[★12]とある。この序に続き、焦仲卿とその妻の結婚、姑の嫌がらせによる離縁、実家に戻った後に家族に再婚を迫られた妻の劉氏の自殺と、夫の後追いによる心中、そして二人の墓の様子が一大叙事詩によって描かれている。ここには、たとえ離縁されても決して再婚しようとしない妻の姿があり、焦仲卿の妻劉氏の死後、彼女は最初の夫一人に仕える道を選んだ貞女として称賛され、なおかつ人々に悲しみと感動を与えたのである。

　こうした結婚にまつわる女性の生き方について、『後漢書』列女伝記載の班昭の「女誡」には、結婚した女性が嫁いだ先でどのように振舞うべきかが説かれている。「女誡」には、夫に謙虚であることや礼節を弁えて祖先の祭りを行うこと（第一「卑弱」）、夫婦の道を正しく身につけること（第二「夫婦」）、夫は陽で女は陰であること（第三「敬慎」）、婦徳を守ること（第四「婦行」）など、妻の持つべき心構えや態度を七つの誡めとして、女性の生き方の基本的な態度が説かれているのである。特に、第五「専心」には「礼、夫有再娶之義、婦無二適之文、故曰夫者天也。天固不可逃、夫固不可離也。行違神祇、天則罰之、礼義有愆、夫則薄之」[★13]とあり、夫は再婚してもよいが妻は許されないこと、夫は天であるので、天に背くと天罰が下るように、夫に背くと夫の愛情は薄くなるので、夫一人に心を尽くすべきであると説かれている。

「田単列伝」「焦仲卿妻」「女誡」の三つの例からは、女性は生涯一人の夫に仕えるべきで、再婚は好ましくないという思想があったことが理解できる。ただし、「焦仲卿妻」のように離縁されて実家で再婚を勧められる場合もあることから、社会的に女性の再婚が全く許されていなかったということではない。はじめの夫一人を一生の伴侶として、再婚せずに貞節を守り、夫の両親の面倒をみるのが、節婦としての生き方とみなされ、あるべき妻の姿として称揚されたということである。

このような女性の生き方は、日本の文献の中にも見出すことができる。「戸令」国守巡行条には、国守は国内を巡行して人々の風俗や老人の様子を観察し、儒教の徳目を教えるとともに、「部内に好学、篤道、孝悌、忠信、清白、異行にして、郷閭に発し聞ゆる者有らば、挙して進めよ」[★14]とあるように、村で評判となっている学問を好む者、親孝行の者、特別に善行をした者などを推挙することが求められている。そのような「戸令」を受けて、『続日本紀』和銅七年十一月条には、次のような記事をみることができる。

十一月戊子、大倭国添下郡の人大倭忌寸果安、添上郡の人奈良許知麻呂、有智郡の女四比信紗、並に身を終ふるまで事勿からしむ。孝義を旌すなり。果安は、父母に孝養し、兄弟に友あり。若し人の病み飢うること有らば、自ら私の粮を齎ちて、巡りて看養を加ふ。登美・箭田の二郷の百姓、咸く恩義に感して、敬愛すること親の如し。麻呂は、立性孝順にして、人と怨无し。嘗て後母に譏ぢられて、父の家に入ること得ざれども、絶えて怨むる色无し。養弥篤し。信紗は、氏直果安が妻なり。舅姑に事へて孝を以て聞ゆ。夫亡せし後も、積年志を守りて、自ら孩穉、并せて妾が子、惣て八人を提げて、撫養するに別无し。舅姑に事へて、自ら婦の礼を竭す。郷里に歎せらる。[★15]

この中の四比信紗という女性は、夫の死後も舅・姑に孝を尽くし、夫の妾人の子も自分の子供と分け隔てなく育て、「婦の礼」を尽した女性として讃えられている。律令時代に入った古代日本は、これを女性がとるべき理想の行いであり、見習うべき篤道と評価したのであり、結婚後の女性のあるべき姿として称揚したのである。

古代日本の女性を取り巻く婚姻制の状況は、共同体や親族の認知を受けた妻問い婚という結婚形態を継承しつつ、律令時代に入ると新たな儒教思想に基づいて夫婦という関係が出現し、妻としての理想的な行いを規範とすることが求められたのである。万葉時代の男女の結婚も、このような家や社会的な認知の上で進められる結婚であったと思われる。しかしながら、『万葉集』の歌にあらわれる恋歌の様相は、そうした社会性との間に、大きな断層があるように見受けられる。その断層の中に桜児や縵児の死が想定されるのであり、そこには世間や社会の慣習と、一人の女性の身の運命とが対立しているように思われるのである。

三　桜児・縵児をめぐる〈古物語り〉

『万葉集』の歌にみえる男女の恋は、人目や人言を避けて、ひそかに行われるところから始まる。この人目や人言は親の監視や世間の噂であり、恋する者たちは人の目に触れたり人の噂に立つことを極端に避けたことが知られる。『万葉集』の恋歌には、人目・人言を詠む次のような歌が多くみえる。

1垣穂なす人言聞きてわが背子が情たゆたひ逢はぬこのころ（巻四・七一三）
2人眼多み逢はなくのみそ情さへ妹を忘れてわが思はなくに（同・七七〇）
3人言の繁き時には吾妹子し衣にあらなむ下に着ましを（巻十二・二八五二）
4逢はむとは千遍思へどあり通ひ人目を多み恋ひつつそ居る（同・三一〇四）
5人目多み直に逢はずしてけだしくもわが恋ひ死なば誰が名ならむも（同・三一〇五）

1の歌では、ひどい噂話を聞いたために恋人は通って来てくれないのかと嘆いているように、人言は恋を破綻させる大きな原因となる。2以後の歌においても、人目の多い時や、人の噂に上った時には会うことができないという、恋の苦しみを訴えている。このような人目や人言を避ける歌が恋歌に多くあらわれるのは、男女の恋が日常の生活とは異なる、秘匿される関係の中に展開したことを教えるものである。こうした人目・人言を避けて行われる男女の恋は、また一方では娘を管理する母親が障害の中心でもあった。母親は、娘に恋の噂が立つのを恐れたのである。そのことにより娘も男も、母親の監視の隙を窺って逢う機会を得ていたのである。

6玉垂の小簾の隙に入り通ひ来ね　たらちねの母が問はさば風と申さむ（巻十一・二三六四）

7たらちねの母が養ふ蚕の繭隠り隠れる妹を見むよしもがも（同・二四九五）

8誰そこのわが屋戸に来喚ぶたらちねの母に嘖はえ物思ふわれを（同・二五二七）

9かくのみし恋ひば死ぬべみたらちねの母にも告げつ止まず通はせ（同・二五七〇）

10魂合はば相寝むものを小山田の鹿猪田禁る如母し守らすも（巻十二・三〇〇〇）

6の歌は、通ってくる男に小簾の隙間からこっそりと入ってくるように教え、母が問うたら風だと答えるのだという。二人の関係が露見してしまった場合には、8のように、女の母親に叱責されて会うことは許されなくなる。7の歌は彼女の母親の監督が厳しいことを嘆いた男の歌であり、10の歌は母の厳重な監視を、鹿猪田を守るようだと皮肉った歌である。また9の歌は、女は恋の思いに堪えかねて、男との関係を母親に告げたのだという。母親に男の存在を告白することは二人の関係を公にすることであり、それによって恋の障害が取り除かれることを意味するものであろう。そのため、女は男に「止まず通はせ」と訴えるのであるが、裏を返せば、通いの絶えた男の気持ちを引き留めるための最後の手段が、母親への告白であったのかもしれない。このように、古代の女性たちは母親に厳しく管理され、人目・人言という、社会の監視や人の噂に触れないように努めていたのである。一方で、男性が女性の名を知ることはその関係を深めることを意味し、『万葉集』には「名」をめぐる男女の駆け引きの歌が次のようにみられる。

11あらたまの年の経ぬれば今しはと勤よわが背子わが名告らすな（巻四・五九〇）
12難波潟潮干に出でて玉藻刈る海未通女ども汝が名告らさね（巻九・一七二六）
13漁する人とを見ませ草枕旅行く人にわが名は告らじ（同・一七二七）
14たらちねの母が呼ぶ名を申さめど路行く人を誰と知りてか（巻十二・三一〇二）

右の歌々からは、名を知られまいとする女性の態度を顕著にうかがうことができる。娘たちも安易に男に名前を教えて、世間の噂に立つのを恐れたのである。母親は娘に近づく男たちを追い払い、娘も母の呼ぶ名前を容易に明かすことがないというのは、男女の恋を日常に存在させないという社会の契約があり、それが発覚して事件として糾弾されることを恐れたためであろう。『万葉集』にあらわれる多くの恋は、このような人目・人言という社会的な制約や慣習の中に展開するのである。それはより良い結婚を望む、母親の当然の心配りであり、さらには世間に騒がれるような娘を持つことへの恐れでもある。それゆえに、親の承認しない男女の自由な恋愛は認められず、まして結婚は親族や共同体の認知が求められ、そのことによってはじめて正式な結婚が可能となったのである。しかも、これらの恋歌からみれば、男女の恋そのものは隠されるべき行為とみなされており、それは親族による制約のみではなく、社会的な制約によって公にされないという秩序が存在したのである。

ところが、このような社会や世間の秩序とは相反する、男たちに騒がれる女性が登場する。高橋虫麻呂歌集には、周淮の珠名娘子という女性が次のように詠まれている。

上総の周淮の珠名娘子を詠める歌一首并せて短歌

15しながどり　安房に継ぎたる　梓弓　周淮の珠名は　胸別の　ひろき吾妹　腰細の　すがる娘子の　その姿の　端正しきに　花の如　咲みて立てれば　玉桙の　道行く人は　己が行く　道は行かずて　召ばなくに

門に至りぬ　さし並ぶ　隣の君は　あらかじめ　己妻離れて　乞はなくに　鍵さへ奉る　人皆の　かく迷へれば　容艶きに　よりてそ妹は　たはれてありける（巻九・一七三八）

反歌

16金門にし人の来立てば夜中にも身はたな知らず出でてそ逢ひける（同・一七三九）

珠名娘子は「その姿の　端正しきに」「花の如　咲みて立てれば」と形容される容姿の美しい女性であり、花のごとく微笑んで立っていると男たちはおのずと集まり、男と常に「たはれ」ていたとされる。反歌では、金門に男が来れば、夜中であっても出て行って戯れていたという。美しい珠名は世間の噂となることも気にかけずに、男たちと毎夜のように戯れ遊んでいたというのである。この珠名娘子の美しさに匹敵するのが、すでに指摘されているように、前掲の虫麻呂歌集②に詠まれる真間手児名である。手児名も「望月の　満れる面わに　花の如笑みて立てれば」と詠まれ、花のように微笑み立つ姿は珠名娘子のそれと等しく、美人の誉れ高い資質を備えた女性であったことが窺える。それは翻せば、美しい女性はその美しさゆえに男たちにもてはやされ、世間に騒がれる運命にあったということである。そのような女性は、男たちの注目の対象となったことが、次の東歌にみることができる。

17葛飾の真間の手児奈をまことかもわれに寄すとふ真間の手児奈を（巻十四・三三八四）

18葛飾の真間の手児奈がありしばか真間の磯辺に波もとどろに（同・三三八五）

右の二首は、真間手児名の出身地である東国の葛飾地方の歌であり、前者は真間手児名が自分に心を寄せてくれたと歓喜して自慢し、後者は手児名が生きていたら波が轟くように男たちが群がり騒いだことだろうと追懐する。真間手児名という女性は、死んだ後も男たちが騒ぎ立て、また憧れる女性であり続けたのである。しかし、自らは望んでいないにもかかわらず、男たちの注目を集め過ぎたことによって彼女は死に至ったのである。先の虫麻呂歌集歌②には「夏虫の　火に入るが如　水門入りに　船漕ぐ如く　行きかぐれ　人のいふ時」とあるように、男たちが手児名に群がるように妻問いしたといい、それが手児名の死の原因であったと伝える。それに対して珠名娘子の場合は、多くの男たちが門前に並び、妻をも棄ててやって来るのであるが、娘子はそれを苦にすることはない。むしろ「たはれてありける」「出でてそ逢ひける」とうたわれるように、自らの意志によって、彼らの求めを次々に受け入れてゆくのである。珠名娘子のふるまいには、自ら世間の秩序に反する生き方を選び取る、自由な恋愛を生きる女性の姿がある。それは、社会的には批判の的となる女性であるが、男に騒がれることを苦にしない、反社会的態度を持つ女性の登場である。真間手児名もまた結果的に男たちに騒がれる女性であったが、彼女は社会に反する自らの置かれた状況を受け入れなかったために、珠名娘子とはその結末を異にする。それは、桜児や縵児の運命と等しい結末であり、複数の男たちからの求婚が死へと向かわせたのである。

いわば、『万葉集』の恋や結婚には、Ⅰ社会や世間の習慣を守り、親族から認知されて結婚へと進むもの、Ⅱ親からも世間からも認知されず、一人の女として自由な結婚へと進むものがあり、この二つの系統を見出すことができる。Ⅰの系統は、制度化された社会の中で生きることを望む女性たちで、親や共同体の管理によって保護され、その慣習に則って結婚をし、二夫に交えず社会的に生きることを望んでいる女性である。Ⅱの系統は、個人の意志で行動し、自由な恋愛や結婚を求め、社会からは逸脱し、社会への回帰が困難な状況に置かれる女性である。このⅡの系統の女性は結果的に不幸な運命が予想されるため、多くの女性はそれに憧れながらもⅠの生き方を選んだことが推測されるのである。

それでは、この二つの女性の生き方の中で、桜児や縵児はどちらに属したのか。この二人の女性は、明らかに社会や世間の習慣に基づいた生き方を志向する、Ⅰの系統に属する女性であるといえよう。それは、桜児が二人の壮士から求婚された時の「古より今に至るまで、聞かず、見ず、一の女の身の、二つの門に往適くといふことを」という発言に象徴されるように、親や世間の承認に基づく結婚を願う女性であったはずである。しかし、彼女たちが死を覚悟するのは、男たちに騒がれた上に、「方今、壮士の意和平び難きものあり。妾が死にて、相害ふこと永く息まむには如かじ」(桜児)、「一の女の身の滅易きこと露の如く、三の雄の志の平び難きこと石の如し」(縵児)と発言するように、男たちの心を宥めるためには、自らの死を以てする他ないという自覚による。桜児も縵児も自らの意志に反して、自らの存在が世間の男たちを騒がせ、争いを引き起こしたことへの自責の念が、自死へと向かわせたのである。ここには、世間の目と呼応する、彼女たちの道徳性が認められるのである。

この桜児や縵児は、親や社会の慣習による生き方を望む女性であり、珠名娘子のように男たちに騒がれることは本望ではない。しかし、それは彼女たちの美しさが招いた運命的な不幸であったということであろう。桜児・縵児の発言から読み取れる彼女たちの苦悩は、複数の男たちから求婚されたことにより、自らの属する社会の秩序に混乱を引き起こしたことによるものである。従って、同時に複数の男たちから求婚された桜児・縵児の立場は、世間からは自由な恋愛や結婚を肯とするⅡの系統に属する女性の在り方と同じとみなされたのであり、他人の目を気にして生きる親や近隣の人々には、「男を惑わす淫らな女」「世間を騒がす淫らな女」として映ったことであろう。もちろん桜児や縵児の求めた結婚は、あくまでも一つの門(一夫)へ嫁ぐことであり、親の決めた男性一人と結ばれるという、ごく普通の結婚にあった。それでありながら、男や世間を惑わす女という反社会的な存在へと貶められることへの懼れが、彼女たちの悲劇を招いたといえるのである。

四　桜と縵をめぐる起源伝説の成立

桜児・縵児の悲劇は、彼女たちの意志に反しながらも、自らが属する社会の秩序を乱したことへの恥じ入る思いと、そのような女性として位置付けられることへの懼れが導いたものであったと思われる。しかし、この二人の女性の悲劇の物語りは、続く男たちの歌の〈由縁〉として伝えられているものである。このことを鑑みる時、男たちの歌とこの〈由縁〉がいかに結びついているのかを考える必要がある。

この桜児・縵児という字は、植物である桜と縵に由来していることは明らかである。桜は、「梅の花咲きて散りなば桜花継ぎて咲くべくなりにてあらずや」（巻五・八二九）と詠まれるように、梅に続いて咲く春を代表する花であり、「春雨は甚くな降りそ桜花いまだ見なくに散らまく惜しも」（巻十・一八七〇）と、愛でることなく桜が散ってしまうことを惜しむ歌があるように、春の季節に人々から愛された花であった。また、桜の花を題とし、その美しさを賛美する次の歌もみられる。

桜の花の歌一首并せて短歌

19嬢子らが　插頭のために　遊士が　蘰のためと　敷き坐せる　国のはたてに　咲きにける　桜の花の　にほひはもあなに（巻八・一四二九）

反歌

20去年の春逢へりし君に恋ひにてし桜の花は迎へけらしも（同・一四三〇）

右の二首は、若宮年魚麿誦めり。

19では、桜は娘子のためには插頭になり、遊士のためにはかづらになるのだといい、その咲き誇る桜の花は国の果てまで香ることだとうたう。20では、去年咲いた桜が一年間君に恋をして、今年もやっと插頭やかづらとなってお会いできたようだと、桜を擬人化し、今年の花の盛りを寿いでいる。これは若宮年魚麻呂という人物が誦詠した歌であることから、花見の際にうたわれる著名な伝誦歌であったのだろう。桜は插頭やかづらにして楽しまれた一方、『日本書紀』の歌謡では「花ぐはし　桜の愛で　同愛でば　早くは愛でず　我が愛づる子ら」（六十七番歌謡）[★16]とあるように、桜を愛でることと女性を愛することを重ねる発想もみられる。桜への愛着と女性への思いは、次の歌にみるように、娘子の美しさを桜の花に見立てるという重なりからも理解することができる。

21物思はず　道行く行くも　青山を　ふり放け見れば　つつじ花　香少女　桜花　栄少女　汝をそも　われに寄すとふ　われをもそ　汝に寄すとふ　荒山も　人し寄すれば　寄そるとぞいふ　汝が心ゆめ
（巻十三・三三〇五）

ここでは、つつじの花と桜の花が「香少女」と「栄少女」という女性の讃美表現へと結びついており、女性の美しさは花によって譬えられ、賞讃されるものであった。さらに、桜は男女の恋の思いを仮託する花としても詠まれていることが、次の二首から知られる。

22絶等寸の山の峯の上の桜花咲かむ春べは君し思はむ（巻九・一七七六）

23桜花時は過ぎねど見る人の恋の盛りと今し散るらむ（巻十・一八五五）

22は「石川大夫の任を遷さえて京に上りし時に、播磨娘子の贈れる歌二首」のうちの一首であり、桜が咲く春になると君を慕うことだという恋心が詠まれており、23は桜の花の盛りは過ぎていないが、それを見る人の恋しさの盛りは今であることを悟って散るのだろうという。ここには、恋の思いの盛んであることと、桜の花の盛りが一体となっている。さらに、桜の盛りが短く、儚く散るという性質から、次のような歌も詠まれる。

24世間も常にしあらねば屋戸にある桜の花の散れる頃かも（巻八・一四五九）

25桜花咲きかも散ると見るまでに誰かも此処に見えて散り行く（巻十二・三一二九）

24は、「厚見王の久米女郎に贈れる歌一首」に対する久米女郎の報歌で、世の中に常なるもののないように、咲き誇った桜の花も散ってゆくのだという世の無常が示唆されている。ここには、桜の花の散ることと、人の心の移ろうことが暗示されているといえよう。25は「羈旅発思」の中の一首で、桜の花が咲いては散るように、旅人の誰もがこの場所を通っては過ぎ去ってゆくという、やはり無常を示唆する内容がうたわれている。桜の花は、その美しさが人々に愛され、讃美されると共に、恋の思いが重ねられ、またすぐに散ることが惜しまれる花でもあった。さらには、桜の儚く散る様から、そこに世間の無常が重ねられたのである。桜児に死の運命が与えられたのは、桜のような美しさと共に、咲いて儚く散ってゆくという桜の花の運命が賦与されたためであろう。

ここで再度、桜児の死を悼む男の歌をみると、ⅰは結句の「散りにけるかも［散去流香聞］」の校異・訓読に諸説あるが★17、春になったら插頭にしようと思っていた桜の花が散ってしまったことを惜しむ歌であり、先に確認した桜の花の散ることを惜しむ歌（巻十・一八七〇）と発想を等しくするものである。ⅱは、桜の花が咲いたならば、年ごとに恋し続けるだろうと、桜の花への愛着をうたう。ただし、ここでは「妹が名に懸けたる桜」とあり、まさに「妹が名」としての「桜児」の物語りとの結びつきが明らかにされるのである。

一方の「縵」は、山野の蔓性植物であり、それをもって頭にかざすことからかづらの代表とされ、古くは巫の呪的な祓り物であったと思われる。祭祀的な場面で用いられていたかづらは、やがて宴会などで花木を折り取って風流を楽しむ際に、頭にかざす插頭やかづらとなり、『万葉集』の時代には梅や柳や菖蒲などが用いられた。

また縵は、插頭やかづらの料となる一方で、賞美する対象ともされていたことが次の歌々から知られる。

26雁がねの寒く鳴きしゆ水茎の岡の葛葉は色づきにけり（巻十・二二〇八）

27わが屋戸の田葛葉日にけに色づきぬ来まさぬ君は何心そも（同・二二九五）

28あしひきの山さな葛もみつまで妹に逢はずやわが恋ひ居らむ（同・二二九六）

29紫の綵色の蘰はなやかに今日見し人に後恋ひむかも（巻十二・二九九三）

26は「詠黄葉」に分類され、雁と黄葉とを詠み、葛の葉の彩りを愛でる歌であり、27は「寄黄葉」の歌で、葛の黄葉に寄せた恋歌である。28も同じく「寄黄葉」の歌で、「山さな葛」が色付くまで、妹に会わずに恋する苦しみを訴えている。29の「紫の綵色の蘰」は、「桜花」と同じく美しい女性の比喩であろうし、そのように華やかな女性と出会えた喜びと、そのために恋患いをしてしまうであろう今後の我が身を嘆いている。26から28のように色付く縵（葛）が歌に詠まれることは、人々にかざされ楽しまれたことを意味するのであるが、秋が来れば黄葉となり散ることもまた必定である。黄葉の散ることが人の死を暗示することは、『万葉集』の挽歌にいくつも認められることである。★18 縵も桜と同じように楽しみが終われば散って行くことが共通して認められ、それが桜児や縵児の死と切り結びながら物語りへの道を歩んだものと考えられるのである。

縵児の死をめぐる三首の男の歌は、桜児の場合よりも、より物語りに寄り添う形でうたわれているとみることができる。ただし、これまでの研究においては、iiiが「耳無の池し恨めし」と、縵児の死を過去のものとして捉える視点でありながら、結句で「水は涸れなむ」と現在の希求の表現をとることの時制の不一致、またvの第三句「今日の如」という確定的な表現と第四句「いづれの」という不確定な表現の共存に整合性のないことが指摘されている。iiiの歌について内田賢徳氏は、この不整合は、歌の作者が壮士の立場に立つことの不徹底に基づくと考えられる。「恨めし」という感想は、当事者のものであるより、むしろ譚の外部の、この譚を聞いた場の聞き手のものにふさわしい。その立場だからこそ、譚の中の任意の時へと溯行できるのである。★19

と、第三者が物語りの壮士の立場になりながら、聞き手である自らの視点を混在させたことによる結果であると述べている。また内田氏は同論でvについて、

「今日のごと」は（三）（vの歌：筆者注）の壮士の行動として解するのではなく、「今日行くと」（ⅳの歌：筆者注）と同じく娘子のこととして解しなければならないのではないのか。（中略）今日聞いた譚のように、ほんに娘子はどの隈を見ながら来たのやら、というような譚の内部の過去への想像、と言うよりは、あらためて現実へ素朴に同定や検証を行うことがこの歌の立場であろう。

と述べており、ⅲの歌の問題と合わせて、物語り内部と、その物語りの享受者としての立場が壮士の歌として反映されているという見方は、首肯すべきものであると思われる。ただし、こうした桜児・縵児の物語りを歌の〈由縁〉として伝えたのは、まさに桜と縵を眼前にして歌を詠むという態度の中にあるといえる。春に咲く桜の花や、秋に黄葉となる縵の季節が来ると、人々は桜や縵を愛でて、古の二人の処女の悲劇に思いを致したということである。その時々に詠まれたのが、桜が散るのを惜しむiのような歌であり、ⅱのように桜児の悲劇をしのびながら桜の美しさを愛する心であり、縵児の三首のように、物語りと一体となって、この〈古物語り〉を現在のものとして自らの感懐を詠む歌々である。ここに伝えられる男たちの歌が、一回的なものであるのか、長くうたい継がれたものであるのかは知り得ない。しかし、桜や縵が宴の風流の採り物であれば、これらが宴や歌会の場に提供されてそのテーマのもとに歌が展開したことが考えられるのである。★20 さらにいうならば、桜児・縵児の悲劇の

物語りによって、桜の花や色付く縵がなぜ美しいのかを説く起源譚ともなっているると考えられるのではないだろうか。桜児・縵児は桜や縵の美しさによって名付けられたものであり、それはまた反対に桜や縵をもって愛で楽しむことの中から、それらを美しい女性へと転化させることで、桜児や縵児の物語りが生成したのではないだろうか。桜や縵が季節の中に愛でられながらも、それらのうつろいを惜しむ態度が古の処女の悲劇を生成させ、やがて円環的に物語りと歌とが交わり合うことになったものと考えられる。いわば、当該二作品は、桜や縵がなぜ美しいのかという〈由縁〉と、処女の悲劇を仮構してその死を悼むという〈由縁〉の、二つの〈由縁〉を持ちながら伝えられ、その季節が廻り来ると人々に常に想起されて語り継がれ、うたい継がれた〈古物語り〉であったのである。

五　結

巻十六の「有由縁并雑歌」は、本書の序論で述べたように「有由縁雑歌并雑歌」の意であろうと思われ、本論で扱った桜児・縵児の物語りは「有由縁雑歌」の枠組みに入る作品である。いずれも複数の男性から求婚されて死を選ぶ女性の物語りであり、それは神の妻の時代から人間の時代へと移行する段階にあらわれた〈古物語り〉であったと思われる。

これまで、桜児・縵児の物語りは、彼女たちが原初的には巫女としての性格を有する女性であるがゆえに、その死は共同体の内部においては必然であることや、その死の必然性は、儒教思想に基づく女性の生き方の中で説かれてきたが、それは当該の物語りが漢文の序によって記されていることに起因する。ただし、『万葉集』において複数の男性に求婚される女性の歌や物語りをみると、むしろ古代日本の婚姻形態の特質を考察すべきであることに気付かされる。古代日本の女性を取り巻く婚姻制度の状況は、共同体や親族の認知を受けた妻問い婚という結婚形態を継承しながら、やがて律令時代の新たな家族制度に基づく夫婦という関係が出現し、妻としての理想的な行いを規範とすることが求められた。『万葉集』にみられる多くの恋歌は、秘匿された男女の愛情世界をうたうものであるが、そこには必ず人目や人言、或いは娘を管理する母親が登場し、男女の自由な恋愛を妨害する。この人目・人言や母親は、言い換えれば社会的な制約であるといえ、現実社会には公にしないという約束の中で、男女の恋は密かに展開するのであるが、多くの男女はこの秩序に従いながら、親や共同体の決めた相手と結ばれてゆくのである。しかし、一方ではこのような社会の慣例に反して、珠名娘子のように多くの男性と自由な恋愛を楽しむ女性が登場する。このような女性は、社会的には批判の的となる女性であるが、男に騒がれることを苦にすることはないのである。

このように、『万葉集』の恋や結婚には、Ⅰ社会や世間の習慣を守り、親族から認知されて結婚へと進むもの、Ⅱ親からも世間からも認知されず、一人の女として自由な結婚へと進むもの、という二つの系統を見出すことができる。ただし、このⅡの系統の女性は、結果的に不幸な運命が待っていることが予想されるのである。

桜児・縵児は、Ⅰの系統に属する女性たちであり、それは桜児の「古より今に至るまで、聞かず、見ず、一の女の身の、二つの門に往適くといふことを」という発言に象徴されている。彼女たちは、男たちから騒がれることを望んではいなかったのである。彼女たちが複数の男から求婚され、男たちが死闘を繰り広げるという事態に陥ったことは、彼女たちの望むところではないにも拘わらず、世間からは「男を惑わす淫らな女」「世間を騒がす淫らな女」という批判を受けることになる。すなわち、彼女たちは自らの属する社会が求める秩序を結果的に乱したことになり、自らが望む生き方と現実との落差に激しく絶望し、IIの系統に属する女性であるとみなされることへの懼れが、彼女たちの死の理由であったといえるのである。桜児・縵児の死は、彼女たちの美しさが引き起こした社会的な事件であったのであり、当該二作品はその悲劇を伝える〈古物語り〉として成立したのだといえる。美しい女性は本来神の側に属すものであったが、それが人間の側に属すことによって、このような悲劇が生まれたのだといえる。そして、その悲劇的な女性の死に対し、男たちが桜や縵をよすがとする歌を残すことの意味を考えるならば、桜の花はその美しさから美しい女性へと重ねられ、またすぐに散ることが惜しまれる花でもあった。さらには、桜の儚く散る様から世間の無常が理解されている。桜児に死の運命が与えられたのは、桜のような美しさと共に、儚く散るという桜の花の運命が賦与されたためであろう。縵も、秋に美しく色付く様が歌に詠まれるのは、人々にかざされ楽しまれたことを意味する。しかし、黄葉はやがて散る運命にあり、黄葉の散ることは人の死と重ねられる。縵も桜と同じように、盛りを過ぎて散ってゆく運命を背負い、それが桜児や縵児の死と切り結びながら〈古物語り〉へと流れ込み、歌の〈由縁〉として伝えられたのだといえよう。

桜児・縵児は、桜と縵の美しさによって名付けられたのであり、またそれは桜や縵がなぜ美しくも儚いのかの理由を語る起源譚として、この悲劇の物語りは生み出されたのだと思われる。当該作品は、そうした〈由縁〉を持つ〈古物語り〉として形成されたのだと考えられる。愛でられる美と、惜しまれる死とが、この物語りの中の生命として存在しているのである。

注

1 内田賢徳「巻十六　桜児・縵児の歌―主題と方法―」(『万葉集研究』第二十集、一九九四年六月、塙書房)。

2 『万葉集』の引用は、中西進『万葉集 全訳注 原文付』(講談社文庫)に拠る。以下同じ。
3 折口信夫「万葉集巻十六講義」『折口信夫全集 ノート編』第十一巻(一九七一年、中央公論社)。
4 川村悦磨『万葉集伝説歌考』(一九二七年、甲子社書房)。
5 注3折口論。
6 高野正美「巫女の死―真間手児奈―」『万葉歌の形成と形象』(一九九四年、笠間書院)。
7 瀬間正之「万葉集巻十六題詞・左注の文字表現」(『万葉集研究』第二十六集、二〇〇四年四月、塙書房)。
8 孫久富「『詩経』の相怨詩と『万葉集』の怨恨歌―文学主題の比較―」『日本上代の恋愛と中国古典』(一九九六年、新典社)。
9 伊藤博『万葉集釈注』第八巻(一九九八年、集英社)。
10 高群逸枝「古事記に見えた妻問時代の女性生活」(『古事記大成』第四巻、一九五六年、平凡社)。なお、高群氏の妻問婚・招婿婚に関する論考は『招婿婚の研究』(『高群逸枝全集』第二・三巻、一九六六年、理論社)に詳しい。またこの高群説に対する批判・検討が関口裕子『日本古代婚姻史の研究』上巻(一九九三年、塙書房)の第二編冒頭で適宜述べられている。
11 新釈漢文大系『史記 九』(一九九三年、明治書院)。
12 新釈漢文大系『玉台新詠 上』(一九七四年、明治書院)。
13 『後漢書』巻八十三・列女伝第七十四(中華書局)。
14 日本思想大系『律令』(一九七六年、岩波書店)。
15 新日本古典文学大系『続日本紀 一』(一九八九年、岩波書店)。
16 日本古典文学大系『日本書紀 上』(一九六七年、岩波書店)。
17 当該歌ⅰの結句について、紀州本・西本願寺本などが「散去流香聞」、類聚古集・古葉略類聚抄・尼崎本・広瀬本が「散去香聞」に作り、「流」を脱することから、様々な訓読が行われている。「散去流香聞」は旧訓「チリニケルカモ」(拾穂抄・全釈・日本古典文学大系本・全解など)、「チリユケルカモ」(代初書き入れ・略解・釈注など)などと訓まれる。「散去香聞」は尼崎本「ちりにけむかも」(「り」と「に」の間の「や」を消す)、類聚古集・古葉略類聚抄・広瀬本「チリニケルカモ」(武田全註釈・土屋私注・澤瀉注釈など)、「チリイニシカモ」(窪田評釈・日本古典全書本など)、「チリユケルカモ」(日本古典文学全集・新編日本古典文学全集・新日本古典文学大系など)など、文字遣いと訓読に大きく揺れが認められる。これらの諸説については、注1内田論に詳しく述べられている。

18　『万葉集』の挽歌における黄葉は、たとえば柿本人麻呂歌に「秋山に落つる黄葉しましくはな散り乱ひそ妹があたり見む(一は云はく、散りな乱ひそ)」(巻二・一三七)、「秋山の黄葉を茂み迷ひぬる妹を求めむ山道知らずも(一は云はく、路知らずして)」(巻二・二〇八)などがあり、他には「秋山の黄葉あはれびうらぶれて入りにし妹は待てど来まさず」(巻七・一四〇九)などとも詠まれている。

19　注1内田論。

20　『大和物語』第一四七段(日本古典文学大系本)には、「昔津の国にすむ女ありけり。それをよばふ男二人なむありける。一人はその国にすむ男、姓はむばらになむありける。いま一人は和泉の国の人になむありける。姓はちぬとなむいひける。(下略)」として、『万葉集』高橋虫麻呂歌集の菟原処女の伝説歌に類似する内容が伝えられており、その続きには「かゝることども昔ありけるを、絵にみなかきて、故后の宮に奉りたりければ、これが上を、みな人々この人に代りてよみける」とあり、「男のこころにて」(伊勢の宮すん所)、「女になりて」(女一のみこ)、「生きたりし折の女になりて」(糸所の別当)、「今一人の男になりて」(同上)など、物語りが語られた後に、各自が物語りの登場人物に仮託して歌が追和されている。

第三章　真間手児名伝説歌の形成

歌の詠法を通して

一　序

『万葉集』には、ある人物にまつわる伝説を素材とした歌が数多く収載されている。たとえば、巻五の領巾麾の嶺の序に続く松浦佐用姫の歌（八七一）は「後の人の追ひて和へたる」（八七二）、「最後の人の追ひて和へたる」（八七三）、「最最後の人の追ひて和へたる二首」★1（八七四―七五）と、佐用姫の伝説に基づきながら、人々が歌をうたい継ぐという、題詠ともいうべき方法がみられる。これは早くには巻二の「有間皇子の自ら傷みて松が枝を結べる歌二首」（一四一―一四二）に続き、「長忌寸意吉麿の結び松を見て哀しび咽べる歌二首」（一四三―四四）、さらに「山上臣憶良の追ひて和へたる歌一首」（一四五）、「大宝元年辛丑、紀伊国に幸しし時に結び松を見たる歌一首（柿本朝臣人麿歌集の中に出づ）」（一四六）とあるように、有間皇子の悲劇的な死を話題として、後の世の人々が歌をうたい継いでいる。ここには、ある話題を基準として、新たにその話題に関する歌をうたい継ぐという形式が存在したことが認められる。あるいはまた、巻三の「仙柘枝の歌三首」（三八五―三八七）の一首目の左注には「右の一首は、或は云はく『吉野の人味稲の柘枝仙媛に与へし歌なり』といへり。ただ、柘枝伝を見るに、この歌あることなし」と、「柘枝伝」なる伝説が存在したことが知られる。ここに「柘枝伝を見る」とあることからすれば、この伝説は記載され、なおかつある程度流布していた伝説であるということになろう。このような例を参照すると、伝説を素材とした作品には、ある場所や景物をよすがとして語り継がれ、歌が詠まれる場合と、「柘枝伝」のように記載されることで伝承される、「伝」として存在する場合とがあるということである。前者の伝説の在り方において万葉人が最も関心を寄せたものの一つが、複数の男に求婚される処女とその死という悲劇の伝説であったと思われる。これは主として、特定の場所やゆかりの事物に関わる口承の伝説があり、その伝説を話題として歌が詠まれるものである。たとえば、勝鹿の真間娘子や、葦屋の菟原処女を主人公とした伝説歌がそれであり、あるいは桜や縵に託された桜児・縵児の物語りもこれに加わる。彼女たちを主人公とする伝説歌は、いずれも処女の悲劇的な死が語られるところに特徴がみられる。その悲劇性を伝えるよすがとして、処女の墓や植物などの記念物が伝えられ、それらに触れた万葉の歌人たちによって、彼女たちの悲劇の死が回想されるのである。こうした墓処やあるよすがとなる記念物を中心に物語りが形成される事例は、古くは『日本書紀』の箸墓伝説が著名であり、あるいは『肥前国風土記』にみえる袖振りの峰などの説話がある。いわば墓や記念物は、過去へと心を寄せ、新たな物語りを生み出す起点として捉えられるものである。ここには、〈古物語り〉を通して伝説歌が再生産される状況が認められるであろう。

このような伝説を素材とする歌や物語りの中でも、代表的な事例ともいえる勝鹿（葛飾）の真間手児名をめぐって、『万葉集』には二つの作品が載る。この真間手児名の伝説歌は、既にその土地に伝えられていた伝説に基づく〈古物語り〉であると思われ、旅人が旅の途次に立ち寄って詠んだ、地方の処女の悲劇的な死を語る伝説歌として成立している。そのような経緯により成立する真間手児名の伝説歌は、以下の作品にみることができる。

A過勝鹿真間娘子墓時、山部宿祢赤人作歌一首并短歌（巻三・四三一―四三三）

B詠勝鹿真間娘子歌一首并短歌（巻九・一八〇七―一八〇八）

勝鹿（葛飾）の真間（現在の千葉県市川）は古代の東国の地名で、この娘子は「手児」とも「手児名」とも呼ばれる真間の地の処女の名であり、周囲の人々が呼びならわした愛称であると推測される。この娘子を話題とする歌は、山部赤人の歌Aと、高橋虫麻呂歌集所出の歌B★2とにみられ、この娘子の存在は勝鹿の真間一帯で広く知られていたと思われる。その傍証となるのが、巻十四東歌の相聞部に真間手児名を詠んだ次の歌が載ることである。

葛飾の真間の手児奈をまことかもわれに寄すとふ真間の手児奈を（三三八四）

葛飾の真間の手児奈がありしばか真間の磯辺に波もとどろに（三三八五）

前者は、手児名が自分に心を寄せていることを知った男の喜びの歌であり、後者は、今も彼女が生きていたならば、男が押し寄せて騒ぎたてたことだと懐古する歌である。このように、真間手児名はすでにこの土地一帯で著名な娘子であったことが知られ、この土地の男たちにとって憧れの女性であったことが窺える。一方、都人である山部赤人の歌や高橋虫麻呂歌集所出の高橋虫麻呂の歌では、彼女の墓（奥つ城）と、そこで語り継がれる彼女の悲劇の死が詠まれている。そこには、都人の視点による新たな手児名物語りが再生産されているといえよう。

赤人のA歌と虫麻呂のB歌とは、同じ真間手児名伝説を素材とし、同じ「奥つ城」を通してうたうところに共通性があるが、そのうたい方には大きな違いが生じている。これは後述するように、Aは墓の様子を漠然と描写しながら、手児名の伝説を感慨深いものとして偲ぶことにあり、Bは彼女の生い立ちからその美しさ、いかに死んでいったのかという手児名の人生を詳細に描き、その悲劇が昨日のことであるかのように胸に迫る思いがすると述べる点にある。伝説から作者の感懐が歌に導かれるのは同じであるが、一方は感懐を主とし、一方は手児名の人生の叙事を主としている。このようなうたい方の相違は、Aの題詞に「過勝鹿真間娘子墓」とあるように「墓に過る」時の歌であること、Bは「詠勝鹿真間娘子」とあるように「娘子を詠める」と題される歌であることに起因しているとみられる。すなわち、ABの歌の内容の相違は、それぞれの題詞の「過――」と「詠――」の違いに大きく関わっているものと推測される。それは、「過」という題詞は、ある場所に立ち寄ったことにより、作者が主体となってその伝説を懐古することに主点を置いているのに対して、「詠」という題詞は、その伝説の主人公を主体として、主人公の内実（容姿や人生）に主点を置いて詠んでいることによる相違であろうと思われる。したがって、それぞれの題詞の違いは、両者のうたい方の違いに大きく関与しているものと判断されるのである。そこで、本論ではAの「過――」と、Bの「詠――」とにより区別される題詞の相違が、歌の表現の相違としてあらわれることを検討し、そこから導かれる二つの伝説歌の形成について考察してゆきたい。

二　赤人の「過」の歌の方法

赤人の真間手児名を詠む歌は、その題詞に「過勝鹿真間娘子墓」とあり、旅の途次に娘子の墓に立ち寄った時の歌であることが理解される。その歌は、次のようにみられる。

A　勝鹿の真間娘子の墓を過ぎし時に、山部宿祢赤人の作れる歌一首并せて短歌
〔東の俗語に云はく、かづしかのままのてご〕

古に　在りけむ人の　倭文幡の　帯解きかへて　伏屋立て　妻問ひしけむ　葛飾の　真間の手児名が　奥つ城を　こことは聞けど　真木の葉や　茂りたるらむ　松の根や　遠く久しき　言のみも　名のみもわれは　忘らえなくに（巻三・四三一）

反歌

われも見つ人にも告げむ葛飾の真間の手児名が奥つ城処（同・四三二）

葛飾の真間の入江にうちなびく玉藻刈りけむ手児名し思ほゆ（同・四三三）

赤人歌の題詞の「過」はいくつかの訓みが認められ、「ヨキル」（仙覚抄・拾穂抄・日本古典文学全集本・和歌大系本・

新編日本古典文学全集本ほか）、「スグル」（童蒙抄・日本古典文学大系本・日本古典集成本・全注・釈注ほか）、「トホレル」（古義）、「スギシ」（総釈・窪田評釈・日本古典全書本・武田全註釈・佐佐木評釈・講談社文庫本・全解ほか）などと訓まれ、契沖『万葉代匠記』は柿本人麻呂の近江荒都歌（巻一・二九）の題詞について「過近江荒都ニ時」と「荒都」の下に助詞「ニ」を補っていることから、当該の場合も「墓ニヨキル」と訓まれたものと思われる。現在は「ヨキル」、もしくは「スグ」系統の訓みが支持される状況にあるが、いずれもそこを通過することが基本の意味であろう。赤人の長歌では、古い時代に妻問いが行われたという手児名の「奥つ城」は今はどこにあるか知られないが、その名は忘れられないことだとうたう。反歌では、その手児名の悲劇を他人にも伝えようといい、また入江で藻刈りをしていた彼女が偲ばれるという。ここでは、手児名はなぜ死んだのか、どのような娘子であったのかは語られず、その墓の様子から導かれた赤人の感懐がうたわれているのみである。しかし、ここではそれが題詞の「過」とどのように関与するのかが問題となろう。「過」が一定の意味を持つとすれば、「過」は歌の内容を方向付ける性格を有していると思われるからである。

この「過」の字は、『説文解字』が「過　度也」★3と説明するように、「度」（渡る）の意味である。『時代別国語大辞典　上代編』（三省堂）によれば、「ヨキル」の場合には、「訪れる。立寄る」の意味が含まれるという。この理解は、『万葉集』の題詞における「過――」の用例のほとんどが、旅の途次に立ち寄った場所を示すことによるためである。それらの用例は、次の通りである。

1過近江荒都時、柿本朝臣人麿作歌（巻一・二九）
2過辛荷嶋時、山部宿祢赤人作歌一首并短歌（巻六・九四二）
3過敏馬浦時、山部宿祢赤人作歌一首并短歌（同・九四六）

4過敏馬浦時作歌一首并短歌（同・一〇六五／田辺福麻呂歌集）
5過足柄坂見死人作歌一首（巻九・一八〇〇／田辺福麻呂歌集）
6過葦屋処女墓時作歌一首并短歌（同・一八〇一／田辺福麻呂歌集）
7過大嶋鳴門而経再宿之後、追作歌二首（巻十五・三六三八―三六三九）
8過渋谿埼見巌上樹歌一首　樹名都万麻（巻十九・四一五九／大伴家持）

Aを除き、『万葉集』で「過」の字を題詞に持つものは以上の八例である。[★4] これらに登場する地名は名所・旧跡とされた場所であり、いずれも旅中の詠であるとみてよい。そこを過ぎる折に立ち寄ったという意味が「過」であるが、5のように通行中の路頭で死者に出会ったという例もみられる。これは「過――、見――」という題詞の形式の中にあるものであり、その場合は「過」を一律に立ち寄るの意味と考えることは避けるべきである。伊藤博氏は「過――」と「見――」とを題詞に持つ作品を、伝説歌の源流として位置付けるにあたり、右の1から5までの用例と、題詞に「見・望」「超・越」などが用いられた例も含めて分析している。その分析の結果Ⅰ群として「旅先での自然物、もしくはそれに関連するもの」をうたう場合と、Ⅱ群として「旅先で見た滅びたもの（死人・荒都など）、もしくは亡き人に関連するもの（石窟・結松など）」をうたう場合とに分類している。[★5]「見・望」「超・越」は「過」と意味を異にするため等しく扱うことはためらわれるが、前掲の用例に限っていえば、伊藤氏の分類に従って差し支えないと思われる。その場合にⅠ群は2・3・4・7・8、Ⅱ群は1・5・6と当該赤人歌Aとなろう。

Ⅰ群に分類される2・3・4の「辛荷の嶋」「敏馬の浦」は、大和から西国へ赴く際、あるいは帰る際に通過する名所・旧跡にあたる土地であり、『万葉集』の歌にもしばしば詠まれる著名な景勝地である（巻三・二五〇、同・四四九―四五〇など）。7は旅の途次に大嶋の鳴門に宿った際の歌であることを意味し、歌に「名に負ふ鳴門の」（三六三八）とあることから、鳴門が大嶋の名所であったことがうかがえる。また8は5と同様に「過――、見――」の形式を持つ題詞であるが、これは渋谿の埼に立ち寄った際に「巌上樹」を見たという意味であり、5の「過――、見――」とは性格を異にする。その「巌上樹」には、「樹名都万麻」という注記がある。おそらくこの樹は巌にそびえる巨木であったと思われ、人々から信仰され親しまれる渋谿の埼の名所であったために、家持は立ち寄って歌を詠んだのだと推測される。

Ⅱ群に分類される1は、柿本人麻呂が近江の旧都に立ち寄った際の作歌で、過去に都があった場所に春草の生い茂っている様を嘆き、今は滅びた在りし日の都の姿を思う歌である。5の「足柄坂」は険阻で知られる箱根の峠であり、「過」は立ち寄るという意ではなく、その地を通過することを示すものである。この5の例は足柄坂を通過した折に死者を見たことが作歌契機となっており、この題詞は「見」に本旨が置かれている。そのため、他の「過」の例とは性格を異にするものと思われる。6はAと同趣の作品で、旅の途次に処女の墓に出会い、歌は過去に起きた悲劇の伝説を回顧するものである。

当面問題とする赤人歌Aに関わる分類はⅡ群であり、その中の1は『万葉集』の題詞における「過」の最も早い用例である。その作品は次のように詠まれている。

近江の荒れたる都を過ぎし時に、柿本朝臣人麿の作れる歌

玉襷　畝火の山の　橿原の　日知の御代ゆ〔或は云はく、宮ゆ〕　生れましし　神のことごと　樛の木の　いやつぎつぎに　天の下　知らしめししを〔或は云はく、めしける〕　天にみつ　大和を置きて　あをによし　奈良山を越え〔或は云はく、空みつ　大和を置き　あをによし　奈良山越えて〕　いかさまに　思ほしめせか〔或は云はく、

おもほしけめか〕 天離る 夷にはあれど 石走る 淡海の国の 楽浪の 大津の宮に 天の下 知らしめしけむ 天皇の 神の尊の 大宮は 此処と聞けども 大殿は 此処と言へども 春草の 繁く生ひたる 霞立ち 春日の霧れる〔或は云はく、霞立ち 春日か霧れる 夏草か 繁くなりぬる〕 ももしきの 大宮処 見れば悲しも〔或は云はく、見ればさぶしも〕（巻一・二九）

反歌

ささなみの志賀の辛崎幸くあれど大宮人の船待ちかねつ（同・三〇）

ささなみの志賀の〔一は云はく、比良の〕大わだ淀むとも昔の人にまたも逢はめやも〔一は云はく、逢はむと思へや〕（同・三一）

伊藤氏は1の近江荒都歌の題詞「過」に注目し、「古代人は、旅中、ある場所を通過するにあたってそこでのあるものを見てタマフリを行ない鎮魂の歌をうたう習俗を、古く記紀歌謡の時代から持っていた」とし、そのような鎮魂の歌を「自然を見てそれを讃える歌」、「自然を通して家郷を偲ぶ歌」、「滅んだものを見て哀傷する歌」の三種に分類する。さらに、いずれも「生命力の充足を祈請して行路の安全を祈り、無事なる帰郷を招《お》ぐことを目的とするタマフリの行為」であると述べて、人麻呂の近江荒都歌もこのような羈旅信仰の伝統の中にあるという。[★6] そして、その伝統を継承しているのが、「――を過ぐる時」と「――を見る歌」を題詞に持つ歌であり、それらは「『羈旅の途次、ある場所を通過するにあたってある物を見て感懐を述べる』という伝統の作歌事情を標榜して」おり、「――を過ぐる歌」は「『ある場所を通過するにあたって感懐を述べる』の部分に比重を置いた表現」であると述べている。[★7] このように、「――を過ぐる歌」がタマフリをして生命力の充足を祈請することや、対象への鎮魂であるという指摘は妥当な見解であるが、このような見解は、すでに折口信夫氏の説くところのも

のである。★8

人麻呂の「過近江荒都」を、官命によって東国に赴く際に通過した旅路における作とみるならば、★9 旧都への鎮魂やタマフリであろうという理解は認められるものといえよう。近江は天智天皇の治めた都であり、壬申の乱によって滅びた都である。天皇の宮処であったはずの場所に草木が茂り、霞が立ちこめるのを目の当たりにして、長歌では「ももしきの　大宮処　見れば悲しも」と、過去の大宮を懐古し、その変わり果てた現実の大宮を嘆いている。反歌では、かつてこの宮処に奉仕した大宮人たちは二度と戻ることはないとうたうのである。琵琶湖を往来する旅人は、この近江の旧都を通過する際には立ち寄ることもあったであろうし、また、その土地が持つ歴史への懐古も生じて、感懐をうたうこともあったに違いない。このことは、人麻呂の近江荒都歌に続いて次の二首が載せられていることからも知られる。

　高市古人の近江の旧堵を感傷して作れる歌〔或る書に云はく、高市連黒人といへり〕

古の人にわれあれやささなみの故き京を見れば悲しき（巻一・三二）

ささなみの国つ御神の心さびて荒れたる京見れば悲しも（同・三三）

この二首は人麻呂歌と同じく、高市古人が近江の荒都に寄せて自らの感懐を述べた歌である。前者は、旧都である近江の現在の様子を目の当たりにして、「見れば悲しき」という感情を抱くのは、自らが「古の人」であるためなのだと実感し、後者は旧都の荒廃を国つ神の御心の衰えに寄せて、「見れば悲しも」と嘆くのである。このように、人麻呂歌や高市古人歌の作歌契機に羈旅信仰が介在しているとみるならば、近江の旧都に立ち寄った折に、荒都歌が誕生したとみることは必然性があるものと思われる。

こうした「過」を題詞に有する作品群は、それがうたわれる土地の持つ特性や歴史、あるいは伝説と大きく関わっているとみることができる。近江の荒れ果てた旧都は、すぐさま壬申の乱の記憶を呼び起こす場所であり、そこを通過する旅人は、その旧跡の持つ歴史を懐古する。注意すべきことは、「過」と題される作品の多くが、その場所の持つ特別な環境に引き寄せられたことが作歌契機となっているということである。こうした特別な場所を「過」と題する作品は、日本の漢詩作品にもみられる。『懐風藻』に載る藤原万里の「過神納言墟」という題の五言詩は、大神高市麻呂の廃墟となった邸宅を詠んだものである。

一旦辞栄去　千年奉諫餘　　一旦栄を辞して去り、千年諫を奉る餘。
松竹含春彩　容暉寂旧墟　　松竹春彩を含み、容暉旧墟に寂し。
清夜琴罇罷　傾門車馬疎　　清夜琴罇罷み、傾門車馬疎んず。
普天皆帝国　帰去遂焉如　　普天は皆帝国、帰去して遂に焉にか如かん。（詩番九五）[★10]

この詩は、主人のいない荒廃した邸を見て、高市麻呂のような忠臣であっても朝廷を追われることがあるという悲運を嘆くものである。廃墟は邸の主人であった大神高市麻呂の運命を思い起こさせる場所であり、その場所に立ち寄った作者は、過去に思いを寄せて自らの感懐へと到る。この廃墟を「過」るということが漢詩の題として存在するように、「過」を題に持つ詩は中国詩に多くみえることが指摘されている。[★11]たとえば『史記』の司馬相如列伝に載る賦は、秦の滅亡を悲しむものであり、その詩作の動機は「還過宜春宮」にある。以後にみえる鮑氏集の「従過旧宮」や庾肩吾集の「過建章故台」などは、荒廃した旧宮や旧台を詠んだ詩であり、あるいは謝霊運の「過始寧墅」は、景勝地を過ぎる時に詠まれた詩である。中国詩において「某所を過る」という題は、すでに詩の題として成立していたものと考えられ、先の藤原万里の作も、このような中国詩の流れの中にあるものといえるであろう。これらの作品を通して辰巳正明氏は、『万葉集』の「過」の題詞には詩題としての性格が含まれていること、その形態として(a)荒都・故宅への悲傷、(b)墓下の作、(c)名所・景勝地への感興に分類することができると論じている。[★12]いわば、「過」という形式を取る『万葉集』の題詞は、そこに中国詩の詩題と等しい題が存在し、それらは(a)(b)(c)のような形態分類が可能だということである。

こうした「過」という題詞の傾向からみるならば、前掲の『万葉集』が収載する1から8の作品群の題詞の形式は、中国詩にみえる詩題から導かれることで形成されたものと考えられる。いずれも旅の途次において出会った過去の大きな歴史的事件にまつわる旧跡や、旅路の楽しみとした名所・景勝地、その土地の処女の悲劇的な死の伝説など、旅の途次に通過する折々に出会った特別な場所の持つ環境が、「過」という題の詩歌を成立させ、その場所での感懐が詠まれているといえるのである。

本論が問題とするAの赤人歌は、題詞に「過勝鹿真間娘子墓」とあることから、(b)の「墓下の作」に該当する。また、それが地方に伝えられる娘子の墓と物語りに触れている歌であることから、そこは既に名所として成立していたことが想定でき、(c)の「名所・景勝地への感興」も含まれるものと思われる。「墓下の作」とは、たとえば『文選』哀傷部に謝霊運の「廬陵王墓下作一首」があり、これは李善注によると次のように説明されている。

宋武帝子義真、封廬陵王。未之藩而高祖崩。廬陵聡敏好文。常与霊運周旋属。少帝失徳。朝廷謀廃立之事。次在廬陵、言廬陵軽訬、不任主社稷。因其与少帝不協。徐羨之等奏廃廬陵為庶人、徙新安郡。羨之使使殺廬陵也。後有譏霊運欲立廬陵王。遂遷出之。後知其無罪、追還至曲阿、過丹陽。文帝問曰「自南行来何所制作」、対曰「過廬陵王墓下作一篇」。[★13]

李善注によれば、廬陵王は宋武帝の子であったが、徐羨之らの陰謀により王の称を廃されて庶人となり、ついに暗殺された。謝霊運も王を立てようとした罪で配流となったが、後に無実であったことが判明し、許されて都へ帰る途次に王墓に立ち寄り、一篇の詩を詠んだというのである。この時に、謝霊運が詠んだ詩が「過廬陵王墓下作一篇」であると注されている。あるいは『魏書』管輅伝には「輅随軍西行、過毋丘倹墓下、倚樹哀吟、精神不楽。人問其故、輅曰、『林木雖茂、無形可久、碑誄雖美、無後可守（下略）』」★14とある。これは管輅が軍に従い西行し、毋丘倹の墓下を過ぎる折に、人生が無常であることへの感懐を述べる記述である。これらは墓をも含めた名所・旧跡を過ぎる時に、人生への感懐を抱いたことによる詩作や発言であることが理解される。

こうした中国詩文にみえる「過」の題が持つ形式からみると、Aの歌も旅の途次で娘子の墓の由縁を知り、そこが名所・旧跡として伝えられていることから、その伝説への感懐を催して詠んだ歌であると理解できる。それはよすがである「墓」を起点として伝説へと接近することであり、ここでの「過」は旅の途次に過去の伝説に触れることによって呼び起こされた、赤人の感興であるといえる。

手児名をめぐる歌と伝説は、東歌においては男たちがしきりに噂する女性であるのに対して、赤人歌Aにおいてはむしろ手児名の「墓」にその中心が置かれている。この「墓」への視線は、手児名という娘子の悲劇的な死に対する関心であり、娘子の「墓」を起点に彼女の人生を思い、感懐を述べるという方法である。つまり、赤人歌の中心は、手児名の伝説を見聞きし、彼女の人生を回顧することによって自らの感懐を述べることにある。それゆえに、手児名伝説の内容は赤人の内的な問題となり、簡略的にしか描かれないのである。この在り方は、次の田辺福麻呂歌集にみる「過葦屋処女墓時作歌一首并短歌」にも通じるものである。

古の　ますら壮士の　相競ひ　妻問しけむ　葦屋の　うなひ処女の　奥津城を　わが立ち見れば　永き世の
語りにしつつ　後人の　思ひにせむと　玉桙の　道の辺近く　磐構へ　作れる塚を　天雲の　そくへの限り
この道を　行く人ごとに　行き寄りて　い立ち嘆かひ　ある人は　哭にも泣きつつ　語り継ぎ　思ひ継ぎ来

る　処女らが　奥津城どころ　われさへに　見れば悲しも　古思へば（巻九・一八〇一）

反歌

語りつぐからにも幾許恋しきを直目に見けむ　古壮士（同・一八〇三）

古の小竹田壮子の妻問ひしうなひ処女の奥津城ぞこれ（同・一八〇二）

福麻呂歌集歌も赤人同様に処女の伝説は簡略に描いており、処女の奥津城を往来する人々が、処女の伝説に触れて抱く悲しみを詠むのである。誰しもが涙を禁じ得ない悲劇であるがゆえに、福麻呂歌集歌も「われさへに見れば悲しも　古思へば」と、処女の「奥津城」に立ち寄って抱いた感懐を述べるのである。福麻呂歌集歌も赤人も、処女の身に起きた悲劇の内実は「倭文幡の　帯解きかへて　伏屋立て　妻問ひしけむ」（赤人）、「相競ひ妻問しけむ」（福麻呂歌集歌）の詞章のみであり、その詳細を語ろうとするものではない。むしろ、「奥津城」を起点として処女たちの悲劇の死を悼むことがその中心にある。それゆえに「奥つ城を　こことは聞けど　真木の葉や　茂りたるらむ」（赤人）や「玉桙の　道の辺近く　磐構へ　作れる塚を」（福麻呂歌集歌）と、墓の様子を描写し、そこから処女の死への感懐を述べるのである。その場所が墓である必然は、墓は死者の過去を語る場所であり、死者の過去は墓を通して語られることによる。「墓に過る」とは、まさに墓の主である処女たちの過去の人生に触れることである。その過去に触れたことへの感懐や懐古の情を、赤人は「遠く久しき　言のみも　名のみもわれは　忘らえなくに」とうたうように、遠い過去に生きた娘子の人生の悲しみに寄り添いながら、それを忘れないというのである。赤人は悲劇の伝説の内実よりも、遠い過去に生きた娘子の悲しみと一体となり、その悲劇に対する自らの感懐を述べることを歌の主題としたのである。何よりも、赤人が反歌において自分も見たこと、それを人にも告げようとしたことが「真間の手児名が奥つ城処」（四三二）であったことからすれば、墓はそのよう

な意味で記憶の装置としての役割を果たしているといえよう。★15

赤人における「過」とは、その場所が持つ過去の事件や出来事への感興ではあるが、むしろそれはそこから見出される人としての悲しみの存在への共感であろう。赤人の目の前にあるのは真木の葉に覆われた墓であり、しかも、その墓は人麻呂の近江荒都歌のように、此処だと聞いても茫漠として明確ではないのである。赤人の「過真間娘子墓」の歌は、娘子の悲劇の伝説を詳細に描き、明確な歴史として捉えようとするのではなく、茫漠とした過去の事件の中から、娘子の悲劇の人生を取り出してそれに詠嘆し、感懐を述べるという方法であった。それは「過」という詩の形式によって導かれた、表現の方法であったと考えられるのである。

三　虫麻呂の「詠」の歌の方法

赤人の「過」という題詞に対して、高橋虫麻呂歌は「詠」という題詞を持つ。

B　勝鹿の真間娘子を詠める歌一首并せて短歌

雞が鳴く　東の国に　古に　ありける事と　今までに　絶えず言ひ来る　勝鹿の　真間の手児奈が　麻衣
に　青衿着け　直さ麻を　裳には織り着て　髪だにも　掻きは梳らず　履をだに　穿かず行けども　錦綾
の　中につつめる　斎児も　妹に如かめや　望月の　満れる面わに　花の如　笑みて立てれば　夏虫の
火に入るが如　水門入りに　船漕ぐ如く　行きかぐれ　人のいふ時　いくばくも　生けらじものを　何す
とか　身をたな知りて　波の音の　騒く湊の　奥津城に　妹が臥せる　遠き代に　ありける事を　昨日し
も　見けむが如も　思ほゆるかも（巻九・一八〇七）

反歌

勝鹿の真間の井を見れば立ち平し水汲ましけむ手児奈し思ほゆ（同・一八〇八）

この題詞にみえる「詠」の字は、『説文解字』に「詠　歌也」とあり、詠は歌であると説明される。『文選』には「詠史」（第二十一巻）、「詠懐」（第二十三巻）の分類があり、『玉台新詠』には「詠――」を題に持つ詩が多くみられる。中西進氏によれば、「詠」を題詞に持つ『万葉集』の作品は「殆どが詠物歌であり、他二つ（詠懐・詠史：筆者注）は詠としての取扱いをうけていない」とされ、次のように述べている。

詠懐・詠史の発想手段と、詠物のそれとは、異質なものがあり、特に詠懐に於いてそれは著しい。詠史は漢詩の内容に徴しても明確に史実に直面する形式であり、詠物に近いものであるが集中それを意識する事の少いのは、一つには歴史観の未熟を意味するのであり、一つには別形に分類されるという取扱い上の相違である。★16

中西氏によれば、『万葉集』の「詠」の歌は基本的に詠物歌であり、詠史・詠懐の方法はみられないのだという。たしかに中西氏の指摘の通り、『万葉集』には編纂上の分類項目（巻七・巻十）を除いても、詠物の歌と判断される例が多く見い出される。

1門部王詠東市之樹作歌一首（巻三・三一〇）
2詠不尽山歌一首并短歌（同・三一九／高橋虫麻呂歌集）
3沙弥満誓詠綿歌一首（同・三三六）
4山部宿祢赤人詠故太政大臣藤原家之山池歌一首（同・三七八）
5大伴坂上郎女、詠元興寺之里歌一首（巻六・九九二）

6山上臣憶良詠秋野花歌二首（巻八・一五三七）

7献忍壁皇子歌一首 詠仙人形（巻九・一六八二／人麻呂歌集）

8登筑波山詠月一首（同・一七一二）

9詠上総末珠名娘子一首并短歌（同・一七三八／高橋虫麻呂歌集）

10詠水江浦嶋子一首并短歌（同・一七四〇／高橋虫麻呂歌集）

11詠霍公鳥一首并短歌（同・一七五五／高橋虫麻呂歌集）

12詠鳴鹿歌一首并短歌（同・一七六一／人麻呂歌集）

13―19長忌寸意吉麿歌八首〔詠行騰蔓菁食薦屋樑歌／詠荷葉歌／詠雙六頭歌／詠香塔厠屎鮒奴歌／詠酢醤蒜鯛水葱歌／詠玉掃鎌天木香棗歌／詠白鷺啄木飛歌〕（巻十六・三八二五―三八三一）

20忌部首、詠数種物歌一首（同・三八三二）

21境部王、詠数種物歌一首（同・三八三三）

22高宮王詠数種物歌二首（同・三八五五―五六）

23詠霍公鳥歌二首（巻十七・三九〇九／大伴書持）

24山部宿祢明人、詠春鶯歌一首（同・三九一五）

25詠庭中牛麦花歌一首（巻十八・四〇七〇／大伴家持）

26一、答属目発思、兼詠云遷任旧宅西北隅桜樹（同・四〇七七／大伴家持）

27宴席詠雪月梅花歌一首（同・四一三四／大伴家持）

28八日、詠白大鷹歌一首并短歌（巻十九・四一五四／大伴家持）

29詠霍公鳥并時花歌一首并短歌（同・四一六六／大伴家持）
30詠霍公鳥二首（同・四一七五／大伴家持）
31詠山振花歌一首并短歌（同・四一八五／大伴家持）
32詠霍公鳥并藤花一首并短歌（同・四一九二／大伴家持）
33詠霍公鳥歌一首并短歌（同・四二〇九／久米広縄）
34詠霍公鳥歌一首（同・四二三九／大伴家持）
35詠霍公鳥歌一首（巻二十・四三〇五／大伴家持）

虫麻呂歌Bを除き、『万葉集』の題詞に「詠」を持つ歌は、右の三十五例をみることができる。[★17] これらは「詠——」という形式で詠まれており、たとえば、27では「雪月梅花」が宴席での詠題とされたことがうかがえ、長忌寸意吉麻呂の13から19の諸例も、宴席で題とされた種々の物を詠み込んだ歌である。また虫麻呂の2「詠不尽山」のように、詠題による意識からそれを積極的に題としている例もみることができる。しかも、これらのほとんどは自然の景物や生活雑器などを詠む詠物の歌であることが認められ、大伴家持が「詠霍公鳥」という歌を多く作っているように、花鳥を素材とした詠物歌も新たな展開をみせている。これらの例の中で注目されるのは、高橋虫麻呂の「詠」の用い方である。虫麻呂歌の2は「不尽山」を、9は「上総末珠名娘子」を、10は「水江浦嶋子」を、11は「霍公鳥」を詠んでいる。2は旅において富士山の偉容を発見した歌であり、11は霍公鳥の不可思議な生態を詳細に描いている。「不尽山」「霍公鳥」は自然物に含まれるので、他の多くの詠物歌の範疇にある。ただし、9と10は他の例と異なり、特定の人物を取り上げた作品である点が注意される。9は上総の末の地に住む伝説的な女性の特異な生き方を、10は水江地方の浦嶋子の伝説をうたうものであり、当該の手児名詠のBもこの伝説の主人公を詠む中に含まれる。このように虫麻呂の「詠」の歌には、ⅰ自然や景物、事物をうたうもの、ⅱ地方の伝説をうたうものの二つに分類することができ、虫麻呂以外の「詠」の歌は、おおむねこのⅰに含まれるとみてよいであろう。このことから虫麻呂の「詠」の歌は、他の詠物の歌とは異なり、人物を詠む歌に対して「詠」と題することが一つの特徴であるといえる。このような虫麻呂の伝説をうたうⅱの作品について、村山出氏は「虫麻呂の真間娘子や珠名娘子の容姿の具象化、スケッチ風の叙事的な表現態度は、『玉台新詠』のこれらの詠物詩の方法に近似することを認めなければならないであろう[★18]」と述べ、右にみた『万葉集』の「詠――」の諸例をはじめ、虫麻呂の作品も『玉台新詠』や『文選』の詠物詩に重なるものであると指摘している。自然の景物や器物を対象とする詠物の方法は、村山氏の指摘の通り中国六朝詩に多くみられるものである。特に『玉台新詠』には、次のように多くの素材が詩題として取り上げられている。

巻四　雙燕・七宝扇・琵琶・幔・鐙・燭・席・鏡台・落梅
巻五　春・桃・月・柳・篪・席・紅箋・薔薇・鏡・画扇・玉階・歩揺花・五彩竹火籠・鐙・照鏡・七夕・倡家・白鷗
巻六　春・照鏡
巻七　晩栖烏・秋夜
巻十　柟榴枕・火・春風・燭・筆・笛・舞曲・長信宮中草・石蓮・袙複・残鐙[★19]

このように、『玉台新詠』においては器物を中心として季節の景物が詠まれており、中国六朝期の詠物詩の性格を知ることができる。さらに、この中には人物を対象とする詠物詩も含まれており、次の例が挙げられる。

巻三　牛女

巻四　邯鄲故才人嫁為廝養卒婦
巻五　歌姫・舞女・舞妓
巻六　少年
巻七　人棄妾・舞・美人観画
巻八　美人自看画
巻十　王昭君・酌酒人・美人治粧・舞・武陵王左右伍嵩伝栢・苑中遊人・小児採菱・主人少姫・織女・繁華・佳麗

これらの中には歴史的な人物や伝説の女性などのほかに、遊楽の中に見る人物をもその対象としていることが知られる。『玉台新詠』の詠物詩においても人物が詠まれる例は少ないが、施栄泰の「詠王昭君一首」(巻十)では、

垂羅下椒閣　挙袖払胡塵　　羅を垂れて椒閣を下り、袖を挙げて胡塵を払ふ。
唧唧撫心歎　蛾眉誤殺人　　唧唧心を撫して歎ず、蛾眉人を誤殺す。

と詠まれ、劉孝儀の「詠織女」(巻十)では、

金鈿已照耀　白日未蹉跎　　金鈿已に照耀するも、白日未だ蹉跎たらず。
欲待黄昏後　含嬌渡浅河　　黄昏の後を待ちて、嬌を含みて浅河を渡らんと欲す。

と詠まれる。王昭君という歴史上の人物や織女という伝説上の人物も含む、こうした人事に関する詠物詩は、その対象を詠題とすることで成立したことが窺える。しかし、人物を「詠」の対象とすることは、客観的に事物を描写し、歌に詠むという「詠物」の概念を揺るがすものであることは注意すべきである。

このような「詠」による詩の方法は、中西氏が前掲論で触れていたように、中国詩では早くに「詠懐」や「詠

史」の詩としても存在する。詠懐詩において著名な作品は、『文選』に載る阮嗣宗（阮籍）の「詠懐詩十七首」であり、その第一首は次のように詠まれている。

夜中不能寝　起坐弾鳴琴　　夜中なるも寝ぬる能はず　起き坐て鳴琴を弾ず
薄帷鑑明月　清風吹我衿　　薄き帷は明月に鑑り　清き風は我が衿を吹く
孤鴻號外野　朔鳥鳴北林　　孤鴻は外の野に號び　朔鳥は北の林に鳴く
徘徊将何見　憂思独傷心　　徘徊して将何をか見る　憂思して独り心を傷ましむ[20]

夜中に眠れぬままに起きて琴を弾き、清風が吹く中で鳥の鳴く声を聞くと、やるせない思いが心を傷めるのだという。こうした阮籍の傷心の原因は、李善注によると「嗣宗身仕乱朝、常恐罹謗遇禍、因茲発詠。故毎有憂生之嗟」とあり、阮嗣宗は乱れた朝廷に仕えて、常に讒言を得て災禍に遭うことを恐れたのであり、それ故にこのような憂いによる嘆きの詩が生まれたのだと説明する。吉川幸次郎氏は「詠懐詩」は基本的には自らの立場の悲しみや憂いをうたうものであるが、阮籍の「詠懐詩」は個人的な哀歓にとどまらず、人間全体の問題をうたうことへと展開していると述べている。[21]「詠懐」という詩題は、そうした個人の悲哀、ひいては人間の抱くあらゆる「懐《おもい》」を詠むことがその中心であった。

この「詠懐」に対して「詠史」の詩は、日本では平安初期に成立した勅撰漢詩集（三集）の一つである『文華秀麗集』に分類項目としてみえ、漢詩の世界では早くに受け入れられた方法であった。中国詩では、『文選』に王仲宣・左太沖・張景陽・顔延年などの詩が載り、王仲宣の「詠史詩一首」では次のように詠まれる。

自古無殉死　達人共所知　　古自り死に殉ふこと無し　達人の共に知れる所
秦穆殺三良　惜哉空爾為　　秦穆は三良を殺せり　惜しいかな　空しく爾為せるのみ

結髪事明君　受恩良不訾
臨歿要之死　焉得不相随
妻子当門泣　兄弟哭路垂

結髪して明君に事へ　恩を受ること良に訾られず
歿するに臨り之に死を要むれば　焉んぞ相随はざるを得ん
妻子は門に当りて泣き　兄弟は路の垂にて哭す（下略）

この詩は、穆公が三人の優れた臣下を殺したことへの痛ましさと、殺された臣下の家族の嘆きを詠んだもので、過去の人間の生き方を素材とし、その悲劇に心を寄せるものである。このように過去の出来事を詩に託すことは「詠史」の方法によるものであり、「詠史」は「歴史上の事実を詠じた詩」★22とされる。さらに注目されるのは、『文選』の「詠史」に分類される顔延年の「秋胡詩」である。これは魯の秋胡子とその妻を題材とした著名な伝説であったことから、後世に採桑文学としてさまざまな詩や物語りへと展開する。★23それを顔延年も「詠史」の題材として詠んだものであるが、この秋胡子の妻の伝説について『文選』の李善注では、次のように「列女伝」を引いている。

魯秋胡潔婦者、魯秋胡子之妻。秋胡子既納之五日、去而宦於陳。五年乃帰。未至其家、見路傍有美婦人、方採桑。秋胡子悦之、下車謂曰、今吾有金、願以与夫人。婦人曰、嘻夫採桑奉二親、吾不願人之金。秋胡子遂去。帰至家奉金、遣其母。其母使人呼其婦。婦至乃向採桑者也。秋胡子見之而慙。婦曰、束髪脩身辞親往仕五年乃得還、当見親戚今也。乃悦路旁婦人而下子之装、以金与之是忘母不孝也。妾不忍見不孝之人。遂去而走自投河而死。

この伝説は「列女伝」の「魯秋潔婦」にみえるもので、夫の不実な行動とそのような夫から淫らな要求を受けたことを以て自死した妻への称賛がある。こうした潔婦のあり方が列女として讃えられ、後世にも伝説や詩歌によって広く伝えられるようになった。このように、「詠史」は歴史的な事実である「史」を題材としながらも、そこに伝説の主人公も含めて、その人物の人生を歴史として描こうとする意識が強く反映していることが認められるのである。

以上のように、中国詩の「詠」の方法には、詠物・詠懐・詠史の三つの形式が認められ、これらを前提として虫麻呂の「詠」の形式を考える必要があるものと思われる。虫麻呂のiiの「詠」の用法をみると、それらはいずれも土地の伝説的人物を素材に詠むものである。9では多くの男を惑わす珠名娘子を「胸別の　ひろき吾妹　腰細の　すがる娘子の　その姿の　端正しきに　花の如　咲みて立てれば」と表現し、「己が行く　道は行かずて　召ばなくに　門に至りぬ　さし並ぶ　隣の君は　あらかじめ　己妻離れて　乞はなくに　鍵さへ奉る」と、男たちが彼女の美貌に惑う姿を詳細に描いている。そのような彼女の生き方を、虫麻呂は「たはれてありける」、反歌では「身はたな知らず」（巻九・一七八九）と評している。この言葉は珠名娘子への批判でありながら、彼女の特異な人生を現実に存在した人物として、その生き方を詳細に描こうとする意図があるように思われる。また10の浦嶋子は、常世の海神の宮で神女と幸せに暮らしていたにも拘わらず、故郷への思慕から禁じられた箱を開けて死に至ったという伝説を描き、その浦嶋子の行為を反歌では「鈍やこの君」（巻九・一七四一）と批評している。このように虫麻呂における「詠」の歌は、その対象の人物を詳細に描写し、主人公への批評を述べるという特色が認められる。そこには、虫麻呂が捉えた主人公たちの具体的な行動と、人生の在り方への興味を読み取ることができる。山岸徳平氏は「詠史」について「歴史上の人物や事実を扱ひ、それに作者自身の、感懐とか感傷とか情感とか議論などをも托したものである」と定義しており、『万葉集』の中にも、珠名娘子・浦嶋子・真間手児名などの作品は、「詠史」とみなされるべき作品であると述べている。[★24]この「議論」はまさに虫麻呂歌における批評の言にあたると思われる。虫麻呂は、彼らの人生を人間の生き方の歴史として描いているのであり、それは詠史詩のように伝説の主人公を「史」という方法によって、歴史事実として把握しようとする方法の中にあるものといえよう。先の『玉台新詠』の「詠織女」や「詠王昭君」の詩は、伝説や歴史上の人物を素材として詠んでいるものであり、そのため、これらの作品が虫麻呂の「詠」の歌のii群について、「詠物」とみるか「詠史」とみるかの判断に混乱をもたらしているのである。しかし、当該の虫麻呂歌Bが、手児名を「遠き代に　ありける事を　昨日しも　見けむが如も　思ほゆるかも」とうたい納めるのは、まさに手児名という女性の生き方を歴史的に実在化し、それを「史」として詠む手法であったといえよう。

虫麻呂は、真間手児名の容姿を「麻衣に　青衿着け　直さ麻を　裳には織り着て　髪だにも　掻きは梳らず　履をだに　穿かず行けども」と表現し、髪も梳かさず沓も履いていないにも拘わらず、「錦綾の　中につつめる斎児も　妹に如かめや」と、表に出さず大切に育てられた娘よりもなお素晴らしい女性として描いている。さらにその容貌を「望月の　満れる面わに　花の如　笑みて立てれば」と詠む。しかし、「夏虫の　火に入るが如　水門入りに　船漕ぐ如く」男たちが次々に求婚したために、手児名は「身をたな知りて」、波の間に身を投げたという。このように、虫麻呂は娘子の美しい容姿から死の理由に至るまでを詳細に描くのである。それに加えて、「いくばくも　生けらじものを　何すとか　身をたな知りて」と、なぜ自ら命を断ったのかと娘子へ問い掛けるのであるが、そこには珠名娘子や浦嶋子と同様、虫麻呂の批評がある。この批評の言葉は、娘子の悲劇的な死に対する虫麻呂自身の感懐でありながら、そのようにして死んで行った娘子へ寄せられた人々の思いの代弁であったのだろう。虫麻呂のうたう手児名伝説は、『玉台新詠』にみるような伝説の人物を客観的に詠む詠物詩に重なりながらも、ただ客観的事物として娘子を捉えるのではなく、過去の人物の行為や人物像、その人生を語ろうとするのであり、それは「詠史」の方法に重なるものとみることができる。遠い世のことなのにまるで昨日見たかのように思われるというのは、まさに墓という歴史的存在を前提に、そこから呼び起こされる手児名という女性の生きた「史」そのものを描こうとする意図によるのである。その意図が「遠き代に　ありける事」という歌句を生み出しているものと思われるのである。

このように、虫麻呂の「詠」の方法は、悲劇の死を遂げた娘子を主人公として、その娘子の人間としての歴史を描くことを志向している。このことから、虫麻呂の「詠」の題詞は、過去の人物の歴史を詩歌に託す「詠史」の理解の中に成立したものと考えられる。この手児名の伝説は、虫麻呂歌においても墓を起点としてうたわれているように、墓が単なる伝説の存在ではなく、具体的な歴史的存在であることにおいて、虫麻呂は史実としての手児名の人生を詠んだといえるのである。

四　結

真間手児名の伝説は、山部赤人と高橋虫麻呂の歌によって『万葉集』に残された。赤人も虫麻呂も都から鄙を訪れた旅行者であり、勝鹿の地に伝えられていた娘子の悲劇に強く関心を示したのである。しかし、同じ娘子の墓を素材として歌が詠まれているのであるが、その詠みぶりは異なるものであり、その要因は題詞にみえる「過」と「詠」との詠法の違いにあった。

赤人は、「墓を過る」という題により、旅の途次に立ち寄った手児名の「墓」に寄せて、娘子の悲劇を追想しながらも、自らの感懐を詠むことを主旨としていた。「過」は、人麻呂の近江荒都歌にみるように、その場所の過去の記憶や歴史に引き寄せられたことが作歌契機となり、その旧跡における過去の歴史や伝説を回顧し、作者自身がそれらと一体となることによって、自らの感懐を述べる方法であった。それゆえ、娘子の伝説の内実は作者の内的な問題とされるため、娘子についての描写は簡素であり、その場所の歴史や伝説に触れたことによる自らの感懐を述べることが、「過」の歌の方法であったといえる。

一方の虫麻呂歌は題詞に「詠」とあり、『万葉集』の「詠――」の題詞の一般性からみれば、『玉台新詠』や『文選』の詠物詩の影響があるとみられたのは妥当な指摘である。虫麻呂の「詠」の作品においてもその一般性は認められるのであるが、そうした詠物歌の他に虫麻呂の作品には人物をうたうものがあり、それは『文選』にみられるような「詠史」の方法により導かれた可能性が考えられる。「詠史」は中国詩において過去の歴史的人物や伝説的人物の人生や歴史を詩に託すものである。虫麻呂の手児名の歌が「詠」とされるのは、娘子の容姿や人生を詳細に描写するという中国の「詠物」の方法に重なりながら、伝説の人物である娘子の人生を歴史として描くことが意図されているためである。それは娘子の存在とその悲劇の歴史的証拠である「墓」を起点として展開することから、当該の虫麻呂歌は、「詠物」の方法よりもむしろ「詠史」の方法を強く意識した、悲劇の娘子の歴史語りであったといえるのである。伝説歌は〈古物語り〉に対する人々の感懐や共感、或いは批評であるが、それこそが〈古物語り〉を今へと立ち上がらせる原動力であったといえるであろう。

注

1　『万葉集』の引用は、中西進『万葉集　全訳注 原文付』（講談社文庫）による。以下同じ。

2　当該の歌は、一八一一番歌の左注に「右の五首は、高橋連虫麿の歌集の中に出づ」とあるが、作品の特質からみて、通説のように高橋虫麻呂の作と認められるため、本論でも虫麻呂作歌として取り扱う。

3 『説文解字　附検字』（一九七二年、中華書局）。以下『説文解字』の引用は同書に拠る。
4 「過」の掲載例は題詞に限定した用例であり、集中他には左注や序文などに例がみられる。
5 伊藤博「伝説歌の形成」『万葉集の歌人と作品 下』（一九七五年、塙書房）。
6 伊藤博「近江荒都歌の文学史的意義」『万葉集の歌人と作品 下』（一九七五年、塙書房）。
7 注6伊藤論。
8 「国文学の発生」『折口信夫全集』第一巻（一九九五年、中央公論社）、「上代貴族生活の展開」『折口信夫全集』第六巻（一九九五年、中央公論社）などに説かれている。
9 澤瀉久孝『万葉集注釈』巻第一（一九五七年、中央公論社）では「官命を帯びて東国又は北国へ使した折に通過したものと見るべきであらう」と述べ、『万葉集全注』巻第一（伊藤博担当、一九八三年、有斐閣）は、「題詞の『過』字は、おそらく宮廷官人集団の一人として、人麻呂が北国方面へ旅行く中途で詠んだ歌が荒都歌であることを示し」ていると述べている。
10 『懐風藻』の引用は、辰巳正明『懐風藻全注釈』（笠間書院）に拠る。
11 辰巳正明「近江荒都歌と荒都悲傷詩」『万葉集と中国文学』（一九八七年、笠間書院）。
12 注11辰巳論。
13 李善注『文選』は中華書局本による。以下同じ。なお句読点、鍵括弧は筆者に拠る。
14 『三国志　魏書 三』方技伝第二十九（中華書局）に拠る。
15 辰巳正明「処女墓伝説と愛情故事」『万葉集と比較詩学』（一九九七年、おうふう）において、「墓を出発としてその由来が語り伝えられる」ことが述べられている。また、上代文学における墓の機能については、廣川晶輝「『万葉集』の菟原娘子伝説歌―〈墓〉の表現性―」（『美夫君志』七十三号、二〇〇六年十一月）の論などがある。
16 中西進「詠物歌の位置」『万葉論集』第二巻（一九九五年、講談社）。
17 「詠」の掲載例は題詞に限定した用例であり、作者未詳歌巻（巻七・巻十）の分類項目としての「詠――」及び左注の例はここには含めなかった。なお、掲載例以外で題詞に「詠」の字が用いられる場合は、「僕報詩詠曰」（巻五・八一一）、「乞食者詠二首」（巻十六・三八八五）、「爰作新歌、并便誦古詠、各述心緒」（巻十八・四〇三二）、「属目物花之詠」（巻十九・四一五九／大伴家持）のように詩歌を指すもの、「当所誦詠古歌」（巻十五・三六〇二）のように歌をうたうという動詞として用いられる例がある。

18 村山出「高橋虫麻呂―娘子の歌の位置―」（『万葉集研究』第十七集、一九八九年、塙書房）。

19 『玉台新詠』の引用は、新釈漢文大系本（明治書院）に拠る。以下同じ。

20 全釈漢文大系『文選　詩騒編』第三巻（一九七四年、集英社）。以下『文選』の引用は同書に拠る。

21 吉川幸次郎「阮籍の『詠懐詩』について」『吉川幸次郎全集』第七巻（一九六八年、筑摩書房）。

22 近藤春雄『中国学芸大事典』「詠史」の項（一九七八年、大修館書店）。

23 採桑歌の展開については、曹咏梅「採桑の文学――神々の授けた恋愛歌」『歌垣と東アジアの古代歌謡』（二〇一一年、笠間書院）に詳しい。

24 山岸徳平「万葉集と上代詩」（『万葉集大成』第七巻、一九五四年、平凡社）。

第四章　嫉妬と怨情

古代日中文学の愛情詩と主題の形成

一　序

男女の愛をめぐる悲劇は、世界文学の中でも中心的な主題の一つであるといえるが、それは日本を含む東アジア世界においても例外ではない。愛をめぐる様々な葛藤の歴史には、社会的な制度の中に生きる女性たちの悲劇も含まれており、そこには東アジアを覆う共通した文学の主題が浮かび上がる。本論は、古代の日中文学の愛情に関する詩歌や物語りを取り上げ、文学作品としての主題の形成を比較検討するものである。

古代前期（〜奈良時代）の日本において、愛情に関する文学は『古事記』『日本書紀』『万葉集』などに多くみられ、ある段階において、中国古典詩歌である『詩経』「楽府」『玉台新詠』などの作品から多くの影響を受けて成立したことは既に指摘されている。その点において、日中比較文学研究の重要性は認められるものであろう。今日では、これらは文字文献を通して、その出典論や成立論あるいは作品論が展開しており、さらに非文字文献を通した愛情詩歌の比較研究も展開をみせている。そうした日中文学にみられる愛情の詩歌の中において、中国においては棄てられる妻、いわゆる〈棄婦〉の文学が〈怨情〉の詩歌を成立させるという状況がみられる。古代日本においても、中国詩の影響によって〈棄婦〉や〈怨恨〉を主題とする作品が成立するのであるが（本書第五章参照）、一方で〈棄婦〉から〈嫉妬〉へと向かう女性の文学が存在する。古代中国における女性の生き方は、漢代の班昭の「女誡」が示すように、道徳的規範によって強く規制されていた。すでに、『礼記』昏義には「男女有別、而后夫婦有義」[★1]という思想があり、そこには男と女を大きく区別し、男は男の生き方を、女は女の生き方を社会が求める状況が生じていた。そのため、時には妻が夫に棄てられるという悲劇を生み出すこととなるのである。

このように、中国の古代文学に〈棄婦〉を主題とした詩が成立するのは、女性に向けられる婚姻制度や道徳的規範などの社会的な状況によるものと思われる。この棄婦詩は、棄てられた妻の悲しみ、或いは待つ女の嘆きや怨みの情として描かれることとなり、そこから『玉台新詠』にみえる怨情詩を生み出したものと考えられる。

一方、古代日本文学の愛情の歌や物語りは、儒教による道徳的な規範によって男女の生き方が決定されるというよりも、妻問いという関係によって形成されたとみることができる。妻問いという婚姻形態は恋人関係と夫婦関係との境界が厳密ではなく、それゆえに男女の関係は緩やかであったと思われ、『万葉集』の恋歌においては、社会性よりも男女の愛情が重視された関係であったといえよう。また妻問いによる男女の関係は、男が女のもとを訪れ、女は男の訪れを待つという形式の中にある。それはいつ男が他の女に心変わりするともしれない不安定な関係であり、そのことによって女は常に不安を抱きながら男を待ち続け、訪れない男の不実を嘆くのである。この待つ女の態度は、中国詩における〈棄婦〉から〈怨情〉へと展開する女性の心の在り方と重なり合うものである。しかし、一方では〈嫉妬〉という感情を全面にあらわす女性が登場する。この〈嫉妬〉という感情は、他者を徹底して排除し、男の愛情を自分のみに向けることを強く求めるものであり、待つ女とは対極に位置する態度であるといえる。この突出した愛情表現である〈嫉妬〉という感情が生じる背景には、女性が求めた男女の理想の関係があり、男の愛情を希求する女の生き方が、〈嫉妬〉の文学を成立させたと考えられる。

本論においては、古代日中文学にみる愛情の文学を、〈嫉妬〉と〈怨情〉を鍵語とし、比較研究の方法を通して論じてみたい。

二　古代中国の棄婦詩と怨情詩

古代中国の愛情詩は、『詩経』国風に多くみることができる。もとより、国風は黄河流域各地の歌謡を集めたものであるが、漢代の儒教的理解によって、政治的・道徳的な解釈が行われてきた。しかし、今日では、国風歌謡を黄河流域の民間歌謡として捉え、多くは恋愛詩であるという見解が示されるようになった。廖群氏の『詩経与中国文化』によれば、「それらの歌は男女の間の相悦、相誘、相思、集会時の戯歌や冗談、お互いの容貌や品性・美質を褒め、さらには恋愛における精神上の楽しみや苦痛などが詠まれるのであり、これらの内容は、風の詩の恋歌の中で比較的大きな比重を占めるものである」[★2]とされる。そうした愛情詩としての国風歌謡をみると、多くは歌会（古代日本の歌垣の類）の歌であるという指摘がある。これは、古代の歌謡が山や水辺において行われる祭祀歌謡と深く結びついて成立したことを示唆するものである。おそらく、〈棄婦〉という文学の主題においても、そうした集団的な歌会の歌にその発生をみることは可能であると思われる。そのような国風歌謡における〈棄婦〉の詩は、たとえば次のようにみられる。

A『詩経』「遵大路」（鄭風）

遵大路兮　摻執子之祛兮　大路に遵って　子の袪を摻執す
無我悪兮　不寁故也　我を悪むこと無れ　故を寁にせざれ
遵大路兮　摻執子之手兮　大路に遵って　子の手を摻執す
無我魗兮　不寁好也　我を魗しとすること無れ　好を寁にせざれ

B『詩経』「谷風」（邶風）

我有旨蓄　亦以御冬　　我に旨蓄有り　亦以て冬を御ぐ
宴爾新昏　以我御窮　　爾の新昏を宴んで　我を以て窮を御ぐ
有洸有潰　既詒我肄　　洸たる有り　潰たる有り　既に我に肄を詒る
不念昔者　伊余来塈　　念はずや　昔し　伊れ余の来り塈しを[★3]（六章）

Aは、大通りに飛び出して夫の袖にすがり、自分のことを棄てないで欲しいと懇願する妻の詩である。この詩は、朱熹の『集伝』に「淫婦為人所棄。故於其去也。擥其袪而留之。（中略）男女相説之詞也」[★4]とあり、淫婦である妻が夫に棄てられた際の様子であるとされる。朱熹はこの婦人を「淫婦」とし、それゆえに棄てられるのだと説くが、一方で「男女相説之詞也」というように、男女の愛情のもつれによって起こった〈棄婦〉の詩とも理解している。もとより、「詩序」では「遵大路思君子也。荘公失道。君子去之。国人思望焉」[★5]と解釈されていたが、民間歌謡としての愛情詩という視点から考えるならば、朱熹の理解が正しいと思われる。

Bは、夫が新しい妻を娶ったために棄てられた妻の詩である。前妻は夫に尽くしてきたにもかかわらず、夫はいつも苦労をかけるばかりで、ついに新妻を娶って前妻を追い出そうとしているのである。それゆえに、前妻は昔自分が嫁いで来た頃を思い出して欲しいと、夫に訴えているのである。『集伝』は「追言其始見君子之時。接礼之厚。怨之深也」と述べるように、最初に君子にまみえた時は礼が篤かったが、後に蔑ろにされたのを怨むのだと解釈している。「詩序」においては、「谷風刺夫婦失道也。衛人化其上。淫於新昏。而棄其旧室。夫婦離絶。国俗傷敗焉」と述べ、衛人の夫婦の風俗の乱れを風刺するものであると説いている。

このように、〈棄婦〉の詩は早くから儒教的な理解の中で、比や興の詩として解釈される傾向にあった。しかし、近代においてこれらの〈棄婦〉の詩は恋愛歌謡の一端を示すものとして理解されており、後者の方が古代歌謡としての意義がより明確になるものと思われる。そのような方面からみた時に、Bは夫が前妻を棄てて新妻を娶ることによってあらわれた、前妻の悲劇をうたうものであると考えるべきである。楊合鳴・李中華氏の『詩経主題弁析 上編』では、B「谷風」の詩について「棄婦ということは、生活の中にあって、こうした事例は少なくない。ある人が貧しい時に妻と親しむところとなったが、しかし、家が豊かになり、地位も良くなり、そしてかつて共に辛い生活を経験した糟糠の妻を嫌がり、棄てることになる」★6と述べている。このような〈棄婦〉の詩は、『詩経』の他の作品にもみられる。たとえば、衛風の「氓」は、男に誘われて出奔した女が、嫁いだ先でみじめな結婚生活を強いられ、最後は家を追い出されるという内容である。このように、自身では抗えない理由により棄てられた女の運命の中に、〈棄婦〉という文学的主題が成立しているのである。

この国風歌謡にみられる〈棄婦〉という主題は、それ以後の文学作品においても、愛情詩の重要な主題の一つとして引き継がれ、多くの棄婦詩が詠まれている。その一例として、『玉台新詠』に収載される古詩を挙げる。

C『玉台新詠』巻一「上山採蘼蕪」

上山採蘼蕪　下山逢故夫　山に上りて蘼蕪を採る。山より下れば故夫に逢ふ。
長跪問故夫　新人復何如　長跪して故夫に問ふ。新人復た何如と。
新人雖言好　未若故人姝　新人好しと言ふと雖も、未だ若かず故人の姝なるに。
顔色類相似　手爪不相如　顔色は類ね相似たり。手爪は相如かず。
新人従門入　故人従閤去　新人門より入る。故人閤より去る。

新人工織縑　故人工織素　新人は縑を織るに工なり。故人は素を織るに工なり。
織縑日一匹　織素五丈餘　縑を織るは日に一匹、素を織るは五丈餘。
将縑来比素　新人不如故　縑を将ち来りて素に比すれば、新人は故に如かず。★7

この詩は「古詩八首」の中に収められており、すでに漢代には成立していたと考えられ、★8古くからよく知られていた棄婦詩であると思われる。詩の内容は、女が山に薬草狩りに行った折に、元の夫に出会った時のものである。女は跪いて、夫に「新しい奥さんはどんな方ですか」と尋ねた。夫は、「新しい妻も良いが、前の妻の美しさには及ばない。容貌は似ているが、仕事ではかなわない。新妻が家の門から入ってくると、旧妻は裏の小門から出て行った。新妻は縑を織るのが上手いが、旧妻は素を織るのが上手だった。縑は一日に一匹織れるが、素は五丈あまり織れる。しかし縑の織丈を素と比べると、新妻は旧妻にかなわない」と答えたという。この夫の返答からは、前妻を棄てたことを後悔しているように読み取ることができる。この詩もまた、先にみたABと同じく、夫が新妻を娶ったことによって、前妻を棄てたという状況が理解されるのである。このCの詩について、山田勝美・阿部正次郎氏の『中国文学における悲愁詩』の「概説」では次のように述べられている。

「上山采蘼蕪」は、おそらく子が無いために悲運をみなければならなかった婦人の、出されて後の心理を巧みに描写した一篇であり、新しく迎えられた妻と前の妻とを比べることによって、前夫が旧妻のよさを思い返して後悔する心を歌ったもので、当時このような不幸なる状態におかれた棄婦のよくある一面を歌うことによって、共感を呼ぶに至ったものであろう。★9

子供が出来ないことが棄てられる原因と推測されるのは、「蘼蕪」が古くから子授けの効能がある薬草と信じられていたためである（山田・阿部氏前掲書）。古代中国において、妻が夫のもとを追われる理由として、『大戴礼記』

本命編の「七出」に「婦有七去。不順父母去。無子去、淫去。妒去。有悪疾去。多言去。竊盗去」[★10]とあり、この詩の女は「無子去」に該当したものと考えられる。また、『玉台新詠』巻二に載る曹植の「棄婦篇」にも、子が無いことによって夫に棄てられた女の詩がみえる。そこには、自らの力ではどうすることもできない理由で離縁された、妻の悲運が描かれている。ただし、この「上山採蘼蕪」に登場する前妻は、先にみたAのように激しく嘆き悲しむこともなく、また自分を棄てた夫に対して怨みを抱いている様子もない。この詩の女性は、棄婦という立場にありながらも、夫への批判めいた言葉や態度を見せることはなく、棄婦という自らの運命に従順であるようにさえ見える。そこには、婦徳ともいうべき妻の美徳なる態度が存在するのではないかと思われるのである。

この婦徳という女性の態度は、漢代にまとめられた班昭の「女誡」によって把握できるであろう。その「女誡」の主な内容を示すと、以下の通りである（一部抜粋）。

第一「卑弱」古者生女三日、臥之牀下、弄之瓦塼、而斉告焉。臥之牀下、明其卑弱、主下人也。弄之瓦塼、明其習労、主執勤也。斉告先君、明当主継祭祀也。三者蓋女人之常道、礼法之典教矣。（下略）

第二「夫婦」夫婦之道、参配陰陽、通達神明、信天地之弘義、人倫之大節也。是以礼貴男女之際、詩著関雎之義。（中略）但教男而不教女、不亦蔽於彼此之数乎。礼、八歳始教之書、十五而至於学矣。独不可依此以為則哉。

第三「敬慎」陰陽殊性、男女異行。陽以剛為徳、陰以柔為用、男以強為貴、女以弱為美。（中略）故曰敬順之道、婦人之大礼也。夫敬非它、持久之謂也。夫順非它、寛裕之謂也。持久者、知止足也。寛裕者、尚恭下也。夫婦之好、終身不離。（下略）

第四「婦行」女有四行、一曰婦徳、二曰婦言、三曰婦容、四曰婦功。（中略）此四者、女人之大徳、而不可乏

之者也。（下略）

第五「専心」礼、夫有再娶之義、婦無二適之文、故曰夫者天也。天固不可逃、夫固不可離也。行違神祇、天則罰之、礼義有愆、夫則薄之。（下略）

第六「曲従」夫得意一人、是謂永畢、失意一人、是謂永訖。欲人定志専心之言也。舅姑之心、豈当可失哉。物有以恩自離者、亦有以義自破者也。夫雖云愛、舅姑云非、此所謂以義自破者也。（中略）勿得違戻是非、争分曲直。此則所謂曲従矣。

第七「和叔妹」婦人之得意於夫主、由舅姑之愛己也。舅姑之愛己、由叔妹之誉己也。由此言之、我臧否誉毀、一由叔妹、叔妹之心、復不可失也。（中略）然則求叔妹之心、固莫尚於謙順矣。謙則徳之柄、順則婦之行。凡斯二者、足以和矣。★11

この「女誡」は女に婦の徳を強く求めるものであり、これを厳しく守ることが社会によって求められたのである。夫婦においては「夫婦之道、参配陰陽、通達神明、信天地之弘義、人倫之大節也」（第二「夫婦」）とまで徹底される。婦徳はそうした規制の中にあるが、その裏返しとして〈棄婦〉という悲劇が生じることとなる。その代表ともいうべき作品が、古詩「為焦仲卿妻作」であり、女性が嫁ぐことによって起こる宿命的な悲劇が語られるのである。そのような〈棄婦〉の悲しみは、夫への〈怨情〉へ至ることによって、六朝期においては愛情詩の重要な主題へと向かい、玉台的宮体詩が隆盛することとなるのである。そこには、〈棄婦〉から〈怨情〉へという主題の流れがみて取れるように思われる。棄てられた妻が訪れない夫を思い、嘆きながら待ち続ける情を詠んだ詩が怨情詩であり、これらは主題化されて『玉台新詠』や『楽府詩集』に多く収められている。それらの詩題を概観すると、以下の通りである。

○『玉台新詠』における怨詩

巻一「怨詩」（班婕妤）

巻二「朝時篇　怨歌行」（傅玄）

巻四「同王主簿怨情」（謝朓）

巻五「長門怨」（柳惲）「閨怨」（何遜）

巻六「春怨」（王僧孺）「春閨有怨」（同上）「何生姫人有怨」（同上）「為人寵姫有怨」（同上）「秋閨怨」（同上）

「長門怨」（費昶）

巻七「倡婦怨情十二韻」（皇太子簡文）「怨詩」（同上）「代秋胡婦閨怨」（邵陵王綸）「代旧姫有怨」（同上）

巻八「春閨怨」（呉孜）「雑詩二首　其一　和婕妤怨／其二　和昭君怨」（王叔英妻劉氏）

巻九「倡楼怨節一首　六言」（皇太子簡文）

巻十「玉階怨」（謝朓）「閨怨」（何遜）「秋閨怨」（同上）

○『楽府詩集』における怨詩

巻三十一「雀台怨」（相和歌辞・平調曲）

巻四十一「怨詩行」（相和歌辞・楚調曲上）「怨詩」（同上）

巻四十二「怨詩二首」（相和歌辞・楚調曲中）「怨歌行」（同上）「怨歌行　朝時篇」（同上）「怨歌行」（同上）

「長門怨」（同上）

巻四十三「婕妤怨」（相和歌辞・楚調曲下）「長信怨」（同上）「峨眉怨」（同上）「玉階怨」（同上）「宮怨」（同上）

巻五十七「湘妃怨」（琴曲歌辞）

巻五十九「昭君怨」（琴曲歌辞）

巻七十六「寒夜怨」（雑曲歌辞）

この『玉台新詠』と六朝楽府の怨情詩は、呼応しながら六朝の愛情詩を形成したものと考えられる。Cの古詩から六朝情詩に至ると、〈怨情〉の詩が表立ってあらわれるようになり、特に梁の皇太子簡文のサロンにおいては、〈怨情〉を主題とする詩が好まれた。ここでは『玉台新詠』にみられる怨情詩を例にとりながら、〈棄婦〉と〈怨情〉という主題の関係性を考えてみたい。

D『玉台新詠』巻七　皇太子簡文「怨詩」

秋風与白団　本自不相安　秋風と白団とは、本自ら相安んぜず。

新人及故愛　意気豈能寛　新人及び故愛とは、意気豈に能く寛にせんや。

黄金肘後鈴　白玉案前盤　黄金肘後の鈴、白玉案前の盤。

誰堪空対此　還成無歳寒　誰か堪へん空しく此に対して、還た歳寒無きを成すに。

この詩は「怨詩」と題されるように、新しい愛人（妻）を得た男への怨みの情が詠まれている。詩の内容は、新妻を秋に、旧妻を扇になぞらえ、涼しい秋の季節になれば扇が不要となるように、新妻と旧妻とは相容れないものであるという。ただし、この旧妻は肘に金の鈴を付け、ごちそうを用意して夫を待つのであるが、その夫は帰ってくるはずもなく、ただ夫の節操の無さに辛抱するしかないのである。ここには、自分は棄てられたのだという自覚を持ちながら、それでも夫を待つ女の姿が詠まれている。また次の王僧孺の詩は、春の季節に閨房の中で訪れない男を待つ女の情が詠まれている。

E『玉台新詠』巻六　王僧孺「春閨有怨」

愁来不理鬢　春至更攢眉

悲看蛺蝶粉　泣望蜘蛛絲

月映寒蛩褥　風吹翡翠帷

飛鱗難托意　駛翼不銜辞

愁来りて鬢を理めず、春至りて更に眉を攢む。

悲しみて看る蛺蝶の粉、泣いて望む蜘蛛の絲。

月は寒蛩の褥に映じ、風は翡翠の帷を吹く。

飛鱗意を托し難く、駛翼辞を銜まず。

この詩は、独り閨房の中にあって、自らの身の愁いを、閨から見える春の風景の中に詠み込むものである。この詩の女は、男の訪れがないために、鬢の手入れもしないまま季節は春になり、悲しみのままに蝶や蜘蛛の糸を眺めて涙するのである。そして、わが心中の苦しみを魚や鳥に託したいが、それも叶わないという深い嘆きが詠まれている。季節の景物の中に女性の閨の情を詠むという方法は六朝情詩の特徴であり、季節の移ろいに自らの運命を重ね合わせることで、男の愛情が移ろうことへの不安を詠むのである。その不安に揺れ動きながらも男を待ち続ける中に、男に対する愛情と棄てられることへの懼れが混在し、閨の嘆きである哀切の情の表現が獲得されるのである。

以上のように、〈怨情〉を主題とする怨詩や閨怨詩は、〈棄婦〉という境遇を前提としながら成立していることが理解される。ただし、作中の女性における〈棄婦〉という立場については二つの場合があり、Dのように自らが棄てられたことに自覚的である場合と、Eのように自分は棄てられたのではないかという懼れを持ちつつ、いつか男が訪れるのではないかという期待の中で揺れ動く心情を詠む場合とである。このいずれの場合においても、〈怨情〉という主題は男への怨みを述べることよりも、男が訪れないことへの不安や深い嘆きを詠みながら、男を待ち続ける情を詠むことがその中心にある。むしろ、『玉台新詠』の場合はEのように、男に棄てられることへの懼れと、訪れへの期待との葛藤から生まれる哀切の情を詠むことにおいて、多くの怨詩や閨怨詩が成立しているのである。〈怨情〉という主題は、〈棄婦〉として棄てられることを懼れつつ、男を待つ女の哀切の情の中で、様々な表現が獲得されていることが理解されるのである。

三　古代日本の〈嫉妬〉の歌と物語り

古代日本における男女の愛情をめぐる歌や物語りは、『古事記』『日本書紀』『万葉集』などの文献にみることができる。殊のほか、『万葉集』においてはすでに『玉台新詠』などの愛情詩が理解される状況にあり、女性による〈怨恨〉を主題とする作品も成立している（巻四・六一九／坂上郎女、同・六四三―六四五／紀女郎など）。この『万葉集』の〈怨恨〉という主題は、中国詩の〈怨情〉と等しい理解の中にあり、やはりその内実は〈棄婦〉という境遇に出発し、閨で男を待つ女の哀切の情を詠むことにある（本書第五章参照）。このように、中国詩の〈棄婦〉と〈怨情〉という主題は古代日本の文学においても理解されていたのであるが、一方では〈嫉妬〉へと向かう文学が成立する。早くには『古事記』上巻の八千矛神の歌と物語りにおいて、八千矛神が高志国の沼河比売に求婚するために歌を交わし（記二・三番歌謡）、翌日に結婚したとある。しかし、この二人の結婚によって、八千矛神の正妻である須勢理毘売命は「いたく嫉妬為たまふ★12」という状態になったという。これはいわば正妻（旧妻）が新妻に嫉妬するという起源譚であり、妻の嫉妬を知った八千矛神は困惑し、倭国へ向かう支度をはじめるのである。さらに『古事記』では、仁徳天皇の皇后・石之日売の〈嫉妬〉の物語りがあり、同じく『日本書紀』の仁徳天皇条でも、皇后の嫉妬深さが話題となっている。

F　『古事記』下巻・仁徳天皇条

其の太后石之日売命、いたく多に嫉妬したまふ。故天皇の使はせる妾は、宮の中にえ臨まず、言立てば、足もあがかに嫉みたまふ。尓して天皇、吉備の海部直が女、名は黒日売其の容姿端正しと聞こし看し、喚し上げて使ひたまふ。然れども其の太后の嫉みを畏み、本つ国に逃げ下る。天皇、高き台に坐し、其の黒日売の船出でて海に浮かべるを望み瞻て歌ひ曰りたまはく、

沖方には　小舟連らく　くろざやの　まさづこ我妹　国へ下らす（記五十二番歌謡）

故、太后是の御歌を聞き、いたく忿りたまひ、人を大浦に遣はし、追ひ下ろして、歩より追ひ去りたまふ。

G『日本書紀』仁徳天皇十六年七月条

十六年の秋七月の戊寅の朔に、天皇、宮人桑田玖賀媛を以て、近く習へまつる舎人等に示せたまひて曰はく、「朕、是の婦女を愛まむと欲れども、皇后の妬みますに苦りて、合すこと能はずして、多年経ぬ。何ぞ徒に其の盛年を妨げむや」とのたまふ。（中略）即日に、玖賀媛を以て速待に賜ふ。★13

Fの『古事記』にみえる石之日売皇后の物語りでは、皇后は「嫉妬」することが甚だ多かったといい、天皇に仕える女官たちは、宮の中に出入りすることが出来なかったという。なおかつ、皇后は夫から女の名を聞くだけで地団駄を踏んで「嫉妬」することもあったとまで伝えている。そしてある時、天皇は容姿端麗な黒日売を召し上げたのであるが、黒日売は皇后の嫉妬を恐れて本国に逃げ帰ったという。さらに、皇后は天皇が黒日売に向けて歌を詠んだことにひどく怒り、黒日売を下船させて歩いて帰らせたとある。Gの『日本書紀』では、天皇は皇后の嫉妬を懸念して、玖賀媛を娶らずに数年を経てしまった。そこで、玖賀媛が徒に盛りの時を過ごすことがないように近習に歌で問いかけ、歌を以て答えた播磨国造の祖の速待に玖賀媛を賜ったという。このように、皇后

イハノヒメは記紀共に嫉妬深い女性として描かれており、殊に『古事記』においては、石之日売皇后の〈嫉妬〉に端を発し、歌と物語りが展開するのである。

また『日本書紀』には、允恭天皇の皇后である忍坂大中姫の〈嫉妬〉の物語りが伝えられている。この物語りは、宴で舞を披露した者が、「ある女性を座長に奉る」と述べることが慣例となっていることから、皇后が天皇の前で舞い、妹の衣通郎姫を奉ると宣言する。しかし、その美しさを聞いた天皇が衣通郎姫にひどく心を向けたことによって、皇后は激しく嫉妬する。衣通郎姫は姉である皇后の心情を察し、天皇の命に背いて参内を拒んだ。天皇は衣通郎姫のもとへ使者を遣わし、使者は衣通郎姫に参内の返事がもらえるまでは断食して庭から動かないと訴える。次のHの引用は、この姉と天皇の求めに苦悩する衣通郎姫の心情描写からはじまる。

H『日本書紀』允恭天皇七年十二月条

i是に、弟姫、以為はく、妾、皇后の嫉みたまはむに因りて、既に天皇の命を拒む。且君の忠臣を亡はば、是亦妾が罪なりとおもひて、則ち烏賊津使主に従ひて来。（中略）天皇、大きに歓びたまひて、烏賊津使主を美めて、敦く寵みたまふ。然るに皇后の色平くもあらず。是を以て、宮中に近けずして、則ち別に殿屋を藤原に構てて居らしむ。大泊瀬天皇を産らします夕に適りて、天皇、始めて藤原宮に幸す。皇后、聞しめして恨みて曰はく、「妾、初め結髪ひしより、後宮に陪ること、既に多年を経ぬ。甚しきかな、天皇、今妾産みて、死生、相半なり。何の故にか、今夕に当りても、必ず藤原に幸す」とのたまひて、乃ち自ら出でて、産殿を焼きて死せむとす。天皇、聞しめして、大きに驚きて曰はく、「朕過ちたり」とのたまひて、因りて皇后の意を慰め喩へたまふ。

衣通郎姫は、皇后の嫉妬心によって天皇の命を拒むが、一方で拒み続ければ天皇の忠臣を殺してしまうことになると思い、使者に従って天皇の求めに応じることを決意する。しかし、皇后の顔色をうかがって、天皇は衣通郎姫を宮中に近づけず、藤原の地に住まわせたという。さらに、皇后は出産に臨もうとする夜に、天皇が藤原に居る衣通郎姫を訪れようとしたことに対して激しく憤り、産屋に火を放って自死しようとした。皇后のこの行動に驚いた天皇は、自らの過ちを認め、皇后の心を宥めたというのである。皇后のこの激しい恨みの情は、出産という一大事に、他の女性に心惹かれて通おうとする天皇に向けられたものであり、皇后の嫉妬心は、妹・衣通郎姫への天皇の心変わりによるといえる。この皇后の嫉妬は、他日に天皇が藤原にいる衣通郎姫を訪れる場面においても話題とされる。

ii八年の春二月に、藤原に幸す。（中略）明旦に、天皇、井の傍の桜の華を見して、歌して曰はく、

花ぐはし　桜の愛で　同愛では　早くは愛でず　我が愛づる子ら（紀六十七番歌謡）

皇后、聞しめして、且大きに恨みたまふ。是に、衣通郎姫、奏して言さく、「妾、常に王宮に近きて、昼夜相続ぎて、陛下の威儀を視むと欲ふ。然れども皇后は、妾が姉なり。妾に因りて恆に陛下を恨みたまふ。亦妾が為に苦びたまふ。是を以て、冀はくは、王居を離れて、遠く居らむと欲ふ。若し皇后の嫉みたまふ意少しく息まむか」とまうす。天皇、則ち更に宮室を河内の茅渟に興造てて、衣通郎姫を居らしめたまふ。此に因りて、屢日根野に遊猟したまふ。

皇后は、藤原を訪れた天皇が衣通郎姫を思って詠んだ歌を聞いて激しく恨み、一方の衣通郎姫は自分のせいで姉を苦しめていることに対して深く悩み、遠く離れた河内の茅渟に移り住む。しかし、この後天皇はたびたび河内への行幸を繰り返すのであり、皇后は天皇へ行幸を減らすよう進言するのである。

iii十年の春正月に、茅渟に幸す。是に、皇后、奏して言したまはく、「妾、毫毛ばかりも、弟姫を嫉むに非ず。

然れども恐るらくは、陛下、屢茅渟に幸すことを。是、百姓の苦ならむか。仰願はくは、車駕の数を除めたまへ」とまうしたまふ。是の後に、希有に幸す。

この時の皇后の「妾、毫毛ばかりも、弟姫を嫉むに非ず」という発言は、自らの嫉妬心によって妹が河内へ移り住み、そのことが原因で天皇の行幸が増加したことを自覚しているものである。嫉妬によって妹を退け、天皇へ激しい恨みの情をぶつけていた皇后は、自らの嫉妬心や恨みの情を見つめ、そのことから民を思いやる后妃の徳を備えた皇后として描かれたのである。

以上のように、古代日本の〈嫉妬〉の物語りは、神代にその淵源が求められ、続いて皇后たちの〈嫉妬〉の物語りが展開することとなる。この〈嫉妬〉という感情は、夫が正妻以外の女性を娶ったことにより惹起されるものである。しかしながら、天皇の妻である皇后の〈嫉妬〉を語るのは、異常な事柄であるように思われる。古代日本の女性について、『魏志』倭人伝には「其俗、国大人皆四五婦、下戸或二三婦。婦人不淫、不妒忌」[★14]とあり、古代婦人は淫乱な行いはせず、また嫉妬（妒）をすることはないと記している。このことからすれば、古代日本において〈嫉妬〉の物語りが成立する背景には、婚姻制度の変化（妻問い婚・招婿婚）により、女性が感情面においてある自由を獲得することであらわれたものであると推測される。この「嫉妬」という語は、日本の古辞書においては、観智院本『類聚名義抄』の「嫉」では「ネタム　ソネム　ニクム　ウラム　ウラヤム　ソシル」とあり、「妬」については「ネタム　ソネム　アラソフ　ウハナリ　ネタミ　ウラヤム」などとみられ[★15]、「嫉」も「妬」も基本的には同じ意味として理解される。また漢字の字義については次のようにみられる。

『説文解字』「嫉　㑵或从女」「㑵　妎也从人疾聲一曰毒也」「妎　妒也」「妒　婦妒夫也[★16]」

『広雅』（釈詁一）「嫉、妬也」

『広雅』（釈詁三）「嫉、悪也。嫉、賊也」[★17]
『説文解字』によれば、「妬」（妒）というのは婦人が夫に対してねたむことであるといい、「嫉」もまた「㑵」と同義で、「㑵」は「妎」であり、「妎」はねたむことである。『広雅』釈詁一には、「嫉」は「妬」であるとみえる。しかも、釈詁三では「嫉」は「悪」であると説明している。「悪」とは、『説文解字』には「過也」とされ、物事が行き過ぎることを指す。「嫉」が「悪」であるという理由は、おそらく、班昭の「女誡」に基づけば、夫に対して謙虚・礼節をわきまえること（第一「卑弱」）、夫婦の道は「天地之弘義、人倫之大節」であること（第二「夫婦」）、女の四徳を実践すること（第三「敬慎」）が求められることから、〈嫉妬〉とはそれらに悉く背する態度であるということになる。これは先にみた『大戴礼記』本命編の「七出」に、妻を棄てて良い理由の一つに「妒去」があり、嫉妬深い女性は離縁される条件の一つであった。また『広雅』にみえる「嫉」が「賊」というのは、ここでは「損なう」という意味であると思われる[★18]。従って、〈嫉妬〉とは、社会的な制度を損なう、害するという意味として理解できるであろう。これらの要因から、古代中国の文学において〈嫉妬〉という主題は忌避されたものと考えられるのである。

古代中国における后妃とは、卜子夏の「詩大序」の「関雎」によれば、「関雎后妃之徳也。風之始也。所以風天下而正夫婦也。故用之郷人焉。用之邦国焉」[★19]とあり、后妃はその徳をもって人々に夫婦の正しいあり方を示すのであり、それを「関雎」によって説いたのである。更には、そのことを通して郷人を教化し、また国に用いるのだとする。いわば、川辺の鴛鴦の仲睦まじいことを比喩として、夫婦の仲の良いことを示し、その上で国を治める者としての王と后妃とは、かくあるべきであることを人々に示したということである。それが古代中国の女性の徳として示され、そのことによって妻が夫に対して〈嫉妬〉をするという感情が「悪」として認識されたのだといえる。
しかし、古代日本の后妃の〈嫉妬〉の物語りは、それを「悪」とは認定していない。古代日本の皇后が激しい〈嫉妬〉をするという態度は、こうした古代中国の婦徳とは異なる理由によって生じたものと思われる。イハノヒメ皇后や忍坂大中姫皇后が天皇に対して激しい恨みの情をぶつけることから考えると、夫婦の愛情関係においては、王も后も対等であるという認識が存在したのではないかと考えられる。そのような認識は道徳的規範に基づくのではなく、男女の恋愛関係・愛情関係が尊重されたことによるのであろう。男女の関係が対等であることは、同時に、女性は愛情においては一対一という関係を求めることを、基本的な立場としているのだということである。すなわち、男性は複数の女性を同時に求めるという態度であるのに対して、女性は愛情関係の上では男性を独占しようとする態度の中に、女性としての生き方が存在したのだといえる。それは社会的道徳によって規制されることのない、むしろ男女の愛情を基準とした時に生じる態度であるといえる。この時、女性に〈嫉妬〉という感情が成立したのである。ただし、忍坂大中姫皇后の場合は、天皇のたび重なる行幸で民が疲弊したことによって、その原因が自らの〈嫉妬〉によるものであることに思い至るのであり、〈嫉妬〉に狂う反面、后妃の徳を備えた女性としても描かれるという二面性を持ち得たのである。
一方、『万葉集』においては、〈嫉妬〉に関わる象徴的な歌が次のようにみられる。

さし焼かむ　小屋の醜屋に　かき棄てむ　破薦を敷きて　うち折らむ　醜の醜手を　さし交へて　寝らむ君ゆゑ　あかねさす　昼はしみらに　ぬばたまの　夜はすがらに　この床の　ひしと鳴るまで　嘆きつるかも
（巻十三・三二七〇）

反歌

わが情焼くもわれなり愛しきやし君に恋ふるもわが心から（同・三二七一）[20]

右は二首

長歌には、夫あるいは恋人である男が、他の女と通じていることに激しく嫉妬し、嘆く女の様子がうたわれている。その内容は、二人が共寝をしている小屋や薦を醜く汚い場所として詠み、「醜手」を差し交わして寝ている恋人を思うと、一日中床がぎしぎしと鳴るほどに嘆いているのだという。その憤りの激しさは、まさに女の〈嫉妬〉の情を極端にまで表現したものである。このような歌が詠まれる背後には、当然、男の裏切りということも想定できるが、問題はこのように激しい〈嫉妬〉の情を、このようにうたうことの意味である。そこには、かつてこの男と出会って恋をし、頼もしい言葉を掛けられ、ついに女は男の言葉を頼りに深い愛の誓いを交わしたことが想像される。その誓いや約束が強ければ強いほど、その裏切りにはこのような激しい〈嫉妬〉の情が、表裏の関係であらわれるのであろう。『万葉集』の恋歌の中には、不実な男による女の悲しみの歌が多くみられるが、その感情の果てには、このような〈嫉妬〉の心へと転化することが予想されるのである。〈嫉妬〉という感情は、女が愛する男を独占し、その愛情を一身に受けたいという強い思いによるものであり、それは男への一途な愛情の裏返しなのである。

ところが、反歌では〈嫉妬〉に狂って心が焼けるような苦しみを味わっているのも、他ならぬ君に恋をした自らの心のせいであったという。ここには、長歌で激しく〈嫉妬〉する姿とは大きく異なり、女が我が身の〈嫉妬〉を反省し、さらに〈内省〉する態度があらわれている。「わが」「われ」を繰り返す反歌は、長歌で恋人や恋人と共寝する相手へと向けられていた憎悪の感情が、一転して自らの心の闇を発見させることとなったのである。この万葉歌は、〈嫉妬〉と〈内省〉という一対の歌として成立しており、ここに古代日本の女性における恋愛上の生き方が象徴的に表現されているといえる。つまり、女性の激しい〈嫉妬〉は、ここにおいては〈嫉妬〉の情に終始するのではなく、〈内省〉するという新たな女性の生き方を発見させているのである。この〈内省〉という態度によって、女性は男性との関係を見つめ直し、わが身を省みる独詠的な歌の世界を切り開いてゆくことになるのである。それは、記紀の物語りにおいて激しく〈嫉妬〉していたイハノヒメ皇后が、『万葉集』巻二の相聞部冒頭の「天皇を思ひて作りませる御歌四首」の一首目では一転して「君が行き日長くなりぬ山たづね迎へか行かむ待ちにか待たむ」（巻二・八五）と、待つ女の心情を詠むことにもあらわれている。これは記紀と『万葉集』のイハノヒメ皇后の物語りが個別の伝えを持っているということではなく、むしろ〈嫉妬〉する女と待つ女という、女性の二面性が一対となってあらわれているとみるべきであろう。★21

古代日本の男女は、妻問いという婚姻形態の中で愛情関係を形成しており、男女が関係を結ぶ場合、女性は常に男性の訪れを待つという態度の中にあった。その中で女性は男性の愛情を一身に受けることを常に希求するのであるが、複数の女性と関係を持とうとする男性の態度とは、決して相容れることはないのである。その時に、女性は愛する男性から他の女性を排除し、その愛情を独占したいという思いが〈嫉妬〉という感情を生むのである。しかしそれは同時に自らの心の闇を発見し、その感情に苛まれるという苦しみを抱え込むことになる。愛する男性を独占したいという思いと、〈嫉妬〉に苦しむ葛藤の中で女性はやがて〈内省〉し、待つ女としての態度に準じるのか、或いは異なる道を選ぶのかという岐路に立つことになろう。『万葉集』にあらわれる多くの女性は待つ女の態度の中にあるが、但馬皇女のように特別な覚悟をした女性においては、男性を追いかけようとするのであり、或いは情死という選択をすることとなる。これらは特殊な場合であるが、男性との恋を省み、〈内省〉することで、女性は恋における自らの生き方を、自らの意志で選択することを可能としたのである。

四　結

本論は、古代中国の〈棄婦〉と〈怨情〉をめぐる愛情詩と、古代日本の〈嫉妬〉をめぐる歌と物語りとを考察してきた。古代中国における愛情詩には〈棄婦〉という文学の主題が存在し、棄てられる女という主題は、極めて歴史社会的な状況の中からあらわれたものであったといえる。「女誡」にみるような女性の教育が、夫を天とし、妻を地とすることによって成り立つものであることから、夫婦関係においても上下関係を基準とした道徳的な婦の徳が示されていたのである。そのことによって、そこに夫婦、あるいは男女の愛情を基本とした関係が生まれることは至極困難であり、そこに「焦仲卿妻」のような悲劇の物語りが誕生する必然性を孕んでいるものと考えられる。それが怨情詩へと至ることにおいて、文学的には『玉台新詠』の序文が「弄筆晨書、撰録艶歌」と述べるように、「艶」という哀切の情の表現を獲得するに至ったのである。

一方、古代日本の歌や物語りにおいては、女性は儒教を基準とした道徳的規範に則るのではなく、自らの生き方を自らの手で選択するという態度としてあらわれている。そこへと至る段階においては、社会的な婚姻関係の上で、男性は複数の女性と関係を持つことが許されていることにより、女は自分一人のみを愛さない男を不実な男として批判し、またそれを嘆くことが女の恋歌の基盤を形成するのである。女性は男性との一対一の独占的な愛情関係を求めることから、他のすべての女性を排除し、一人の男性のみとの愛情関係を続けることを強く求める。そこにあらわれるのは、女性における理想の愛の希求であった。しかしながら、それは理想でしかなく、常に〈嫉妬〉という感情に苛まれ続けるのが女性の恋の歴史であり、その〈嫉妬〉の歴史を通しながら、古代日本の女性は〈内省〉という感情へたどり着き、そして自らの内面を深く見つめる、独詠的な歌への道を歩み始めるのである。

古代日本の『万葉集』の段階では、すでに『詩経』以来の愛情詩は十分に理解されていたのであるが、今回取り上げた〈怨情〉と〈嫉妬〉という主題においては、あたかも水と油のように相容れない主題として成立している。そこには、古代の日中をめぐる夫婦および男女の愛情の在り方に、大きな落差の存することを理解しなければならないのであり、そこから具体的な日中の愛情詩の検討が求められるものと思われる。天平期の女歌は、そのような側面からみる必要があるのではないだろうか。

注

1 全釈漢文大系『礼記 下』（一九七九年、集英社）。
2 廖群『詩経与中国文化』（一九九七年、東方紅書社）。なお、訳文は筆者の試訳である。
3 漢詩大系『詩経 上巻』（一九六六年、集英社）。以下『詩経』の引用は同書に拠る。
4 『集伝』の引用は、漢文大系『毛詩・尚書』（一九一一年、冨山房）に拠る。以下同じ。
5 「詩序」の引用は、注4漢文大系本に拠る。以下同じ。
6 楊合鳴・李中華『詩経主題弁析 上編』（一九八七年、広西教育出版社）。なお、訳文は筆者の試訳である。
7 『玉台新詠』の引用は、新釈漢文大系本（明治書院）に拠る。以下同じ。
8 注7新釈漢文大系本注に拠る。
9 山田勝美・阿部正次郎『中国文学における悲愁詩』（一九七七年、南窓社）。
10 新釈漢文大系『大戴礼記』（一九九一年、明治書院）。

11 『後漢書』巻八十四・列女伝第七十四（中華書局）。

12 『古事記』の引用は、中村啓信『新版　古事記』（角川ソフィア文庫）に拠る。以下同じ。

13 『日本書紀』の引用は、日本古典文学大系本（岩波書店）に拠る。以下同じ。

14 『三国志』巻三十・魏書・烏丸鮮卑東夷伝（中華書局）。

15 正宗敦夫校訂『類聚名義抄』（一九五四年、風間書房）。

16 『説文解字　附検字』（一九七二年、中華書局）。

17 『文淵閣四庫全書』第二二一冊（台湾商務印書館）。

18 『春秋左氏伝』の「不僭不賊」（僖公九年）の注には「賊、傷害也」とみえる（『十三経注疏　春秋左氏伝正義』に拠る）。

19 「詩大序」の引用は、注4漢文大系本に拠る。

20 『万葉集』の引用は、中西進『万葉集　全訳注　原文付』（講談社文庫）に拠る。以下同じ。

21 辰巳正明「磐姫皇后の相聞歌　女歌の四つの型について」『万葉集の歴史　日本人が歌によって築いた原初のヒストリー』（二〇一一年、笠間書院）。

第五章　怨恨歌の形成

〈棄婦〉という主題をめぐって

一　序

『万葉集』には「相聞」の部立のもとに多くの男女の恋歌が収載されており、これは『万葉集』という歌集が、恋歌に大きな価値を認めたことを意味しているとみることができる。そのような歌々の中でも、恋の破局を通して、棄てられた女の怨恨の歌が収載されているのは、それが特別な恋歌に属するものであったからであろう。殊の外、巻十六には男に棄てられた女による怨恨の歌とその事情を記す左注とがみられ、ここには棄てられた女をめぐるある主題が存在するように思われる。このことは、巻十六の標題に「有由縁并雑歌」とあるように、そこには歌の成立の由縁を語ろうとする態度が認められる。それは、例えば次のような歌と伝え（由縁）である。

A商変り領らすとの御法あらばこそわが下衣返し賜はめ（巻十六・三八〇九）

右は伝へて云はく「時に幸らえし娘子ありき。〔姓名いまだ詳らかならず〕寵薄れたる後に、寄物〔俗にかたみと云ふ〕を還し賜ひき。ここに娘子怨恨みて、聊かにこの歌を作りて献上りき」といへり。

商変　領為跡之御法　有者許曽　吾下衣　反賜米

右伝云時有所幸娘子也。〔姓名未詳〕寵薄之後、還賜寄物〔俗云可多美〕於是娘子怨恨、聊作斯歌献上。

B味飯を水に醸みなしわが待ちし代はさねなし直にしあらねば（巻十六・三八一〇）

右は伝へて云はく「昔娘子ありき。その夫に相別れ、望み恋ひて年を経たり。爾時に夫の君更に他妻を娶りて、正身は来らずして、徒に裹物のみを贈れり。此に因りて、娘子この恨の歌を作りて、還し酬へき」といへり。

味飯乎　水尓醸成　吾待之　代者曽無　直尓之不有者

右伝云昔有娘子也。相別其夫、望恋経年。尓時夫君更娶他妻、正身不来、徒贈褁物。因此、娘子作此恨歌、還酬之也。[★1]

Aの左注は、男の「幸」を受けた娘子が、その寵愛が薄れた後に「寄物」を返却され、そのことを怨んで歌を献上したと伝える。Bの左注は、ある娘子が夫と別離し、数年を経た後に夫は他の妻を娶った。娘子は、自らは訪れずに「褁物」のみを贈ってきた夫を恨み、歌を以て応酬したとある。この二つの作品は、いずれも男から形見の品（愛情の証の品）を返却されたことや別れの品物（手切れの品）を贈られたことで、我が身が棄てられたことを知り、そのような不実な男に対して怨みの歌を以て応じたと伝える作品である。

ここには棄てられた女の物語りと、それを怨む女の歌が成立していることを知るが、このような作品が成立する背景には、『万葉集』の恋歌に多くみられる破局や嘆きの情が話題として取り上げられたものとは思われない。むしろ、ここにはより明確に棄てられた女による〈怨恨〉という主題が存在していることが推測される。いわば、棄てられた女の怨恨の情を話題とすることで、女がいかにして男との恋に向き合ったのかを語ろうとしている意図が窺われるのである。このように棄てられた女を話題とする文学は、中国詩においては棄婦詩として成立しており、それは夫婦の関係において詠まれるのが特徴である。当該の二作品も、この棄婦詩に相当するものと考えられる。また〈怨恨〉も中国愛情詩の主題の系譜に属するものであり、これらを主題とする作品が成立する背景には、中国詩との関わりの深いことが予想されるのである。本論では、これらの二つの作品を取り上げ、女の〈怨恨〉の歌から〈棄婦〉という主題が成立する事情について考察してみたい。

二　主題としての〈怨恨〉の歌の形成

Aの歌は、冒頭の「商変」の訓読に諸説あるが、[2]『万葉代匠記』（初稿本）が「すてに物とあたひとを取かはして後に、たちまちに変して、あるひは物を〈わろしと〉してあたひを取かへし、あるひはあたひをやすしとして物を取かへすなり」[3]と述べるように、売買契約の破棄や変更を意味するという理解で諸注ほぼ一定している。また「領為」は難訓であり、旧訓の「シラス」を採る注釈書が多いが、未だ定訓を得ていない。[4]「領為」が「御法」にかかっていることから、法令の発布や施行を意味すると推測されるのみで、諸注の理解にも細部に至っては相違があるが、おおよその意味は『万葉代匠記』（初稿本）が「しらすとの御法とは、さやうの事（「商変」のこと：筆者注）をほしいまゝにせよとの法令あらはこそといふなり」と述べるところが穏当な理解であろう。つまり、一度買い取ったものを返却しても良いという法律があるというならば、私の差し上げた形見の「下衣」をお返しになるのも結構でしょう、という内容であろう。この歌に託した娘子の真意は、そんな法律はないのにも拘わらず、「下衣」を返してよこした男を非難することにある。Bの歌は、「味飯」を酒に醸して待っていたのに、直接にあなたが訪ねて来なかったのでその甲斐はなかった、という女の恨みの内容である。第四句の「代者曽無」の訓読にも諸説あり、[5]現在は大別して「カヒハカツテナシ」「カヒハサネナシ」に二分されているが、甲斐のないことであるという理解は動かない。結句の「直にしあらねば」は、左注の伝えの通り、夫が「裏物」のみを贈って「正身不来」であったことを指している。

この二首の歌は、左注に描かれる不実な男の対応とそれを怨む女の姿に歌の〈由縁〉が認められる。Aの左注には、この娘子は男の「幸」を受けたが、後に寵愛の薄れたことが棄てられる原因として記されている。娘子が男から受けた愛情が「幸」の字で記されることから、相手の男を天皇とみる説もある。[★6]「寵」という語から、この娘子が身分ある男性の寵愛を受けた女性であることは理解されるが、その相手を天皇と限定することには疑問が残る。むしろ、歌中に「返し賜はめ」と敬語が使われていることや、左注に「献上」とあることから、相手の男性が貴人であるとする見方に留めるのが穏やかかもしれない。いずれにしても、娘子は愛情の証である「寄物」を返却されたことで、自らが棄てられたことを悟るのである。この「寄物」は、歌に照らし合わせれば「下衣」であり、左注に「俗云可多美」と注記されるように、男女の愛の証としての形見の品である。この「下衣」の例は、『万葉集』の中に次のようにみられる。

1おほろかにわれし思はば下に着て穢れにし衣を取りて着めやも（巻七・一三一二）

2紅の深染の衣下に着て上に取り着ば言なさむかも（同・一三一三）

3橘の島にし居れば川遠み曝さず縫ひしわが下衣（同・一三一五）

4白栲の吾が下衣失なはず持てれわが背子直に逢ふまでに（巻十五・三七五一）

1の「下に着て穢れにし衣」は、愛情の証のために男女が交換した下着であり、汚れてもなお身に着けるべきものとしてうたわれている。2は、深紅の鮮やかな衣の色が、表面化して人の噂になる恋を示唆している。紅色は「紅に衣染めまく欲しけども着てにほはばか人の知るべき」（巻七・一二九七）と詠まれるように、恋の思いを託す色であり、形見の紅衣を着ることで二人の恋が露見することを危惧するのである。3は、二人の関係は川で曝さずに縫った下衣のように、他人に曝されない密かな関係であることを暗示している。4は、次に逢う時までに自分の下衣を持っていて欲しいと願う狭野茅上娘子の歌であり、「下衣」は離れてある男女の贈り物であることが知られる。このように、「下衣」は恋人の身代わりとなる形見の品であり、離れている間に相手を偲ぶよすがとなるものである。更に「吾妹子が形見の衣下に着て直に逢ふまではわれ脱かめやも」（巻四・七四七）とあるように、下衣を贈られた男も、直接逢うまでは妹の形見の下衣を脱ぐことはないと約束するのである。

以上のように、「下衣」は男女関係においてその愛情を形で表す重要な贈り物であったことが理解され、恋人の身代わりとして身に着けるのである。このことは、下着の紐を結ぶことが、男女の関係を固く結ぶことに通じることからも了解されよう。この「下衣」の贈答は、古代日本の婚姻習俗が律令によって制度化された後も、習俗としては夫婦の間においてもなお継承されたものと思われる。それ故に、愛情の証である「下衣」を返却することは、それが恋人であれ夫婦であれ、形見で結ばれた愛情関係を解消することを意味するのである。そのことによって、男の非情な行動が娘子に怨みの情を抱かせることとなったのである。

またBの娘子も、夫が新しい妻を娶り、「裏物」のみを贈ってきたことによって夫の心変わりを知り、自らが棄てられたことを悟って恨みに思うのである。この「裏」は、『万葉集』においては家にいる妹への土産として、多く道中で手に入れた物産が選ばれている。当該の「裏物」も、伊藤博『万葉集釈注』によれば『相別る』は互いに心して別れる意だから、夫が官命などで旅に出るという事情で妻は家に一人残る身になったということがわかる。それがわかれば、旅先の土産物の意である『裏物』に自然に結びついていく」と述べ[★7]、国司の任期を終えた夫は、現地妻を伴って帰国し、旧妻に「裏物」のみを贈って体面をつくろおうとしたのだと想定する。しかし、問題は夫との別離の事情や「裏物」の中身が土産か否かではなく、この夫が新妻を娶った上で「裏物」を贈ってきたことの意味である。この夫は、新妻を娶った後に旧妻へ贈った「裏物」に何らかの意味を込めたはずであり、それは類話であるAを参考とするならば、夫婦関係を解消するべく贈られた代物であったと推測するのが妥当であろう。

当該作品ABの娘子は、男からの「寄物」の返却と「裹物」の贈与があったことにより、自らの愛情を返却可能なモノとして突き返され、また贈与可能なモノに置き換えられたことで男から棄てられたことを自覚し、〈怨恨〉の情を抱くのである。当該二首は、男に棄てられたことによる娘子の怨みの気持ちが作歌動機として存在しており、彼女たちの怨みの情は男の不実な態度に由来している。これは女が棄てられるという状況に起因する怨みの情が、歌の〈由縁〉として語られているものである。

こうした〈怨恨〉を主題とする作品は、『万葉集』の中に他にもみられる。例えば「忌部首黒麿の、友の賒く来るを恨みたる歌一首」（巻六・一〇〇八題詞）や、大伴家持の「独り江の水に浮かび漂へる糞を見て、貝玉の依らざるを怨恨みて作れる歌一首」（巻二十・四三九六題詞）があり、さらに家持は霍公鳥や鶯の鳴く時期が遅いことを怨む歌と題して数首を作歌している。しかし、これらは友や貝玉、或いは鳴くべき季節が訪れても鳴かない鳥への恨みであり、当該作品のように男女関係を対象としていない。むしろ、不実な男に対する怨恨の歌は、「大伴坂上郎女の怨恨の歌一首并せて短歌」（巻四・六一九―六二〇）と、「紀女郎の怨恨の歌三首」（巻四・六四三―六四五）に認められる。この「怨恨」という題詞は、既に中国詩の影響が考えられているが、ここには歌の家ともいえる大伴家を中心に、〈怨恨〉という主題が中国詩を通して受容された形跡が認められ、天平期には作品として十分に昇華する段階にあったことを物語っていよう。問題は、恋歌が男女関係における〈怨恨〉という主題を抱え込む状況が、どのような背景を持って成立しているのかにある。『万葉集』における怨恨の歌の成立を考察する上で最も重要な位置を占めるのが、次の作品である。

大伴坂上郎女の怨恨の歌一首并せて短歌

押し照る　難波の菅の　ねもころに　君が聞して　年深く　長くし言へば　まそ鏡　磨ぎし情を　許してし
その日の極み　波のむた　なびく玉藻の　かにかくに　心は持たず　大船の　たのめる時に　ちはやぶる
神や離くらむ　うつせみの　人か禁ふらむ　通はしし　君も来まさず　玉梓の　使も見えず　なりぬれば
いたもすべ無み　ぬばたまの　夜はすがらに　赤らひく　日も暮るるまで　嘆けども　しるしを無み　思へ
ども　たづきを知らに　幼婦と　言はくも著く　手童の　ねのみ泣きつつ　たもとほり　君が使を　待ちや
かねてむ（巻四・六一九）

反歌

初めより長くいひつつたのめずはかかる思に逢はましものか（同・六二〇）

この作品は、題詞に「怨恨」という強い感情表出の言葉によって主題が提示されているにも拘わらず、内容についての評価は「やや切実味を欠いてゐる」（佐佐木評釈）、「悲痛感が乏しい」（武田全註釈）、「せつぱつまつた失恋者の作であるか否かを疑はしめる所さへある」（土屋私注）などとされ、題詞と歌内容の結びつきの稀薄性、迫真性の欠如が指摘されてきた。そのような評価に対して小野寺静子氏が「実は『怨恨歌』という題詞を持った一つのフィクションにすぎない」[★8]と虚構説を提示して以来、小野寺説に基づいて、郎女の実体験と直接的な結びつきを根拠としない、彼女の文芸的営為の中に位置付けられるようになった。中には小野寺説を一部認めながら、娘大嬢の立場で自らの恋愛観を詠んだとする説[★9]や、大嬢のために詠えた作であろうという説[★10]、二人の娘に対する「別離の模擬体験」としての教訓歌であろうという意見もあり[★11]、作中主体の立場をどこに置くかは見解の分かれるところである。ただし、この作品が坂上郎女自身の回顧的心情であっても、意図された虚構の作品であっても、ここには男女の恋に対する郎女の視点や関心が存在し、待つ女の嘆きがうたわれていることには相違ない。それが事実にしろ虚構にしろ、女の嘆きが〈怨恨〉という主題のもとに詠出されていることが重要となろう。

この歌の「怨恨」という題詞については、中国文学からの影響、殊に『玉台新詠』に数多くみられる「怨詩」に学んだものであることが指摘されている。[★12] 浅野則子氏は班婕妤の「怨詩一首并序」、傅玄「朝時篇　怨歌行」の二例を挙げ、郎女の「怨恨の歌」は怨詩に基づいて構成され、それを『万葉集』の類歌の表現によって和歌で試作したのだと述べる。[★13] また、中国詩の方法として〈怨恨〉をテーマとし、和歌によって構築したという見解には清水明美氏の論もある。[★14] 一方、題と内容の両面から中国詩の影響をみるものに、東茂美氏と佐野あつ子氏の論がある。東氏は『玉台新詠』の怨詩の中でも、特に後代の怨詩文学のモチーフとなる班婕妤の「怨詩一首并序」に注目し、大宰府歌壇を通して郎女の「怨恨の歌」へと流れ、六朝文学志向にそった作品として成立したのではないかと推測し、「あえて題をもって『怨恨歌』とした郎女の文学志向は、六朝の詩人文人たちが相和した班婕妤の怨恨を、和歌でもって試みようとするところに存在したのではないか」[★15]と結論する。さらに、佐野氏は「女歌」という視点から中国の怨詩と郎女の歌とを比較し、『玉台新詠』の怨詩における女性の怨みの原因は男性との生別離にあるのだが、そこに「棄婦」の悲しみが大きく関与していることを指摘し、

郎女の歌は棄婦を詠むという類型に沿うことによって、女の怨情の深まりを詠んだ歌であったといえる。「待つ女」も、「うらむ女」も、その発端にある別離とは、男に棄てられたことに始まるのを意味する。ここに『玉台新詠』及び楽府という中国文学との接触から、女歌が「怨恨」という主題を「棄婦」という枠組みで詠む形を摂取したことが認められるのである。それは作品の創作へと向かう意識の明確化を示すものであり、恋情表現の普遍性の問題ではない。（中略）〈別離から怨へ〉という恋歌の形の選択、「待つ女」から「怨む女」への主題化の変容は、中国文学と同質の作品の創作へと向かう積極的な文芸意識に支えられたものであっ

た。

と結論付ける。[★16]佐野氏は、郎女の「怨恨の歌」は〈棄婦〉を詠むという枠組みにおいて〈怨恨〉の主題化が可能となったことを論じ、「待つ女」から「うらむ女」へという文学史的な流れも、その発端は〈棄婦〉の悲しみにあることを指摘している。佐野氏が指摘する〈怨恨〉の主題化と、「待つ女」「うらむ女」「棄婦」という三つの女性の在り方は、本論が対象とする巻十六の娘子の〈怨恨〉を考察する上でも重要なキーワードであるといえる。この坂上郎女の「怨恨の歌」における〈怨恨〉の主題化という理解を踏まえながら、当該作品ABの娘子の〈怨恨〉がいかなる内実を持つものであるのかを検討してゆきたい。

〈怨恨〉という主題は、『玉台新詠』の中では「怨」を詩題に持つ作品と、女の怨みを内容とする作品とを含めると七十例にのぼるという（佐野氏前掲論）。多くは男性詩人による作であるが、班婕妤の「怨詩一首并序」（巻一）の序文には、作詩の事情が「昔漢の成帝の班婕妤は寵を失ふて、長信宮に供養す。乃ち賦を作り自ら傷み、并せて怨詩一首を為る」と記されている。この序文には、班婕妤が成帝の寵愛を失ったことで賦を作って自らを傷んだとあり、寵愛の薄れた後に棄てられたことを怨む次の詩が載る。

新裂斉紈素　鮮潔如霜雪　　新に斉の紈素を裂けば、鮮潔にして霜雪の如し。
裁為合歓扇　団団似明月　　裁ちて合歓の扇と為せば、団団として明月に似たり。
出入君懐袖　動揺微風発　　君が懐袖に出入し、動揺して微風発す。
常恐秋節至　涼風奪炎熱　　常に恐る秋節の至りて、涼風炎熱を奪ひ、
棄捐篋笥中　恩情中道絶　　篋笥の中に棄捐せられ、恩情中道にして絶えなんことを。[★17]

ここには、白く美しい扇も秋になれば不要となって棄てられることに擬えて、成帝の寵愛が薄れて棄てられる

であろうことへの嘆きが詠まれている。「常に恐る」という表現からは、成帝に棄てられることへの懼れを抱きながらも、「恩情中道にして絶えなんことを」と願うように、成帝の愛情を繋ぎ止めたい心情を詠んだ詩である。詩の内容は相手への直接的な怨みの情というよりも、棄てられることへの懼れと、それでも待ち続ける心情を詠んでいることに注目される。こうした待つ女の悲しみの情が詠まれる作品の一例として、何遜の「閨怨」（巻五）を挙げることができる。

暁河没高棟　斜月半空庭　　暁河高棟に没し、斜月空庭に半なり。
窓中度落葉　簾外隔飛蛍　　窓中に落葉度り、簾外飛蛍を隔つ。
含情下翠帳　掩涕閉金屏　　情を含んで翠帳を下し、涕を掩ひて金屏を閉づ。
昔期今未反　春草寒復青　　昔期今未だ反らず、春草寒くして復た青し。
思君無転易　何異北辰星　　君を思ひて転易無し、何ぞ北辰星に異ならん。

前半部では、閨の中から見える明け方の景色を詠み、今夜も約束した男の訪れの無いことを悟って帳を下ろし屏風を閉じる。そして、季節は移ろっても自分の心変わりはないことを、北極星の動かないことに譬えて、いつまでも男を待ち続ける心情を詠むのである。この作中の女性も、長い間男の訪れが無いのであるが、男の訪れに備えて屏風を広げて迎える準備をし、毎夜明け方まで男との逢瀬を期待しているのであろう。この詩も、男を直接怨むのではなく、心変わり無く男を待ち続ける姿を詠むことがその中心にある。それは、男が二度と訪れることはないかもしれないという不安と懼れを抱きながらも、それでも一縷の望みを持って愛する男を待ち続ける、女の揺れ動く情の表白であるといえる。この場合の怨恨の内実は、女心の不安と葛藤という微妙な感情の中にあり、むしろここには待つ女の閨の嘆きである哀切の情が表出されている。それは移りゆく季節や風物によって見出された我が身の儚さであり、自然と相対化されることで獲得された表現でもある。班婕妤の「怨詩」に詠まれる扇や月、何遜の「閨怨」に詠まれる簾や帷や蛍は、閨情詩の典型的な風物であり[★18]、哀切の情は閨で男を待つ女の姿を基本としている。『玉台新詠』はこれを「閨怨」として詩題化するように、〈怨恨〉という主題の内実は、閨で男を待つ女の哀切の情によるものなのである。

『玉台新詠』にみる怨詩や閨怨詩は、男の訪れが絶えて久しくなった、待つ女の嘆きを詠むという形式の中にある。それは直接に相手を怨む心情を詠むことよりも、ひたすらに閨で男を待ち続ける女の哀切の情を詠むことにおいて、〈怨恨〉が主題化されているのである。このことを踏まえるならば、坂上郎女の「怨恨の歌」は、男の熱心な言葉によって心を許したにも拘わらず、一転して男の訪れが途絶えたことから、一日中子供のように泣き暮らし、男の使いが来ることを待つしか術の無いことを嘆くのである。長歌末尾の「君が使を　待ちやかねてむ」について、武田祐吉『増訂　万葉集全註釈』が「歌意からすれば、全く捨てられたものでなく、君の来るのを待つ心が強調されているものである[★19]」というように、歌の主情は男を待つ女の姿をうたうことにある。待つ女の胸中には、自分は棄てられたのかもしれないという不安や疑念と、近く訪れがあるかもしれないという期待が去来している。それは、郎女が男の通いの途絶えた原因を「ちはやぶる　神や離くらむ　うつせみの　人か禁ふらむ」と捉えているように、ここには男の心離れではなく、二人の力の及ばない神や他人にその原因を求めていることからも知られる。その不安や葛藤の中から恋の苦悩を詠むのが坂上郎女の「怨恨の歌」であり、それは必ずしも〈棄婦〉を内実とするものではない。男の訪れの無いことへの怨みと、男の訪れへの期待の中にある、待つ女の哀切の情こそが、『玉台新詠』の怨詩や閨怨詩における〈怨〉という主題に沿うものであり、それは坂上郎女の歌へも流れ込んでいるものと考えられるのである。

三　主題としての〈棄婦〉の歌の形成

坂上郎女の「怨恨の歌」は、恃みにした男が突然訪れなくなったことを嘆き、訪れない男を泣き暮らしながら待ち続ける女の哀切の情がうたわれている。それは男との関係に対して、破局への懼れを抱きながらも、一方に訪れの期待もまた残されているという不安と葛藤の中に存在する、女の情の表白である。それを以て〈怨恨〉という主題が成立しているのであり、この〈怨恨〉の主題化はそのまま『玉台新詠』の「怨」や「閨怨」の在り方と重なるものであるといえる。ところが、当該作品Aの娘子は、「寵薄れたる後」に「寄物」を返却され、Bの娘子は夫が「他妻を娶」って「裏物」のみを贈ってきたことから破局が確実となったのであり、ここには男の心離れによって棄てられたことへの明確な自覚がある。これは前節で挙げた班婕妤の境遇と重なりながらも、ABの娘子は、班婕妤のように心の隅に一片の期待を持つことすら許されない状況となったのである。そこにあるのは、「寄物」の返却や「裏物」の贈与によって明確化された、棄てられた女という現実的な事実認識のみであるところに、坂上郎女の「怨恨の歌」との主題の違いが認められる。このような、棄てられた女の〈怨恨〉という主題は、中国の棄婦詩に多く例をみることができる。例えば、『玉台新詠』に載る「楽府塘上行一首」（巻二）には次のように詠まれている。

念君去我時　独愁常苦悲　　念ふ君が我を去りし時、独り愁へて常に苦悲す。
想見君顔色　感結傷心脾　　君が顔色を想ひ見て、感結ぼれて心脾を傷ましむ。
念君常苦悲　夜夜不能寝　　君を念ひて常に苦悲し、夜夜寝ぬる能はず。

莫以賢豪故　棄捐素所愛　　賢豪の故を以て、素愛せし所を棄捐する莫かれ。

ここには、去って行った夫を思って常に愁い悲しみ、夜も眠れない苦しみが詠まれている。その夫は新しい愛人のもとへ移ったのであり、この女性は出世したからといって元の妻を棄ててはならないと訴えるのである。愛する夫に棄てられた自らの深い悲しみと、かつて愛情を傾けた妻を無下に棄てることの非情を詠むことで、夫を非難するのである。「塘上行」という詩題は、池の堤で物思いをするという意味であるが、その愁いの中に「素愛せし所を棄捐する莫かれ」と、夫に棄てられたという自覚的な表現がみられるところに、棄婦の悲しみの表出が認められる。また、『玉台新詠』に載る王僧孺の「為人自傷」（巻六）には、棄てた男への怨みの情と、自らの心の葛藤が描かれている。

自知心裏恨　還向影中羞　　自ら知る心裏に恨むを、還た影中に向つて羞づ。
廻持昔慊慊　変作今悠悠　　昔の慊慊たりしを廻らし持して、今の悠悠たるに変じ作す。
還君与妾珥　帰妾奉君裘　　君に還さん妾に与へし珥を、妾に帰せ君に奉ぜし裘を。
弦断猶可続　心去最難留　　弦断ゆるも猶ほ続ぐ可し、心去るは最も留め難し。

この詩は、自分を棄てた男を恨む気持ちとそれを恥じ入る気持ちとがあり、また昔は男に会わなければ気が済まないと思っていたが、今や無関心になったという、愛の破局に対する心の移り変わりが詠まれている。そして男からの贈り物である耳飾りを返すかわりに、男に贈った皮衣を返して欲しいと訴えている。これは耳飾りと皮衣がこの男女の愛の証（形見の品）であったと推測され、女は男の心変わりを止める術の無いことを悟り、贈り物の返却を求めるのであろう。ただし、もちろんこの女は本当に形見の品を返して欲しいと望んでいるわけではない。そのように求めることで男の不実を非難しているのであり、「心去るは最も留め難し」と嘆くように、本心では男の心を引き留めておきたいのである。しかし、形見の品の返却を話題に出すこと自体が、この男女の破局を明確にしているといえる。棄てられたことを受け入れながらも心に残る男と、待っても訪れることのない男への憤りが、相手の不実に対する非難としてあらわれているのであろう。次の皇太子簡文の「怨詩」（巻七）でも、夫に棄てられたことが明確となった女の怨みの情が述べられている。

秋風与白団　本自不相安　　秋風と白団とは、本自ら相安んぜず。
新人及故愛　意気豈能寛　　新人及び故愛とは、意気豈に能く寛にせんや。
黄金肘後鈴　白玉案前盤　　黄金肘後の鈴、白玉案前の盤。
誰堪空対此　還成無歳寒　　誰か堪へん空しく此に対して、還た歳寒無きを成すに。

これは、ご馳走を作って待っていたが、夫が訪れないので甲斐のないことだと嘆く旧妻の詩であり、冒頭の「秋風と白団」は前掲の班婕妤の秋扇と発想を同じくする。秋になれば棄てられる団扇と、扇を必要としない秋の季節は、旧妻と新妻の関係と同じであるといい、主人のいない空しい膳を前にして夫の不在を嘆き、その不実を怨むのである。これも、夫が戻って来ないことを自覚しながらも、心を尽くして料理を作って待つのであるが、一向に訪れない夫への思いは憤りへと向かってゆくのである。

以上の詩に詠まれる女性は、夫が新しい愛人や妻に心変わりしたために棄てられた妻たちであり、夫が戻って来ないことを悟りつつも夫への思いを詠むのである。しかし、王僧孺の「為人自傷」と皇太子簡文の「怨詩」は、夫が訪れないことが明確になった段階にあり、それでも待ち続ける女の心情は、やがて夫への憤りとして非難の言葉となってあらわれるのである。これは、前節で取り上げた班婕妤の「怨詩」や何遜の「閨怨」、坂上郎女の「怨恨の歌」にみる怨恨の内実が、期待と不安の中で男の訪れを待ち続ける女の姿であったこととは大きく異なるものである。右にみた詩は、棄てられたことへの自覚によって、男の訪れに対する希望が絶たれた状況にあることから、その主題は〈棄婦〉へと移っていることが認められるのである。

このような六朝怨詩から当該作品をみると、Aの娘子は男の寵愛を失い、Bの娘子は夫が新しい妻を娶ったことによって棄てられたように、その内容を等しくするものであろう。しかも、王僧孺の「為人自傷」で、妻が自ら愛の証である形見の品を返して欲しいと訴えて男の不実を責めるように、Aの娘子は形見の品を返却した男を非難するのである。ここには、男女の主体が異なりながらも、形見の返却がその関係の破局を意味するものとして提示されており、棄婦詩の一つの展開の方法であったことがうかがえる。また、皇太子簡文の「怨詩」の「白玉案前の盤」は、Bの娘子が「味飯を水に醸みなし」て待っていた姿と重なるものであり、結局そのご馳走を振る舞う機会は失われるのである。そのことを、「わが待ちし代はさねなし直にしあらねば」とうたうのは、やはり訪れなかった男の不実を非難する怨みの情によるのである。当該作品ABは、男からの形見の返却や手切れの品の贈与によって、男の訪れに対する希望が絶たれたという自覚の中で、哀切の情を詠むことよりも、〈棄婦〉の苦しみを詠む中に展開しているといえる。そこから、歌において男への痛烈な非難という〈怨恨〉の情が導かれているのであるが、この〈怨恨〉は前節でみた哀切の情をその内容とするものではなく、自らを棄てた不実な男への非難と憤りとしての怨みの情なのである。それ故に、『万葉集』の多くの恋歌にみるような待つ女の苦しみ（閨怨）から逸脱し、自らを棄てた不実な夫への怨みの情を主題とする歌へと向かったのである。ここに、〈棄婦〉をその内実とした怨恨の歌の成立があったといえるのである。

このような〈棄婦〉による怨恨の歌は、当該作品の他に、『万葉集』の次の作品にもみることができる。

大き海の水底深く思ひつつ裳引きならしし菅原の里（巻二十・四四九一）

右の一首は、藤原宿奈麿朝臣が妻石川女郎の、愛薄らぎ離別せらえ、悲しび恨みて作れる歌なり。年
月いまだ詳らかならず。

これは、石川女郎が藤原宿奈麻呂からの寵愛が薄れたことにより離縁され、悲しみ恨んで詠んだと伝えられる歌である。歌意は必ずしも明確ではないが、これが「恨み」の歌であることからすれば、「菅原の里」は二人の思い出の場所であり、相手への深い想いを抱きながら裳裾を引いてその里を彷徨っているのであろう。ここで重要なのは、左注において石川女郎が「離別」させられた時に、その立場が「妻」であるということである。当該作品Aの娘子は、石川女郎と同じく寵愛が薄れたことによって離縁されたのであるが、その立場は明確化されていない。『万葉集』において「寵」という言葉は、坂上郎女歌（巻四・五二八）の左注に「初め一品穂積皇子に嫁ぎ、寵びをうくること儔なかりき」とあるように、穂積皇子に嫁いだ妻という立場で寵愛を受けたことを指している。先の班婕妤の序文にも「寵を失ふて」とあったように、成帝の后という立場において受けた愛情が「寵」の語で示されるのである。さらにBの作品も、夫が新妻を娶ったことで旧妻が棄てられる内容であり、ここには夫婦の関係が明確に描かれている。『万葉集』にあらわれる男女の関係は恋を主体としており、夫婦の関係を前提とすることは極めて稀であるが、モノの返却や贈与によって女が棄てられたと自覚するに至るには、男女の間に明確な愛情関係が成立していたことが想定される。〈棄婦〉という境遇は、その男女の間に明確な関係が結ばれていたことを示唆するのであり、それを保証するのがAの歌に詠まれる「下衣」である。

　モノによって男女の関係を保証するという事例は、中国においては夫婦間の制度として存在している。『礼記』昏義には「昏礼には、納采・問名・納吉・納徴・請期に、皆な主人廟を筵几して、門外に拝迎し、入りて揖讓して升り、命を廟に聴く。昏礼を敬慎重正する所以なり★20」とあり、この「納徴」は「婚約成立の証として女家に礼

物を贈る★21」ことであり、婚礼を正しく行うための条件の一つであることが示されている。また『唐律疏議』戸婚には「諸テ女ヲ許嫁シテ已ニ婚書ヲ報ジ★22」とあり、この「婚書」は疏議によれば「男家書ヲ致シテ礼請シ、女氏答書シテ許シ訖ルヲ謂フ」とあることから、男女の結婚に際しての誓約書を指す。さらに「許婚ノ書ナシト雖モ、但ダ聘財ヲ受クレバ亦タ是ナリ。（聘財ハ多少ノ限リナシ。酒食ハ非ナリ。財物ヲ以テ酒食ト為ス者ハ、亦タ聘財ニ同ジ。）」とあり、「聘財」を受けることは、両家で取り交わす「婚書」と同じ価値を持つ物として認められている。そしてそれは飲食を設けることで贖われるものではなく、財物であることが求められているのである。古代日本においては、『常陸国風土記』筑波郡の筑波山の歌垣の記事に、「俗の諺に云へらく、筑波峰の会に、娉の財を得ざれば、児女と為ずといへり★23」とあり、「娉の財」とは婚俗における贈り物を反映したものであり、歌垣に参加した男女（児女）においても、擬似的に求婚する際に財物によってその関係を保証するという形式を踏んでいるのだと思われる。『万葉集』の恋歌にみられる「下衣」の贈与は、男女の愛情関係の成立を確認するための婚俗であり、この習わしは律令時代の制度に基づいた夫婦の間においてはより明確に実行されたものと考えられる。このことから、当該作品ＡＢは、〈棄婦〉という境遇の女性が登場するような男女の関係を、『万葉集』の恋歌の伝統である妹と背の関係ではなく、家族制度としての夫と妻という関係の中で描こうとしているのではないかと推測されるのである。それは、古代中国の恋愛詩における男女が夫婦を前提としていることと重なり合う問題であり、その写しとしての当該作品の成立が考えられるのである。

以上のように、当該作品は〈棄婦〉をその内実とする〈怨恨〉という主題の中に成立したことが理解される。ＡＢの作品は、夫に棄てられた〈棄婦〉の苦しみが中心となり、そこに妻の怨みの情が表出されたのである。さらに、当該作品ＡＢは〈棄婦〉という枠組みの中にあることによって、坂上郎女の「怨恨の歌」では曖昧であった男女の関係を、夫婦という関係の中で描くことが意図されていると考えられるのである。形見の品の返却や、夫が他妻を娶るという現実的な破局の事実が話題となる要因は、その男女が制度の中の夫婦であることに起因しているためであろう。それは、当該作品が閨房における哀切の情を詠む〈怨恨〉から展開し、中国詩の〈棄婦〉という主題の枠組みの中に位置付けようとしていることから知られるのであり、『万葉集』における新たな男女の愛情関係を語るものであったと考えられるのである。

四　結

本論は、『万葉集』巻十六の棄てられた女の物語りと怨恨の歌をめぐって、中国詩の〈怨恨〉という主題と棄婦詩を通して、女の〈怨恨〉の歌から〈棄婦〉という主題が成立する事情について考察した。〈怨恨〉という主題は、中国六朝期の『玉台新詠』の怨詩や閨怨詩に多くみられ、そこには待つ女の嘆きを詠むという型が存在した。女が男を待ち続ける胸中には、男の訪れへの不安や疑念と、必ず尋ねてくるに違いないという期待があり、その心の葛藤の中で詩の表現が獲得されている。それは、不安と期待の中で揺れ動く繊細な女心の表白であり、閨で男を待ち続ける中で生まれる深い嘆きが哀切の情として理解され、主題化されたものと考えられる。これは『万葉集』では坂上郎女の「怨恨の歌」において結実し、『玉台新詠』の「怨」「閨怨」の主題を継承することで閨の嘆きとしての〈怨恨〉という主題が獲得されたのである。この〈怨恨〉という主題は、中国六朝の愛情詩においては〈棄婦〉の悲しみを抱え込んで成立している状況が認められ、〈棄婦〉を内実とする怨恨の詩が成立する。棄てられたことへの自覚と、夫の不実を非難することは切り離せない関係にあり、待つことへの希望が絶たれた時に、夫の不実に対する憤りは非難の言葉へと向かうのである。ここに、哀切の情を内実とする〈怨恨〉とは異なる、男を待つことへの希望が絶たれた女の怨みの情が成立するのである。当該作品ＡＢの娘子の怨恨の歌は、中国詩の〈棄婦〉が新たに主題化されたものと思われ、棄てられた女の怨みへと主題が展開した作品であったといえる。それは待つ女が閨で男への思いを詠む哀切の情とは異なる、〈棄婦〉という新たな主題の獲得であったのである。

さらに、棄婦詩の多くが夫婦の関係を前提として成立していることからするならば、当該作品の男女の関係もまた夫婦の関係における怨みの情の中に成立したことが考えられ、そこにこの作品の〈由縁〉の理由が存在するものと思われる。それは、『万葉集』の恋を主体とする曖昧な男女の関係から、制度化による新たな夫婦という関係の確立の中において獲得された〈棄婦〉という主題によって、そこから導かれる夫婦の愛情の在り方を語る〈由縁〉の歌として伝えられたものと考えられるのである。

注

1　『万葉集』の引用は、中西進『万葉集　全訳注 原文付』（講談社文庫）に拠る。以下同じ。

2　「商変」の訓読は、旧訓「アキカハリ」（拾穂抄・代初・略解・全釈・澤瀉注釈ほか）、「アキカヘリ」（細井本・神宮文庫本）、「アキカヘシ」（代精・古義・土屋私注・日本古典文学大系本・日本古典文学全集本・新編日本古典文学全集本・釈注・新日本古典文学大系本ほか）、「アキガハリ」（童蒙抄・万葉考・井上新考・窪田評釈・武田全註釈・佐佐木評釈ほか）などがある。

3　『契沖全集』第六巻（一九七五年、岩波書店）。以下『万葉代匠記』の引用は同書に拠る。

4　「領為」の訓読は、旧訓「シラス」（拾穂抄・代初・代精・略解・井上新考・窪田評釈・武田全註釈・日本古典文学大系本ほか)、「セヨ」(童蒙抄)、「メセ」(万葉考)、「シラセ」(古義・全解)、「ウナガス」(土屋私注)、「メス」(澤瀉注釈・日本古典集成本・釈注)、「ヲス」(日本古典文学全集本・完訳日本の古典ほか)、「ユルセ」(新編日本古典文学全集本)、無訓(新日本古典文学大系本)などがある。

5 「代者曽無」の訓読は、旧訓「ヨハカツテナシ」、「カヒハカツテナシ」(代初・代精・略解・古義・井上新考・全釈・窪田評釈・武田全註釈・土屋私注・日本古典文学大系本・日本古典集成本・新編日本古典文学全集本ほか)、「カハリハソナキ」(代精一案・万葉考)、「カヒハサネナシ」(澤瀉注釈・日本古典文学全集本・新日本古典文学大系本ほか)などがある。

6 武田祐吉『増訂 万葉集全註釈』第十一巻(一九五七年、角川書店)は「幸は、皇帝の愛する所をいう。これによれば、相手は天皇ということになる」と述べ、同じく天皇説を採るものに日本古典集成本・釈注などがある。

7 伊藤博『万葉集釈注』第八巻(一九九八年、集英社)。

8 小野寺静子「怨恨の歌―大伴坂上郎女の志向する世界―」(『万葉』七十九号、一九七二年五月)。

9 駒木敏「大伴坂上郎女の怨恨歌」(『万葉集を学ぶ』第三集、一九七八年、有斐閣)。

10 橋本達雄「幼婦と言はくも著く―坂上郎女の怨恨歌考―」(『万葉』八十四号、一九七四年六月)。

11 大濱眞幸「大伴坂上郎女『怨恨歌』攷」(『関西大学 国文学』六十四号、一九八八年一月)。

12 伊藤博「天平の女歌人」『万葉集の歌人と作品 下』(一九七五年、塙書房)、『万葉集釈注』第二巻(一九九六年、集英社)。なお、万葉相聞歌と玉台情詩との関係については中西進「万葉集と中国文学(一)」(『万葉集研究』第十集、一九八一年、塙書房)、「末期万葉の形相」『万葉論集』第二巻(一九九五年、講談社)などに述べられている。

13 浅野則子「『怨恨歌』試論」(『国文目白』二十三号、一九八四年二月)。

14 清水明美「坂上郎女の怨恨歌―詠作の方法と位置付け―」(『語文』六十九号、一九八七年十二月)。

15 東茂美「『怨恨歌』論」『大伴坂上郎女』(一九九四年、笠間書院)。初出は「『怨恨歌』論」(『調査と研究』十六巻一号、一九八五年三月)、「『怨恨歌』論(承前)」(『長崎県立国際経済大学論集』十八巻三・四号、一九八五年三月)。

16　佐野あつ子「主題化される女歌――『怨恨の歌』の位置付け」『女歌の研究』（二〇〇九年、おうふう）。初出は同題『上代文学』八十五号（二〇〇〇年十一月）。
17　『玉台新詠』の引用は、新釈漢文大系本（明治書院）に拠る。以下同じ。
18　例えば、王僧孺の「秋閨怨」に「風来りて秋扇屏けられ、月出でて夜燈吹かる」とあり、謝朓の「詩四首　玉階怨」に「夕殿珠簾を下す、流蛍飛びて復た息む」とあるように、扇・月・簾・蛍などは閨情詩に詠まれる代表的な風物である。
19　武田祐吉『増訂　万葉集全註釈』第五巻（一九五七年、角川書店）。
20　全釈漢文大系『礼記 下』（一九七九年、集英社）。
21　注20『礼記』の語注による。
22　『訳註日本律令』六・唐律疏議訳註篇二（律令研究会編、一九九九年〈再版〉、東京堂出版）。
23　『風土記』の引用は、新編日本古典文学全集本（小学館）に拠る。なお、「娉財」の語は、引用した『唐律疏議』戸婚の「婚書ヲ報ジ」の条項の文末注に「男家自ラ悔ユル者ハ坐セズ。娉財ヲ追セズ」とある。

第六章　「係念」の恋

安貴王の歌と〈今物語り〉

一　序

『万葉集』巻四には、安貴王が采女と不敬の罪を犯して別離させられ、それを悲しんだ時の歌と伝えられる王の長反歌と、その事情を記す左注が載る。

安貴王の歌一首并せて短歌

遠妻の　ここにあらねば　玉桙の　道をた遠み　思ふそら　安けなくに　嘆くそら　安からぬものを　み空行く　雲にもがも　高飛ぶ　鳥にもがも　明日行きて　妹に言問ひ　わがために　妹も事無く　妹がためわれも事無く　今も見るごと　副ひてもがも（巻四・五三四）

反歌

敷栲の手枕巻かず間置きて年そ経にける逢はなく思へば（同・五三五）

右は、安貴王、因幡の八上采女を娶きて、係念極めて甚しく、愛情尤も盛りなりき。時に勅して不敬の罪に断め、本郷に退却らしむ。ここに王、意を悼み怛びていささかこの歌を作れり。

安貴王歌一首并短歌

遠嬬　此間不在者　玉桙之　道乎多遠見　思空　安莫国　嘆虚　不安物乎　水空往　雲尓毛欲成　高飛　鳥尓毛欲成　明日去而　於妹言問　為吾　妹毛事無　為妹　吾毛事無久　今裳見如　副而毛欲得

反歌

敷細乃　手枕不纒　間置而　年曽経来　不相念者

右、安貴王娶因幡八上采女、係念極甚、愛情尤盛。於時勅断不敬之罪、退却本郷焉。于是王意悼怛聊作此歌也。★1

長歌には、遠く離れた妻はここには居ないので、追い求めようとしてもその道は遠く、思うにつけて嘆きは深まり、空ゆく雲や鳥であればすぐにも妻のもとへと飛んで行き、互いの無事を確かめ合い、「今も見るごと」く二人で寄り添っていたいとうたわれる。反歌では、恋慕う妻との共寝もないままに、逢うこともなく年月が経ってしまったことを嘆いている。この長反歌は多くの類句・類型の中に成立しており、たとえば長歌の「遠妻」は「わが遠妻の〔一は云はく、はしづまの〕言そ通はぬ」（巻八・一五二一／山上憶良）や、「遠妻と手枕交へて」（巻十・二〇二一）などがあり（他に巻七・一二九四／人麻呂歌集、巻九・一七四六／虫麻呂歌集、巻十・二〇三五）、「玉桙の　道をた遠み」は同じ句が大伴家持歌に二首みえ（巻十七・三九五七、同・三九六二）、「思ふそら　安けなくに　嘆くそら　安からぬものを」は、類似する歌句が山上憶良に「思ふそら　安からなくに〔思空　不安久尓〕　嘆くそら　安からなくに〔嘆空　不安久尓〕」（巻八・一五二〇）とあり、大伴家持にも「嘆くそら　安けなくに　思ふそら　苦しきものを」を詠む歌が二首みえる（巻十七・三九六九、巻十九・四一六九）。また「み空行く　雲にもがも…妹に言問ひ」については、「み空行く雲にもがもな今日行きて妹に言問ひ明日帰り来む」（巻十四・三五一〇）の例があり、この他にも「今も見るごと」の句が長皇子歌（巻一・八四）と、大伴家持歌に三首（巻十七・三九九一、巻十八・四〇六三、巻二十・四四九八）みえる。反歌については、「敷栲の手枕巻かず」の句が大伴家持歌に「敷栲の　手枕まかず　紐解かず　丸寝をすれば」（巻十八・四一一三）とあり、柿本人麻呂・人麻呂歌集歌に類句「敷栲の手枕まきて」がみえ（巻二・二一七、巻十二・二八四四）、「敷栲の枕をまきて妹と吾寝る夜は無くて年そ経にける」（巻十一・二六一五）のように「手枕」をまいた恋人と会えずに、年を重ねたことへの嘆きを詠む類想歌もみられる。

このように、安貴王歌は恋歌の類型表現がその基盤になっており、柿本人麻呂の歌や山上憶良の歌、殊に大伴家持の歌との一致が顕著にみられ、流通性の強い恋歌の表現によって形成されているといえる。

この作歌の事情は左注の記すところによると、安貴王が因幡の八上采女という女性を娶ったことにより、勅断によって不敬の罪を得て本郷に返され、王は采女との別れを悲しんで右の歌を詠んだとある。この安貴王作歌は研究史上あまり扱われることのない作品であるが、作者安貴王については、大森亮尚氏が志貴皇子の子孫とされる〈春日王―安貴王―市原王〉の系譜を考察し、安貴王・市原王の父子関係等について作者を取り巻く状況を整理し、当該作品の成立年代を養老五、六年頃と想定している。[★2] この成立年代については諸説あり、他に神亀元年説（完訳日本の古典・後掲鈴木論）、天平元年以降とする説（後掲曽倉論）などが存するが、安貴王の閲歴に不明な点が多いことなどから、定説を得るに至っていない。作品論としては、当該作品を第三者の作であるという立場から、長反歌の歌語を詳細に分析した曽倉岑氏の論があり、曽倉氏は当該作品を「宴席などで歌われて来たもの即ち伝承性の濃いもの」であると結論付けている。[★3] この理解は、伊藤博氏が「歌語りとして語り継がれたのであろう」[★4]と述べ、阿蘇瑞枝氏が追認するように、[★5] 左注の持つ物語り的性質が大きく関与している。また曽倉氏の論に先立って、長反歌の歌語の問題点と左注の文脈理解を整理したものに鈴木武晴氏の論がある。[★6] 鈴木氏の論において、注釈史を踏まえた上で特に問題とされている点は、長歌の冒頭で「遠妻のここにあらねば」と妻の不在を歌いながら、末部では「今も見るごと」と妻が今眼前に居るかのようにうたうこととの不整合をいかに理解するかということと、反歌の「間置きて」を時間的に捉えるか距離の問題として捉えるかの二点にある。加えて鈴木氏の論では、左注の「不敬の罪」を得た者と「本郷に退却」させられた者が安貴王と采女のいずれであるか、文脈上読み取り難いという問題について検討がなされている。この左注の文脈理解については、諸注釈書も含めて諸説入り乱れる形で定説を得ていないのが現状である。[★7] ただし、少なくとも「不敬の罪」を得る原因となったのは、左注によれば安貴王が采女を娶ったことで「係念極めて甚しく、愛情尤も盛りなりき」という状態になったこと、また「本郷に退却」させられたのが王と采女いずれか断定できないものの、二人に強制的な別離が与えられたという状況は動かない。さらに王は采女との恋が「罪」なる関係であると断じられてもなお彼女に対する思いが止むことはなく、「意を悼み怛びて」歌を詠んだという作歌動機も、作品上では動かない理解であろう。

安貴王と采女との恋を語る当該作品が、事実をどのように反映したものかは不明である。ただし、安貴王が実在する人物として研究史上認められていることから、当該作品は実在した王を主人公とした恋愛事件をテーマとして成立している作品であるといえる。それが、曽倉氏や伊藤氏がいう伝承性や歌語りの中で形成されたものであるならば、当該の王の恋愛事件を語る歌と左注は、まさに〈今物語り〉として成立したことが充分に認められるであろう。その意味で、当該作品は恋に生きた安貴王の〈今物語り〉として伝えられたと考えられるのである。

当該作品は安貴王の系譜と成立年代、長反歌の歌語、左注の文脈理解をめぐって議論がなされてきたが、本論はこれまで取り上げられてきたこれらの問題について再考することを目的とするものではない。当該作品が右のような研究状況にあること、また安貴王を主人公とした〈今物語り〉として伝えられたことを踏まえた上で、本論では特に小島憲之氏が『漢語逍遙』[★8] の中で指摘する、左注の「係念」という特殊な用語に注目したい。この語は永く出典不明の語とされ、注釈書でも「思いをかけること」「懸想すること」などと説明されてきたが、小島氏によってこの語が仏典に典拠を持つ言葉であることが明確にされた。この「係念」の語は『万葉集』中では孤例であり、上代の語彙としては非常に特殊な言葉である。望月信亨『佛教大辞典』（佛教大辞典発行所）や『織田佛教大辞典』（大蔵出版）が「術語」として扱い、『日本国語大辞典』がこの語を「仏語」として説明するように、[★9]仏教独自の専門用語であることからすれば、小島氏が指摘する通り、当該作品に用いられた「係念」は仏典独自の言葉として理解すべきであろう。ただし、小島氏は仏典に典拠があることを認めながらも、『万葉集』に用いられた段階では「仏典語という意識は薄らぐ」のだという。小島氏の論は、出自不明の語彙についてその出典を明らかにすることを目的としており、当該作品に仏典語「係念」の理解をどのように反映させるべきかの指針は示されていない。

しかしながら、小島氏によってこの語の素性が明らかにされたことに基づき、仏典語「係念」をいかに作品理解に反映させるかが、今日に残された大きな課題となるのではないだろうか。「係念」が仏典語という特殊な語彙であることからすれば、当該作品にこの語が用いられたのには何らかの意図があり、それは仏典に対する一定の理解が存在したことを思わせるからである。そしてそれは当該作品の内実にも及ぶ問題であると思われるのである。そこで本論では、安貴王作歌の左注に用いられた「係念」の語に焦点を当て、小島氏の指摘するように仏典語として捉え直すことを目的に、当該作品の〈今物語り〉としての位置付けを考えてみたい。

二　「係念」の訓詁と注釈

左注の「係念極めて甚しく、愛情尤も盛りなりき（係念極甚、愛情尤盛）」という記述は、安貴王が采女に対して抱く恋情表現としての一文である。この「係念」は、「ケイネン」（神宮文庫本・総釈・土屋私注・日本古典集成本・新日本古典文学大系本ほか）、「カクルオモヒ」（神宮文庫本左訓）、「念ヲカクルコト」（拾穂抄）、「オモヒヲカケ」（万葉考）、

「オモヒ」（佐佐木評釈・日本古典文学大系本・日本古典文学全集本・講談社文庫本ほか）などと訓読され、また、注釈において荷田春満『万葉童蒙抄』は「おもひをかくることの、到て切なるとの注也[★10]」と注し、以降の諸注釈書においても「思いをかけること」（武田全註釈・和歌大系本ほか）、「思慕の念」（講談社文庫本・全解）、「懸想すること」（日本古典集成本ほか）などと解釈されてきた。すなわち、安貴王が采女に対して思慕し懸想していたという理解であり、文脈上この解釈は誤りではない。一方で、この「係念」の語が仏典に存在することを小島氏以前に日本古典文学全集本が指摘している。ただし当該作品ではなく、巻十六・三八一三番歌左注の「係恋」の語注で「『係念』（五三五左注）に同じ。『一切経音義』巻二十二の『係念』の項に、『係』と『繫』とが義通であることをいっている。あるいは和製語か[★11]」との指摘である。この「係」「繫」の字については、夙に契沖『万葉代匠記』（精撰本）が「係念ハ《〈朱〉ママ》係ハ繫也[★12]」と指摘しており、契沖が最も早く『一切経音義』の注に思い至っていた可能性がある。先の日本古典文学全集本の巻十六の「係恋」の語注について、佐竹昭広氏は『完訳日本の古典』第七巻の月報において山田孝雄氏からの書信を挙げ、「係念」「係恋」が現代中国語に存在すること、「係恋」に類似する「恋念」が正倉院文書の書簡類にみえるという指摘を受けたことを紹介し、「係恋」が『正法念処経』にも例があることを述べて、この語が「和製語」であるという見解を否定している[★13]。当該の「係念」に対して、新編日本古典文学全集本が「『係恋』（三八五七左注）に同じ。書翰類に例が多い[★14]」と述べているのは、山田氏の指摘にあるように書簡文に用いられる類語により類推したものと思われるが、諸注釈書にも小島論の中でも具体的な用例については言及されていない。また新日本古典文学大系本は「玄応撰・一切経音義（二十二・瑜伽師地論）に掲出[★15]」と仏典に典拠のあることを示すが、この出典については日本古典文学全集本や小島論に基づくものであろう。

このように、「係念」の語は小島論に至るまでほとんど問題視されることはなく、現在においても諸注釈書にこの指摘が取り上げられることは稀であり、「係念」の語は安貴王が采女を恋い慕う心をあらわす言葉としてのみ扱われている。しかし、後述するように、小島氏は「係念」の語の出典をさらに詳細に論じている点で、日本古典文学全集本、あるいは類似する「係恋」の語に対する佐竹氏の指摘をより深化させたものであるといえる。

小島氏の指摘する仏典の用例を検討する前に、先に「係念」の語義について確認しておきたい。『説文解字』に「係」は「絜束也」、「念」は「常思也」[★16]とあり、また高山寺本『篆隷万象名義』にも「係」は「束也繫也」、「念」は「常也」[★17]とあり、この二字を合わせれば常に何らかの思いに束縛される意となろう。和語としては、観智院本『類聚名義抄』に「係　カリ　カヽル　ツカヌ　ムスフ　ツラヌ　ツラヌク　ツナク　ツキ　ツク」、「念　オモフ　メクム　シルス」[★18]とあり、「係」の「カヽル」と「念」の「オモフ」の訓みから、「係念」の二字は「オモヒヲカクル」の訓読が可能となり、「係念」の意味が得られることとなる。一方、仏典の辞書類では「係念・繫念（ケネン）」で立項されており、先の古辞書類からみても、「係念」と「繫念」は同じ意味の言葉として扱うことができる。望月信亨『佛教大辞典』には「［術語］念を一境に繫くるの意。又係念、懸念に作り、或は懸想とも云ふ」[★19]とあり、『織田佛教大辞典』には「［術語］念を一処に繫けて他を思はざること」[★20]、中村元『佛教語大辞典』には「繫念・懸念とも書く。①思いをかけること。②思いを阿弥陀仏や浄土にかけること」[★21]とある。

以上のように、「係念」は仏典語の中でも術語として認知されている言葉であり、仏典語としては「ケネン」と訓まれ、意味は「思いをかけること」である。そして仏典語としての「ケネン」の基本的な意味は、〈仏や浄土を一心に念じること〉である。

この「係念」の語は漢文文献には殆どあらわれないものであるが、小島氏が類義語として挙げる「係心」の語は、『漢書』成帝紀（綏和元年）に「至今未有継嗣、天下無所係心、観于往古、近事之戒、禍乱之萌、皆由斯焉」[★22]

とあり、この他にも『晋書』や『宋書』などの史書にいくつか例がみえ、[23]いずれも詔や令、臣下の発言などの発話文に用いられるのが特徴である。また『日本書紀』継体天皇即位前紀には大伴金村の発言に「方に今絶えて継嗣無し。天下、何の所にか心を繋けむ。古より今に迄るまでに、禍斯に由りて起る」[24]と「繫心」の語がみえるが、これは先の『漢書』成帝紀が出典であることが指摘されている。[25]また次の欽明紀二年四月の百済の聖明王の発言においては、「繫念」の語例をみることができる。

而るを今新羅に誑かれて、天皇を忿怒りまさしめて、任那をして憤恨みしむるは、寡人が過なり。我、深く懲り悔いて、下部中佐平麻鹵・城方甲背昧奴等を遣して、加羅に赴きて、任那の日本府に会ひて相盟ひき。以後、念を繫くること相続きて、任那を建てむと図ること、旦にも夕にも忘るること無し。

これは百済王が日本と同盟を結んで以降、日本の天皇に対して深い思慕の気持ちがあったことを述べるもので、この場合の「繫念」は仏典を背後に持つ言葉であるというよりも、中国史書にみられる「係心」と同様の用いられ方であるといえる。このように、仏典以外の文献にみられる「係念・繫念」は、史書において天子や王あるいは目上の者に対する思慕の念という意に用いられる例であり、当該作品のように男女の恋物語りに用いられる場合とは大きく異なるものである。それでは、仏への専心の意が、女性を一心に恋い慕うことへと展開した「係念」の語は、どのような事情の中から導かれたのかを次に検討してゆきたい。

三　仏典語「係念」と左注の意図

安貴王歌の左注は、仏典語の「係念」という言葉の理解により用いられたものと考えられ、その仏典語としての広がりと意味については、小島氏によって具体的な出典論が提示されている。以下に小島氏の示した「係念」の語の典拠を確認しながら、「係念」の仏典上の意味をみてゆきたい。まず、小島氏は「係念」の語を説くための導入として、『一切経音義』を出典とする次の例を挙げている。

①「係念」奚詣反、考声、係謂思在心不忘也。説文、従人系声系音奚計反。（巻三十三、佛説象頭精舎経）

②「係念」古文継繫二形同、古帝反。説文、係潔《ママ》束也、亦相嗣也。（巻四十八、瑜伽師地論）

③「係念」上雞裔反、尓雅、係継也。説文、係絜束也。今亦作繫、繫亦連綴也。従人系声系音奚詣反。（巻七十五、五門禅経要用法）★26

①の例では、「係」は思いが心に在って忘れないことであるといい、②と③の例では「係念」の「係」は「継・繫」と同じであると注される。小島氏は、これらの『一切経音義』の「係念」の例を通して、

ここに仏典類にみえる「係念」（仏教においては一般にケネンとよむ）の語例の存在を知る。「思いの心に在りて忘れず」が「係」の意であり――仏典でいえば、「思いを念仏や極楽浄土に係けてやまない」の意――、また繫束、結束などに同じく、一点につながることが「係」である。

と述べている。この仏典語「係念」が「思いを念仏や極楽浄土に係けてやまない」の意であるという小島氏の指摘について、①②③の『一切経音義』の原典によって確認してゆきたい。

①『佛説象頭精舎経』（『大正新脩大蔵経』十四・経集一・筆者試訓）

文殊師利言す。天子よ、菩薩摩訶薩は四種の発心有り。因に従り果を得。何等を四と為す。一は初発心なり。二は係念の修行なり。三は不退なり。四は与善同生なり。初発心に因りて係念を得。修に因りて係念は不退転を得。不退転に因りて与善同生なり。復、次に天子よ。初発心は猶種子の如くして之を良田に種

く。係念の修行は猶苗の生ずるが如し。不退を修行すれば、猶茎幹枝葉の如く増長するがごとし。与善同生は猶華果の結実するが如く成熟するがごとし。発心係念は不退を修行し与善同生は亦復是の如し。

②『瑜伽師地論』巻第三十八・本地分中菩薩地第十五・初持瑜伽処力種姓品第八（『国訳一切経』印度・瑜伽三）

是の如き菩薩の八種の教授は、当に知るべし略して説かば三処の所摂なりと。云何が三処なりや。一には未住心者を住せしめんが為の故に、所縁に於て無倒に係念せしめ、二には心已住者をして自の義利を獲得せしめんが為の故に、其の為めに正方便道を宣説し、三には自の所作未究竟者に於ては、中間の所有る留難を捨てしむ。若は彼の心、根、意楽、随眠を知り已つて其所応の如く、其の所宜に随つて種種趣入する所の門を示現して、其をして趣入せしむるは、当に知るべし是を未住心者をして住せしめんが為の故に、所縁に於いて無倒に係念せしむと名くと。★27

③『五門禅経要用法』（『大正新脩大蔵経』十五・経集二・筆者試訓）

即ち座従り起きて跪き師に白して言はく、我房中に係念すれば佛を見るに異ること無し。師言はく、汝本坐に還れ。額上に係念し、一心に仏を念ずれば、爾時額上に佛の像有りて現はる。一従り十に至り乃至無量なり。

①の『佛説象頭精舎経』では、文殊師利が天子に「四種の発心」について説く中で、一は「初発心」（悟りを求める心を起こすこと）、二は「係念修行」を挙げ、「初発心」によって「係念」が得られ、「係念」が得られれば三の「不退転」（既に得た功徳を失うことのない境地）が得られ、「不退転」が得られれば四の「与善同生」になるという。これは修行の方法としての「係念」であり、小島氏は「『係念修行』の文脈は、『係念』がひたすら思い続けること、仏を念ずる意となろう」と述べている。②の『瑜伽師地論』では、「菩薩の八種」の教えの一に「所縁に於

て無倒に係念せしめ」とあり、道理に背くことなく、まっすぐに仏を念じる修行法としてみえ、小島氏はここでの意味は①の説くところと同じであるとする。③の『五門禅経要用法』では、弟子が「係念」の修行によって仏を見たことを師に告げると、師は本座にかえって額上で一心に念仏すれば仏が現前すると教えるものであり、小島氏はこの「係念」を「心を一点に結ぶ、心にかけることから、ここはひたすら念仏する意」であると述べ、①②と同様の例であると説明する。

以上の小島氏の指摘により、仏典語「係念」の第一義が〈仏を一心に念じること〉であることは明確であろう。小島氏は続いて『一切経音義』の他に『無量寿経』巻上・法蔵発願四十八願の「もしわれ佛をえたらむに、十方の衆生、わが名号を聞きて、念を我が国に係けて、諸の徳本を植ゑ至心に迴向して我が国に生ぜむと欲せむに、果遂せずば正覚をとらじ」(『国訳一切経』印度・宝積七)の例を指摘しており、この例も右の例と同じ枠組みの中で捉えられる例である。

ここで注目したいのは、小島氏が今一つ指摘する『正法念処経』観天品の「一心係念」の例である。[28] この経典の「一心係念」の例は、当該作品を考える上で重要な意味を持つものと思われるため、以下に詳しく述べておきたい。『正法念処経』は五世紀頃に撰述され、日本では天平期に書写された記録が正倉院文書に残っている。[29] その内容は、四念処の中の法念処を説いたものとされ、「初歩者の念ずる正法として、身口意による善悪業と、その報果としての諸趣を正しく知り、誤った行為をしないことを説いた」ものであるとされる。[30] この『正法念処経』は他の仏典に比して「係念」の語が多く用いられているのが特徴であり、それゆえ、「初歩者の念ずる正法」である「係念」の修行、すなわち〈仏を一心に念じること〉が重視されたのだと考えられる。例えば、「観天品之第四十」には次のようにみえる。

爾の時、孔雀王菩薩、偈を以て頌して曰く。

（上略）一心に念を係くる者は、其の心則ち清浄にして、諸の過の網を脱するを得、心意常に寂滅なり。常に一心に念を係け、五根を摂持する、斯の人の智慧の水は、能く愛の毒火を滅す。愛の縛を解脱せし人は、常に清浄の楽を得て、現前に勝処を得、尽くることなく、亦壊すること無けん。（中略）第一に勇健なる者は、修行して彼岸に到り、一心に念を係くるを以て、能く不壊処に至らん。（『国訳一切経』印度・経集九）

これによれば、「一心係念」する者は心が清浄であり、様々な過ちを脱することができ、心は常に煩悩の火の鎮まった「寂滅」の状態になると説く。そして、常に「一心係念」して五根（解脱に至るための、信・精進・念・定・慧の五つの機根）を保つ者の知恵の水は「能く愛の毒火を滅す」ことが出来るといい、「愛の縛」から解脱できた者は、現世にて「勝処」（自在に観想できる境地）に達することができるという。さらに、勇健の者は修行して彼岸へと至り、「係念」を以て「不壊処」（滅びることの無い場所）に至ることができるのだと説く。このように『正法念処経』の説く「係念」とは、仏や浄土に一心に念を係けて修行することで、様々な迷いの中でも「愛の毒火」や「愛の縛」を鎮め解脱することを教えるのであり、出家者の基本的な修行の態度が示されているといえる。つまり「係念」とは、「愛の縛」を消すための、出家者の修行の初歩的実践法でもあるのである。この『正法念処経』には、さらに出家者の修行の方法を具体的に説いた「十三係念」（観天品第六之十二）がある。ここでは、出家者が悟りに至るために、第一から第十三までの「係念」の修行法が説かれている。その第一の「一心の係念」には、安貴王歌の左注の理解において、殊に重要と思われる内容が示されている。

復次に諸の天子よ。云何《いか》なるを名づけて、十三係念は善く修めて利益し安楽乃至涅槃を為すとするや。何等を十三とするや。不放逸を念じ、生住滅を念じ、不散乱を念ず。是の如く念じ已りて、若しは好色を見、若しは悪色を見、若しは、女人を見るとも、其の身内の膿血の不浄の所住の処、大小の便利の不浄の処を観ず。是の如く係念して散乱せざらしめ、若しは城邑、聚落に入りて乞求し、色境界に行くとも、行く処に応ぜず。若し係念せずんば則ち色欲に著す。是の因縁を以て心を係けて散ぜず。是れを第一の一心の係念と名く。

（『国訳一切経』印度・経集九）

ここには、なぜ「十三係念は善く修めて利益し安楽乃至涅槃を為す」とするのか、また何を「十三係念」とするのかという問いがあり、それに続いて第一の「係念」が説かれている。それによると、不放逸（怠けずに修行すること）・生住滅（無常によって移り変わる相）・不散乱（乱れないこと）を念じると、好色や悪色、さらには女人を見ても、その身内の不浄の世界を観ることはないという。それは「係念」の修行により、好色や悪色や女人に惑わされず、心が乱されることはなくなることを意味している。そのような状態になれば、乞食行のために都会や歓楽街に出かけて行き、たとえ「色境界」に立ち入っても惑いを起こすことは無いとする。これは「係念」の修行によって、好色や愛欲に満ちた「色境界」に立ち寄っても惑わされず、正しい心が保持されることを具体的に説いたものである。しかも、これに続いて「若し係念せずんば則ち色欲に著す」というように、「係念」しなければ「色欲」に惑うことになるというのである。ここには、「係念」することによる「安楽乃至涅槃」の達成と、「係念」をしないことによる「色境界」や「色欲」への迷いが示されている。「係念」はそうした出家者の修行法であるが、その「係念」という修行の重要な目的は、「色欲」からの脱却にあったのである。この「色欲」は出家者にとって最も大きな障害となるものであり、そこから逃れることが「係念」という修行法であった。ここには「係念」の語が〈仏への専心〉であることと、それを怠ることによる〈色欲への迷い〉とが表裏の関係として存在している。そして、この両者が対立する関係として説かれることにより、「係念」とは〈色欲への迷い〉を断ち切るための重要な修行法であることが理解されるのである。つまり、仏典における「係念」の第一義的な意味は〈仏への専心〉であるが、その〈仏への専心〉のために、第二義的には〈色欲への迷いの戒め〉が導かれているのである。その二つの関係は、対立しながらも表裏の関係の中に存在しているのである。

四　安貴王の歌と〈今物語り〉

仏典語「係念」は以上のように理解されるのであるが、小島氏は当該左注の「係念」に触れて次のように述べている。

「係念」が「愛情」と対をなす。もとの仏典語「係念」という一途に念ずる方向より人間的な一途の愛へと移り、仏典語という意識は薄らぐ。しかも「係」の意は、仏典の場合も『万葉集』の場合も不動不変である。ただここでは一般の辞典類未収の「係念」が仏典語に存在することを指摘すれば、こと足るであろう。

小島氏は「係念」の語は仏典にその典拠が求められながらも、それが安貴王歌の左注において理解される時には「仏典語という意識は薄らぐ」ことになったのだという。仏典語「係念」が〈仏への専心〉であることはこれまで確認した通りであるが、それが安貴王歌の左注においては〈采女への専心〉に用いられているのであり、そこに何らかの変質が迫られたことは確かである。小島氏は仏典語としての意味が人間の愛の問題へと移行することによって、本来の仏典語としての意味が稀薄になったのだと説くのであるが、この仏典語「係念」と安貴王の「係念」の間における変質は、本来の仏典語の意味を積極的に引き受けながら展開したものではないかと考えられる。すなわちそれは、安貴王の采女に対する「係念」が、〈仏への専心〉であるかの如き状態であったという意味での「係念」の理解であり、仏典語「係念」の第一の意味である〈専心〉の対象の取り違いを意図した、対立的な用法としての理解である。このことから、安貴王は仏教で戒める女性への専心によって罪を得たという理解が可能となるであろう。さらに、仏典語「係念」の第二の意味が〈色欲への迷いの戒め〉であることからすれば、先述したように第一義と第二義とはまさに表裏の関係にあるといえる。前掲の『正法念処経』（観天品之第四十）では、「係念」すれば「諸の過の網を脱するを得」るというのであり、それ故に「係念」しない者は色欲に迷い、罪や過ちを犯すことになると説かれるのである。「係念」しないことによって罪なる状態に陥るという仏典の理解は、安貴王が「係念」したことによって不敬の罪を得たことと対立的な関係にあるといえ、安貴王の「係念」は積極的な〈采女への迷い〉をあらわす語として用いられていることになるであろう。

以上のことから、仏典語「係念」を通した当該左注の「係念」を考えると、第一に「係念」する対象の取り違いにより罪を得てゆく者という理解、第二に仏教では「係念」しないことによって陥る〈色欲への迷い〉の状態を、左注においては「係念」することによって描いているという理解が可能となるのではないだろうか。当該左注がこのどちらを意図して仏典語「係念」を用いたかを判断することは困難であるが、いずれの理解においても、仏典語「係念」の意味を充分に理解することによって可能となる用法なのである。当該左注の「係念」は、この二つの意義の中に存在したものと考えられるのであり、このことを安貴王作歌に返して理解するならば、小島氏が述べるように「一途に念ずる方向より人間的な一途の愛へと移」ることとなるであろう。もちろん、そうした「人間的な一途の愛」こそ、『万葉集』が部立てを用意するほどに、「相聞」の歌を重視した態度と重なるように思われるのであるが、当該作品においては、仏典語との対峙によってそれが実現されているのである。

安貴王の采女に対する愛情の激しさが、「係念極めて甚しく、愛情尤も盛りなりき」と記されたのは、王の采女に対する愛情が、仏教の修行において一心に仏を念じるかの如く、常軌を逸した状態にあったことを意味するものであろう。その常軌を逸した状態をあらわすのに「係念」の語が用いられたのは、先の第一義に基づけば〈仏への専心〉から〈采女への専心〉へという、罪なる専心へ向かう道筋を示すためであり、第二義に基づけば、「係念」することによる〈色欲への迷いの戒め〉から〈采女への迷い〉へと向かうことで、王の罪の深さと采女への愛情の深さを重ねるためであったといえる。「係念」の語により、仏教的な専心と戒めが理解されながらも、むしろ『万葉集』ではそれを安貴王の采女に一途に専心する姿を表現する語として捉え直し、また罪を得るほどの采女への常軌を逸する愛情の深さをも説明する語として用いられたのだと考えられる。

　王の采女への愛情の深さは、歌においても「今も見るごと　副ひてもがも」と、罪を得て別離させられてもなお采女と共にあることを願い、また反歌では「敷栲の手枕巻かず間置きて年そ経にける」と、二人の関係が時間と共に遠ざかってゆくことを嘆く一途な恋情からも理解される。ただし、長歌冒頭で「遠妻のここにあらねば」と妻の不在を歌いながら、長歌末尾に「今も見るごと　副ひてもがも」と、今眼前に妻がいるかのようにうたうことについて、従来から問題とされてきたことは先に触れた通りである。この長歌末尾の理解に関する諸説を挙げれば、「過去のことを今に希求する」（総釈、澤瀉注釈ほか）、「現実への願望」（日本古典文学大系本、土屋私注ほか）、「面影に見えるように」（窪田評釈、全注、和歌文学大系本ほか）などと理解されてきた。しかし、ここに仏典語「係念」の理解を反映させるならば、安貴王は采女へ激しく専心し一心に念じた結果、まさに「額上に係念し、一心に仏を念ずれば、爾時額上に佛の像有りて現はる」（前掲『五門禅経要用法』）という状態になったのだと考えられる。つまり、安貴王は采女を一心に念じる――「係念」することによって、ここには居ない采女の姿をまざまざと眼前に見たのであり、それは恰も「係念」の修行によって仏が現前した様と等しい状態にあったのではないだろうか。それが「今も見るごと」であり、その希求がこうして二人寄り添うことである。また王が采女を「間置きて年そ経にける」とまで恋慕っているのも、長い間采女に「係念」し続け、執着している姿として捉えることができる。それは「係念」という言葉から浮かび上がる、常軌を逸した采女への激しい恋の姿なのである。

こうした王の一途な愛情こそが、当該作品の生命であったのだと思われる。その歌詞に類型性が認められることは、愛情の普遍性を取り出すものであり、その普遍性の上に安貴王の一途な愛情が捉えられているのである。仏典が示す「係念」は出家者の正しい修行法であったが、それと同じ修法による当該作品の「係念」は、采女を一心に想う修法の意に用いることで、その激しい愛情の深さを示したのである。このことを以てすれば、「係念」という語は、『万葉集』においては仏典語とは対極の関係にありながら、表裏の関係の中にあることが理解され、それはすなわち、男女の愛情の深さを説明する語として成立したのである。まさに、王の采女に対する「係念」の恋は、王が「意を悼み怛びて」作った悲恋の歌として、事件と共に伝えられたのだと考えられるのである。

五　結

本論は、安貴王歌の左注にみえる「係念」の語について、小島氏の指摘に基づきながら論じてきた。小島氏が指摘する通り、「係念」は仏典語であることが認められ、その第一義は〈仏への専心〉であり、第二義は〈色欲への迷いの戒め〉であることが導かれた。当該作品の「係念」はこの仏典語の理解に基づきながら、その意味を対立させることで成立しており、それは第一に〈仏への専心〉から〈采女への専心〉へと向かうことであり、第二に「係念」することによる〈色欲への迷いの戒め〉から〈采女への迷い〉へと向かうことによって示されている。いわば、仏教の修行においては仏に「一心係念」すべきものを、安貴王は采女に「一心係念」したということである。それはあたかも仏道修行者の如き「係念」によって采女に専心したということであり、そのような「係念」の取り違いを話題としながら、安貴王の「係念」の恋が語られたのである。この常軌を逸した愛情こそが、当該の「係念」の語により説明されたのであり、安貴王の歌からも、采女へ向けられた「一心係念」の愛情をうかがい知ることができるのである。

このように、安貴王の恋が左注の「係念」の語により説明されたのは、采女への尋常ならざる愛情と、その結果不敬の罪を得たことによるためであり、それでもなお一途に采女を想う心情が長反歌によってつづられているのである。そして、それは左注が「意を悼み怛びて」作ったと伝えるように、高貴な身でありながらも一人の女性を一途に愛する姿や、罪を得るという運命に対する人々の同情や共感が存在したことを思わせる。そのような事例は、石上乙麻呂と若売（巻六）や、中臣宅守と茅上娘子（巻十五）の恋愛事件を主題とした作品が存在するように、安貴王と采女の悲恋も人々の同情と共感によって語り伝えられたものと思われる。『万葉集』が部立に「相聞」を用意したのも、男女の恋歌や恋の物語りを尊重する態度によるからであり、当該作品もそうした男女の恋の噂話や事件への関心を示す態度により収録された作品の一つと考えられるであろう。そして当該作品は、男女の恋を戒める仏教と対峙することにおいてこそ見出された、男女の愛情を価値とする人間の姿を描き出した〈今物語り〉として、位置付けることができるのである。

注

1 『万葉集』の引用は、中西進『万葉集 全訳注 原文付』（講談社文庫）に拠る。
2 大森亮尚「志貴皇子子孫の年譜考—市原王から安貴王へ—」（『万葉』一二一号、一九八五年三月）。
3 曽倉岑「巻四安貴王歌非自作説（上・下）」（『論集 上代文学』二九・三十号、二〇〇七年四月・二〇〇八年五月）。
4 伊藤博『万葉集釈注』第二巻（一九九六年、集英社）。
5 阿蘇瑞枝『万葉集全歌講義』第二巻（二〇〇六年、笠間書院）。阿蘇氏は「第三者が貴族社会における采女への恋に関わる本事件を歌語りにしたてて伝えたと見る方がよいように思う」と述べている。
6 鈴木武晴「安貴王の歌—『万葉集』巻四所収歌をめぐって—」（『山梨英和短期大学紀要』二十三号、一九八九年十二月）。
7 左注の「不敬の罪」と「本郷に退却」に対する理解は、①「不敬の罪」は八上采女、「本郷に退却」も八上采女とする説（拾穂抄・攷証・窪田評釈・武田全註釈・講談社文庫本ほか）、②「不敬の罪」は安貴王、「本郷に退却」も安貴王とする説（代初・童蒙抄・折口口訳・土屋私注・澤瀉注釈・完訳日本の古典・全注・新編日本古典文学全集本・和歌大系本・釈注ほか）、③「不敬の罪」は八上采女と安貴王、「本郷に退却」は八上采女とする説（日本古典集成本）、④「不敬の罪」は安貴王、「本郷に退却」は八上采女とする説（全釈・総釈・日本古典文学全集本・新日本古典文学大系本ほか）、⑤「不敬の罪」の対象について明言せず、「本郷に退却」を八上采女とする説（井上新考・日本古典全書本・佐佐木評釈ほか）の五つに分けられる。「退却本郷」については、『続日本紀』巻十三・天平十二年六月の大赦の記事に「大原采女勝部鳥女は本郷に還せ」とあり、この例を考慮すれば、采女が本郷に還されたとみるのが妥当と考える。
8 小島憲之「『万葉集』の『係念』『係恋』をめぐって」『漢語逍遙』（一九九八年、岩波書店。初出は『文学』五十七巻三号、一九八九年三月）。以下、小島氏の論の引用はすべて同論による。
9 『日本国語大辞典』第二版（二〇〇一年、小学館）の「けねん（懸念・繋念・係念・掛念）」の項には、「①仏語。一つのことにだけ心を集中させて、他のことを考えないこと。一つのことに心をかけること。②仏語。あることにとらわれて執着すること。執念。（下略）」とある。
10　『荷田全集』第二巻（一九二九年、吉川弘文館）。
11　日本古典文学全集『万葉集 四』（一九七五年、小学館）。
12　『契沖全集』第二巻（一九七三年、岩波書店）。
13　佐竹昭広「会に合はぬ花」（完訳日本の古典七『万葉集 六』月報、一九八七年九月）。
14　新編日本古典文学全集『万葉集 一』（一九九四年、小学館）。
15　新日本古典文学大系『万葉集 一』（一九九九年、岩波書店）。
16　『説文解字　附検字』（一九七二年、中華書局）。
17　『定本弘法大師全集』第九巻（一九九五年、密教文化研究所）。
18　正宗敦夫校訂『類聚名義抄』（一九五四年、風間書房）。
19　望月信亨『佛教大辞典』「繋念・ケネン」の項（一九三二年、佛教大辞典発行所）。
20　織田得能『織田佛教大辞典』「繋念・ケネン」の項（一九六九年、大蔵出版）。
21　中村元『佛教語大辞典』「係念・ケネン」の項（上巻、一九七五年、東京書籍）。
22　『漢書』の引用は中華書局本に拠る。
23　『漢書』成帝紀の他に、『晋書』列伝三十三・郭默の「係心朝廷」、『晋書』載記第八・慕容廆の「係心京師」、『宋書』列伝二十八・武二王の「且万姓莫不係心於公」、『旧唐書』列伝二十二・虞世南の「八方之所仰徳、万国之所係心」などがある。
24　『日本書紀』の引用は日本古典文学大系本（岩波書店）に拠る。以下同じ。
25　注8小島論。注24日本古典文学大系本頭注。
26　『大正新脩大蔵経』五十四巻・外教部・事彙部下（大蔵出版）。以下『大正新脩大蔵経』は大蔵出版刊行本に拠る。

27　以下『国訳一切経』は大東出版社刊行本に拠る。

28　小島氏は論の中で「『正法念処経』（巻二十二、観天品第六之一）に『一心係念』」の例があると指摘するが、『大正新脩大蔵経』所収の『正法念処経』観天品第六之一に該当する例はみられない。よって、同じ観天品の中でも「一心係念」の例が最も多い第六之十二の「十三係念」の諸例を指しているのではないかと思われる。

29　石田茂作『写経より見たる奈良朝佛教の研究』（一九三〇年、東洋文庫）参照。

30　水野弘元「『正法念処経』について」『水野弘元著作選集1 仏教文献研究』（一九九六年、春秋社）。

第七章　「係恋」をめぐる恋物語りの形成

「夫の君に恋ひたる歌」をめぐって

一　序

『万葉集』巻十六の特徴の一つとして、多くの仏典語の使用が挙げられる。それは「餓鬼」（三八四〇）、「法師」（三八四六）、「檀越」（三八四七）、「婆羅門」（三八五六）などの歌語に限らず、題詞や左注の中にも数多くみられる。本書で扱う諸作品は、漢文体の題詞や左注によって歌の〈由縁〉が記されており、その漢文の中に仏典語の使用が認められることは、先学の指摘する通りである。ただし、それをもって作品を解釈するという試みは十分になされておらず、今後は仏典語の使用が作品をどのように新たなものへと変質させたのか、そのことの意義付けが求められよう。本論で取り上げる「係恋」の語も、そうした仏典に由来する言葉の一つである。この「係恋」の語は、上代文献中では巻十六の「夫の君に恋ひたる歌」（A）、及び同じ題詞を持つ作品（B）の二例と、巻十七の大伴家持の作品の一例にのみみえる、きわめて特殊な用語である。

A　夫の君に恋ひたる歌一首并せて短歌

さ丹つらふ　君が御言と　玉梓の　使も来ねば　思ひ病む　あが身一つそ　ちはやぶる　神にもな負せ　卜部坐ゑ　亀もな焼きそ　恋ひしくに　痛きあが身そ　いちしろく　身に染み透り　村肝の　心砕けて　死なむ命　急になりぬ　今更に　君か吾を喚ぶ　たらちねの　母の命か　百足らず　八十の衢に　夕占にも　卜にもそ問ふ　死ぬべきわがゆゑ（巻十六・三八一一）

反　歌

卜部をも八十の衢も占問へど君をあひ見むたどき知らずも（同・三八一二）

或本の反歌に曰はく

わが命は惜しくもあらずさ丹つらふ君に依りてそ長く欲りせし（同・三八一三）

右は伝へて云はく「時に娘子ありき。姓は車持氏なり。その夫久しく年序を逕て往来を作さず。時に娘子、係恋に心を傷ましめ、痾瘵に沈み臥り、痩羸日に異にして、忽ちに泉路に臨みき。ここに使を遣りその夫の君を喚び来れり。すなはち歔欷き渧を流して、この歌を口号み、登時逝没りき」といへり。

B

夫の君に恋ひたる歌一首

飯喫めど　甘くもあらず　寝ぬれども　安くもあらず　茜さす　君が情し　忘れかねつも

（巻十六・三八五七）

右の歌一首は、伝へて云はく「佐為王に近習の婢ありき。時に、宿直暇あらずして、夫の君に遇ひ難く、感情馳せ結ぼほれ、係恋実に深し。ここに当宿の夜、夢の裏に相見、覚き寤めて探り抱くに、かつて手に触るることなし。すなはち哽咽び歔欷きて、高声にこの歌を吟詠へり。因りて王聞きて哀しび慟みて、永く侍宿を免しき」といへり。★1

A

恋夫君歌一首并短歌

左耳通良布　君之三言等　玉梓乃　使毛不来者　憶病　吾身一曽　千盤破　神尓毛莫負　卜部座　亀毛莫焼曽　恋之久尓　痛吾身曽　伊知白苦　身尓染保里　村肝乃　心砕而　将死命　尓波可尓成奴　今更　君

可吾乎喚　足千根乃　母之御事歟　百不足　八十乃衢尓　夕占尓毛　卜尓毛曽問　応死吾之故

反歌

卜部乎毛　八十乃衢毛　占雖問　君乎相見　多時不知毛

或本反歌曰

吾命者　惜雲不有　散追良布　君尓依而曽　長欲為

右伝云時有娘子。姓車持氏也。其夫久逕年序不作往来。于時娘子、係恋傷心、沈臥痾疹、痩羸日異、忽臨泉路。於是遣使喚其夫君来。而乃歔欷流涕、口号斯歌。登時逝没也。

B

恋夫君歌一首

飯喫騰　味母不在　雖行往　安久毛不有　赤根佐須　君之情志　忘可祢津藻

右歌一首、伝云佐為王有近習婢也。于時、宿直不遑、夫君難遇、感情馳結、係恋実深。於是当宿之夜、夢裏相見、覚寤探抱、曽無触手。尓乃哽咽歔欷、高声吟詠此歌。因王聞之哀慟、永免侍宿也。

Aは長反歌と或本の反歌という構成で、その左注には車持の娘子が登場し、夫の通いが途絶えたために恋の病に臥し、死ぬ間際になって訪れた夫に歌を詠み掛けたが、遂に身まかったと伝えている。この時、娘子が夫に対して抱いた恋情が「係恋傷心」である。Bの左注は、佐為王の近習の婢が宿直で夫に逢えない日が続き、夢に夫の姿を見たが触れ得ず、咽び泣きながら歌を詠んだところ、その歌を聞いて王が宿直を免除したと伝えている。その婢の夫への思いが「係恋実深」であった。この二作品に登場する車持の娘子と佐為王の近習の婢は、実在した人物であるかは知られないが、車持氏は『日本書紀』履中天皇五年十月条に「車持君」がみえるほか、万葉歌人の車持千年などがおり、実在した氏族名を記している。また佐為王は葛城王（橘諸兄）の弟であることから、この婢は王の身近に侍っていた女性であることがうかがえ、この二作品はある実在性を保証しながら、とある女性の恋物語りを記している。このことから、彼女たちの「係恋」の思いはまさに〈今物語り〉として伝えられているのだといえる。また家持作品における「係恋」は、部下の大伴池主との間に交わされた書信の中に「忽ちに枉疾に沈み、旬を累ねて痛み苦しむ。百神を禱み恃みて、且消損を得たり。しかも由身体疼み羸れ、筋力怯軟にして、いまだ展謝に堪へず。係恋弥深し」（巻十七・三九六五前文）とあり、これは交友を意図した作品として位置付けられる。交友は男性同士の友情について、恋愛表現に基づいて成立するものであることからすれば、[2]この語も恋愛表現を受けた文脈の中にあるといえよう。このことから、この三例は極めて限定的に使用された言葉であり、かつ男女の恋愛表現において用いられることをその特徴としていることが理解される。本論は、この三例のうち、男女の恋物語りの中に展開する仏典語「係恋」について、巻十六のAとBにみえる「係恋」が、夫婦の愛情表現であることに焦点を当て、「係恋」という極めて特殊な語を用いることによる、〈今物語り〉の成立の問題を考えてみたい。

二　仏典語「係恋」の意味

この「係恋」の語は、永く出典不明の語とされてきたが、これを仏典語として最初に指摘したのは佐竹昭広氏である。[3]佐竹氏は、当該作品Aの「係恋」について、日本古典文学全集本が「和製語か」[4]と注したことに関して、山田英雄氏から書信で次のような指摘を受けたことを紹介する。

> 現代中国語辞典に係念、係恋がある。（中略）又これらに近いものとして、正倉院文書五―三二八に恋念、一切経音義三三に顧恋が見える。書儀には馳係、馳恋、憂恋等が見える。これらの書儀は晩唐のものであるので、あるいは早い時期には係恋もあるかも知れない。従って係恋は和製語ではない。[★5]

佐竹氏の論は、この山田氏からの指摘を受けたことによって、「係恋」の典拠を再検討したものであり、仏典に「係恋」の語がみえることを「和製の漢語でなかったことは、書簡文以外の分野からも傍証することができる」として、『正法念処経』巻第四、生死品之二の偈の「若人捨妻子　而依寂静林　猶有係恋意　如吐已還食」を挙げて次のように述べている。

> 『正法念処経』は天平十九年三月二十八日以前、日本に将来されていた。（中略）書簡文で使用されている以上、「係恋」は、「当時の俗語」だったのであろう。（佐竹氏前掲論）

ここで佐竹氏が言う「当時の俗語」とは、山田孝雄氏の『国語の中に於ける漢語の研究』の、

> 梵語の翻訳又は佛教思想の表現として普通の漢語と異なるものを新に造りたるにあらずやと思はるゝもの少からず。或は又然らずとも、それらを漢訳せし当時の俗語をとりて用ゐたるものにして、雅馴なる詩文の中には見えぬものどもにして佛教の書によりて専ら伝はれるものをさす。[★6]

に依拠するものである。このことから、佐竹氏は「係恋」を漢訳当時の中国の俗語であったと捉えたのである。しかし、「係恋」が「和製語」ではないことを証明するのみで、『万葉集』の「係恋」がどのような位置にある言葉であるかについての言及はなされていない。この佐竹氏の指摘を受けて「係恋」の語を詳細に論じた小島憲之氏は、「係恋」が仏典語であることを多くの出典を踏まえた上で次のように述べている。

> 前述の『続高僧伝』や『弘明集』にみる如く、仏や高僧などを崇め慕うというよりは、人間的な愛情の方向

に傾くが、その基本は同じく、また前述の「係念」とも同じ方向をもつ。（中略）もちろん、万葉びとは「仏典語」だなどといった意識はなかったのであろう。そしてもとの精神的な景慕的の意より更に転じて愛恋の意の方面にこの語を使用しはじめたのであった。★7

小島氏も「係恋」は仏典に典拠があると認めるのであるが、これが『万葉集』に用いられた段階では、すでに仏典語としての意識はなくなっていると捉えている。しかし、この「係恋」の語は『大正新脩大蔵経』には十数例しかみられないごく限られた言葉であり、仏典語の意味から一般化された言葉として『万葉集』に使用されたとみるにはなお検討の余地があろう。もし一般化された言葉であるならば、当該作品においてわざわざ特殊な仏典語「係恋」をそのまま用いずとも、「恋」と記せば事足りるはずである。そこに、あえて特殊な仏典語である「係恋」が使用されたのには、何らかの意図があると考えるべきであろう。

以上の問題意識を踏まえながら、先に「係恋」の字義について確認したい。高山寺本『篆隷万象名義』には「係」は「古諦反束也繋也」とあり、「恋」は「力泉反係也病也」とある。★8 観智院本『類聚名義抄』には「係」は「カリ　カ、ル　ツカヌ　ムスフ」などとあり、「恋」は「コフ　オモフ　ヤハラカニ　ナイカシロ　コロス　ト、ム　イマシム　オソル」などとあり、また「係也　病也　慕也」の意であるという。★9「係」の字については、『集韻』に「繫、吉棄切、聯也丈三。係、縛也。継、続也」★10とある。また「係恋」と類似する「係念」の語について、玄応撰『一切経音義』に「係念　古文継繫二形同、古帝反。説文、係潔《ママ》束也、亦相嗣也」（巻二十二、瑜伽師地論）★11とあり、「繫恋」「継恋」も同義の言葉として扱うことができる。小島氏はこの『篆隷万象名義』『類聚名義抄』などを踏まえて次のように述べている。

「恋」は「係」に同じく、ともに「慕う、あこがれる」ことになる。（中略）また「係レ恋」の場合には、「係」

がものに結ばれ繋がっていることは、一つの点に集中すること、結ばれていることになり、やがて「慕う」ことになり、更に「恋する」意ともなろう。「係＝恋」とするか、「係レ恋」とするかは、人によって違うことであろうが、何れも可能な成り立ちといえよう。「係念」の場合もこれに同じ。

この指摘は「係恋」の語を考える上で重要であり、首肯できる見解であろう。

以上のように、「係恋」は字義としては相手を恋い慕うこと、長く思い続けることであり、これを基として『万葉集』の「係恋」の訓と語釈が展開している。当該作品Aの「係恋」は、「ケレン」（拾穂抄）、「コヒタミツ、（係恋傷心）」（万葉考）、「イキノヲニコヒツ（係恋傷心）」（古義）、「イタク」（日本古典全書本）、「オモヒ」（日本古典文学全集本ほか）、「ケイレン」（新日本古典文学大系本ほか）と訓まれ、当該作品Bについては「ケイレン」（拾穂抄ほか）、「オモフコ、ロ」（万葉考）、「オモヒ」（古義ほか）、「イタク」（日本古典全書本）と訓まれており、訓読に大きな揺れのあることが認められる。また語釈については、荷田春満『万葉童蒙抄』の「思ひつながれまとはるゝと云義也[★12]」、日本古典全書本の「甚だしく恋すること[★13]」という理解が基本となり、後の注釈にも引き継がれる。その一方、先に佐竹氏が問題にした「和製語」について、『完訳日本の古典』に至って小島氏が「元は書簡類に見える語[★14]」と注したことにより、新編日本古典文学全集本も「書翰類にも見える語[★15]」と説明する。ただしその出典は示されず、前掲の小島論でも書簡に「係恋」の語がみえるという明確な指摘はない。また新編日本古典文学全集本では出典として『弘明集』を指摘し、新日本古典文学大系本は積極的に仏典語としての典拠を示し、『正法念処経』、『須摩提長者経』、『弘明集』などを指摘している。

このように、「係恋」は佐竹・小島両氏が手がけた限られた注釈書が中心ではあるが、仏典に典拠を持つ言葉であることが認められている。しかし、「係恋」が仏典語であることと、それにより当該作品がどう理解されるのかについては言及されておらず、諸注釈においてはなおさらである。もちろん「係恋」の語を仏典以外に求めるならば、漢文文献にも僅かに例をみることができる。その一つが、小島論でも指摘されている『藤氏家伝』である。その鎌足伝には、鎌足の死を悼む天智天皇の勅の中に「係恋」の語がみられる。

「(上略)若し死者に霊有りて、信に先帝と皇后とに見え奉らむこと得ば、奏して曰へ、『我が先帝陛下、平生之日に、遊覧したまひし淡海と平の浦の宮処とは、猶昔日の如し』と。朕此の物を見る毎に、嘗て目を極め心を傷めずといふことあらず。一歩も忘れず、片言も遺れず。仰ぎては聖の徳を望み、伏しては係恋を深くす。加以、出家して仏に帰らば、必ず法具有り。故、純金の香炉を賜はむ。此の香炉を持ちて、汝の誓願の如く、観音菩薩の後に従ひて、兜率陀天の上に到り、日々夜々、弥勒の妙説を聴き、朝々暮々、真如の法輪を転せ」とのたまふ。★16

この例に関して小島氏は、「藤原鎌足の死を悼む勅を使者に伝えた文であって、『地に伏して鎌足《きみ》を深く係恋う《した》』意。『万葉集』の例よりも、むしろ仏典の例に近いともみられるが、『係恋』が一般化して、ほかの上代文献に姿をみせるようになったあかしといえよう」と述べ、奈良朝には既に一般化された語とみる根拠とする。『藤氏家伝　注釈と研究』ではこの「係恋」を「むすべるこひ」と訓み、「慕情」を意味する言葉とするが、「ここは父母である舒明天皇と皇極(斉明)天皇に対する」心情であると注しており、★17「係恋」を鎌足への思いとみる小島氏とは文脈の読み取りが異なる。確かに、「仰ぎては聖の徳を望み、伏しては係恋を深くす(仰望聖徳、伏深係恋)」の一文は、それ以前の舒明・斉明天皇への言づてと、「加以」以後の鎌足の仏教帰依についての文脈の接続点にあり、「係恋」の対象を鎌足とみるか舒明・斉明両天皇とするかの読み取りは分かれるところである。しかし、ここで注意されるのは、「加以」以後の文脈が仏教に関する内容に移っていることである。天智天皇は、仏教に帰依した鎌足へ香炉を賜り、生前の誓願の通り観音菩薩に従い、兜率陀天（欲界の第四天。菩薩が地上に下るまでの最後の生を過ごす場所であり、弥勒菩薩がいるとされる）に上り、弥勒菩薩の説法を聞き、朝夕絶え間なく仏の真理を説いて欲しいと勅している。そのような鎌足の仏教に対する深い理解と態度を、天智天皇は「聖徳」と称したのであり、小島氏が「地に伏して鎌足《きみ》を深く係恋《した》う」意であると述べるように、天皇の鎌足に対する敬慕の念であるといえよう。しかも、この「係恋」が「聖徳」と対であらわれること、鎌足の仏教帰依の文脈にかかっていることからすれば、この「係恋」はより仏典語の用法に近いのではないかと思われるのである。

一方、漢籍では魏収撰『魏書』（巻四十二）「源賀伝」において、源賀が高宗に罪人の恩赦を求めた上書に「係恋」の語がみられる。

賀上書して曰く、「（中略）臣愚以為へらく、自ら大逆、赤手、殺人の罪に非ずは、其の贓及び盗と過誤の愆に坐し、死に入る応くは、皆原命、辺境を謫守すべし。是則ち已に断の体にして、更に全生の恩を受け、徭役の家、漸く休息の恵を蒙れり。刑措の化は、庶幾すること茲に在り。虞書に曰く『流は五刑を宥す』とは、此れ其の義なり。臣恩を受くること深重にして、以て仰答すること無し。将に闕庭に違ふも、予て係恋を増し、敢て瞽言を上ぐ。唯だ裁察を加ふるのみ」と。高宗之を納む。★18

これは源賀が高宗に対して罪人の恩赦を求めた上書であり、要約すると、「罪人を恩赦すべきという進言は高宗の意に沿わないかもしれないが、かねてよりあなたを思う気持ちは増すばかりであるので、あえてこのようなことを申し上げるのです」と理解できる。この「係恋」は源賀が高宗に対していかに恩愛の気持ちがあるかを示したものであり、高宗への思慕の情であるといえる。

以上のように、漢文文献にみえる「係恋」は、いずれも対象への思慕の情であることが共通して認められ、『藤氏家伝』においては仏教と密接に関わる文脈で用いられている。このように、漢文文献における漢語としての「係恋」の語は、仏典語よりも用例数の極めて少ない特殊な言葉であり、漢文文献にみえる「係恋」は、仏典語由来の語と考えるのが妥当であると思われる。

三　仏典にみる「係恋」の語の性格

「係恋」の語が当該作品ABを形成する鍵語であるとすれば、「係恋」とは仏典の上ではどのような性格を持つ語であるのだろうか。ここでは、奈良朝に伝来していた仏典における「係恋」の用例を確認してゆきたい。

①『佛説須摩提長者経』（『大正新脩大蔵経』十四・筆者試訓）★19

是の故に汝等、当に深く無常の法を観察し、若し能く是の如く復た恩愛係恋の心を無くし、亦た貪欲・瞋恚・愚痴の想を無くし、永く生老病死の苦を断て。一切不善の法を得離し、無量清浄の行を増益し、諸法十二縁起に深達すべし。

②『正法念処経』巻第四・生死品之二（『国訳一切経』印度・経集八）★20

若し人妻子を捨てゝ、寂静の林に依れるも、猶恋ふ意を係くこと有りて、吐き已りて還りて食するが如し。

③『正法念処経』巻第三十九・観天品第六之十八（『国訳一切経』印度・経集九）

婦女は是の如く恩を捨てゝ念はず、婦女の性は係恋する所なく、唯だ物に因っての故に愛念する所あり、或は須ふる所あれば、是の故に男に近づく。

④『続高僧伝』巻第四・釈玄奘伝一〈釈道宣撰〉（『国訳一切経』和漢・史伝八）

延留夏坐し、長請開弘す。王は命じて弟と為し、母は命じて子と為し、殊礼の厚供、日時恒に致す。乃ち為に「仁王」等の経、及び諸の機教を講ず。道俗係恋して、並びに長留を願ふ。

⑤『弘明集』巻第八・釈三破論〈釈僧順〉（『国訳一切経』和漢・護教一）

論に云く、胡人は虚無を信ぜず。老子関に入り、故らに形像の化を作すと。

　釈して曰く、原ぬるに夫れ形像の始めて立つは、教の本意為るに非ず。当に滅度の後係恋已む罔きに由りて、旃檀香像せるは亦た明文有り。且つ仲尼既に卒し、三千の徒永言興慕す。有若の貌最も夫子に似たるを以て、★21※之を講堂の上に坐き、其の講演門徒をして諮仰せしむるは往日と殊ならず。

①『佛説須摩提長者経』では、無常に至る法として「恩愛係恋の心を無くす」ことが説かれ、それにより「諸法十二縁起」に達することを教えるのであり、この「係恋」は世俗に愛着する心である。②『正法念処経』は、小島氏が「妻子を係恋《した》う心」と解釈する通り、妻子への愛着を断ち切れないことを戒める教えである。同じく③は、女性の性質は「係恋」することがなく、ただ都合の良い事柄についてのみ「愛念」する所があるという。小島氏はこの「係恋」と「愛念」とには大差はないとするが、「係恋」は仏への思慕を、「愛念」は己への愛着を指しており、この「係恋」は仏を慕う意味である。④『続高僧伝』は、玄奘が取経の途次にある国で経典の講義をした時の記述で、道俗が感動して玄奘に長留を願う内容であり、小島氏が「したう意」と述べる通り、玄奘への思慕としての「係恋」である。⑤『弘明集』は、釈迦の没後に仏像を建てる時の記述で、小島氏が『係恋已むこと罔し』は、下の文の『永く言に慕を興す』に当る」と述べる通りで、この「係恋」も釈迦への強い思慕の情であることが理解できる。

以上のように、「係恋」は①②のように世俗や女性に対する愛着、もしくは③④⑤のように仏の正しい教えや高僧に対する思慕の情という、二通りのあらわれ方があることが認められる。さらに、同語として扱われる「繋恋」の用例を確認してゆきたい。

⑥『長阿含経』巻第十八・第四分、世記経欝単曰品第二（『国訳一切経』印度・阿含七）

その土の人民は繋恋する所無し。亦、蓄積することなし。寿命常に定まり、死すれば尽く天に生ず。

⑦『大宝積経』巻第九十七・優陀延王会第二十九（『国訳一切経』印度・宝積五）

是くの如き過患の身は　先の不浄の業に由るを　愚夫は女人に於て　彼の声色に繋恋し　斯れに由つて染著を生じて　曾て実の如くに知らざるなり　蝿の吐たるものを見て　愛著の心を生ずるが如くに　愚夫の女人の境界を　貪ることも亦是くの如し　女色に顛仆《てんぷ》すれば　恒に自ら其の身を穢すに　如何なれば彼の愚夫は　此れに於て楽み遊び止るか

⑧『大方広三戒経』巻中（『大正新脩大蔵経』十一・筆者試訓）

汝等当に繋恋する所無く貯積を多くすること勿かるべし。汝等駝馬牛驢を畜へること勿かれ。

⑨『広弘明集』巻第二十七・誡功篇第七・断絶疑惑門第十六（『国訳一切経』和漢・護教三）

智人は眷属は是れ繋縛の本なるを以て、之を放つこと讐の如し。而も愚夫は繋恋して以て勝適と為す。

⑥『長阿含経』は、欝単曰（ウッタラクルの音写。須弥山の北方の洲を指し、そこの住人は千歳もの長寿であるとされる）についての記述であり、その土地の人々がみな「寿命千歳不増不滅」であるのは、つねに「繋恋」することなく、財産を蓄積することが無いからだというように、この「繋恋」は執着を指している。⑦『大宝積経』は、女性に「繋恋」し顛倒すれば穢れた身となることを凡夫に教えるもので、ここでの「繋恋」は色欲への愛着にある。⑧『大方広三戒経』は、在家による修行法を説く中で、家畜などの財を蓄えることを「繋恋」として戒めるもので、こ

の「繫恋」も、蓄財への執着である。⑨『広弘明集』は、蕭子良による惑いを断ち切る方法を教える内容で、智者は修行するのに眷属が繫縛することを知り、愚者は「繫恋」することが適当であると思っていることを述べている。ここでの「繫恋」は、世俗への愛着であると理解されよう。

以上のように、「繫恋」は⑦⑨のように世俗や女性に愛着すること、⑥⑧のように物事や財産に執着することであるといえる。これらの「係恋・繫恋」の意味を総合すると、Ⅰ説法や高僧に対する「思慕」（③④⑤）、Ⅱ世俗や女性に対する「愛着」（①②⑦⑨）、Ⅲ物事や財産に対する「執着」（⑥⑧）の三つに分類することが可能となる。Ⅰの思慕の例は、文脈上肯定的な用い方をされているが、Ⅱの愛着とⅢの執着は、いずれも仏教の教えの上では戒めるべき事柄であり、否定的な文脈で用いられている。それは、仏教が出家者や世俗の者に対して、執着や愛着に惑うことを戒める教えであるからである。

ここで注目されるのは、当該作品ＡＢの恋物語りにおける「係恋」は、主人公の強い愛情を示す言葉として用いられており、仏典語Ⅱ「愛着」のように否定すべきものとしては描かれていないということである。仏典語Ⅱは女性や世俗への愛着を意味しながら、それを否定する文脈の中にあり、それは仏の教えを正しく理解するための基本的な態度である。一方当該作品は、男女の愛情を肯定する意味で「係恋」が用いられており、そのことにより男女の恋物語りが成立しているのである。小島氏が「係恋」は「人間的な愛情の方向に傾く」と説いたように、仏や高僧に対する思慕の情よりも、女性を一心に思うことは人間的な愛情の傾斜であることは認められる。しかし、思慕を超えた男女や夫婦の愛情は、当該作品においては「係恋」の語によってその深さが測られているのであり、小島氏の説く「万葉びとは『仏典語』だなどといった意識はなかったのであろう」という指摘はさらに検討が必要であろう。同じ「愛着」を意味する仏典語「係恋」と『万葉集』の「係恋」とが、その理解において二律背反的であるのは、そこに仏典語を通して愛着の情を際だたせる意図が存在していたと考えるのが至当であろう。それは、仏典語では〈否定されるべき愛着〉としての「係恋」が、『万葉集』においては〈肯定されるべき愛着〉へと転換されているからである。この転換を可能とした理由については、『万葉集』の恋物語りが仏教とどのように向き合っているのかを紐解く必要があるものと思われる。

四　「係恋」をめぐる恋物語りの成立

当該作品ABにみえる「係恋」と仏典語「係恋」との関係を考えるにあたり、『万葉集』がどのように僧侶や仏教と関わっているかを考えておきたい。『万葉集』にはしばしば僧が登場するが、そこには大きく三つの姿がある。一には、「世間を何に譬へむ朝びらき漕ぎ去にし船の跡なきがごと」(巻三・三五一)の沙弥満誓の歌や、巻十六の「世間の無常を厭へる歌二首」(三八四九—五〇)のように、世間の無常を教える釈教的な歌の存在である。しかしこれはごく少数でしかない。二には、「僧を戯れ嗤へる歌」(巻十六・三八四六)に対する「法師の報へたる歌」(同・三八四七)のように、世俗の者と僧とが戯れ応酬しあう歌があり、ここには僧の世俗的な態度が認められる。三には、「久米禅師の、石川郎女を娉ひし時の歌」(巻二・九六—一〇〇)、「三方沙弥の園臣生羽の女を娶きて、いまだ幾の時を経ずして病に臥して作れる歌」(巻二・一二三—一二五)のように、出家者と世俗の女性との恋と、恋歌の贈答がみられ、僧が積極的に恋歌に関与していることである。ここには、五戒を破り、女性との恋愛を楽しむ僧の姿がみられるのである。

このように『万葉集』に登場する僧は、仏教の教えを正しく説く一方に、世俗への深い愛着をみせるのであり、この僧が示す教理と世俗への執着という相反する態度は、天平期の知識人の仏教に対する態度にも認められる。その一例として、天平期の歌人を代表する大伴旅人と山上憶良の作品に触れてみたい。大伴旅人は「大宰帥大伴卿の、凶問に報へたる歌」で、「世の中は空しきものと知る時しいよよますますかなしかりけり」(巻五・七九三)と詠んでいる。これは仏教の「空」の思想、即ち「世間虚仮」を翻訳したものであることが指摘されている。まさに聖徳太子は「世間虚假、唯佛是真[★22]」と説き、旅人もその無常の思想を充分に理解していたと思われる。しかし、旅人は「世間虚仮」を理解しながらも、「唯佛是真」ではなく「かなしかりけり」と嘆き、死を免れない人間の、生への執着としての悲しみを見出すのである。また山上憶良の「子らを思へる歌」(巻五・八〇二—八〇三)の序文では、子への愛について次のように述べている。

釈迦如来の、金口に正に説きたまはく「等しく衆生を思ふことは、羅睺羅の如し」と。又説きたまはく「愛びは子に過ぎたるは無し」と。至極の大聖すら、尚ほ子を愛ぶる心ます。況むや世間の蒼生の、誰かは子を愛びざらめや。

釈迦が衆生を思う心は、その子である羅睺羅を思うのと同じであるといい、また愛の中で子への愛に勝るものは無いと述べたのだという。この「愛びは子に過ぎたるは無し」の出典は、小島憲之氏が『雑阿含経』に類似の語句があることを指摘している[★23]。該当箇所を掲げると、次の通りである。

時に彼の天子而かも偈を説いて言はく、「愛する所は子に過ぐる無く　財は牛より貴きは無く　光明は日に過ぐる無く　薩羅は海に過ぐる無し」と。
爾の時世尊、偈を説いて答へて言はく、「愛することは己れに過ぐる無く　財は穀に過ぐる無く　光明は慧に過ぐる無く　薩羅は見に過ぐる無し」と。(『国訳一切経』印度・阿含三)

ここでは、天子が「愛する所は子に過ぐる無く」と説いたことに対して、釈迦は「愛することは己れに過ぐる無く」と答え、天子の発言は釈迦によって否定される。すなわち、釈迦は子への愛着の心を棄てよと教えているのである。このような思想は『金光明経』巻一・空品第五では、「如来の　真実法身を求め　諸の重んずる所の　肢節手足　頭目髄脳　愛する所の妻子　銭財珍宝　真珠瓔珞　金銀琉璃　種種の異物を捨てん」（『国訳一切経』印度・経集五）と説かれ、『大般涅槃経』巻十一・聖行品第七之一でも、「所愛の妻子眷属・所居の舎宅・金銀珍宝・微妙の瓔珞・香花伎楽（中略）を捨離すべし」（『国訳一切経』印度・涅槃一）と説かれるように、妻子や財産等の一切を棄てよと教えるのである。おそらく憶良はこれらの思想を充分に理解した上で、反歌において「銀も金も玉も何せむに」（巻五・八〇三）と七宝の否定を詠むのであり、その限りにおいては仏教の正しい理解者である。しかし、下句で「勝れる宝子に及かめやも」と詠むことにおいて、仏教の教えに反する態度を示す。ここには憶良個人の情と仏教の理とが対立していることが知られ、憶良は子を愛することの意味を、如上の仏教の教えを通して理解したのだといえる。それは、凡夫のありのままの姿こそが、子への至上の愛であることを発見したことによるのだといえよう。

このように、旅人や憶良の作品は、仏教の教えをそのまま受け入れるのではなく、その思想を理解することによって、むしろ世俗的生き方を肯定し、それを宣言しまたは苦悩するところに特徴があるといえる。当該作品において、特殊な仏典語である「係恋」の語が恋物語りに用いられたのは、旅人や憶良と同様の論理の中にあったのだと思われるのである。

この仏典語に対する理解を踏まえて当該作品に立ち返るならば、Aの左注の娘子は、夫の訪れがないために、「係恋」により病を得て遂に死んだとある。この時の娘子の「係恋」は、死の病を得るほどの夫への激しい愛着の心であることから、Aは《夫への愛着と恋に死ぬ女の物語り》として成立しているといえる。夫への愛着が死を招いたという物語りであるが、このような男女の恋の悲劇を語ること自体が、男女の愛情世界を積極的に見つめようとする姿勢に他ならない。またBの左注の佐為王の婢は、宿直で夫に会えないために「係恋実深」という状態になり、夢に夫の姿を見るが触れ得ず、咽び泣いて歌を詠んだところ、佐為王は彼女の歌に「哀慟」し宿直を免除したとある。この婢の「係恋」も、夫への強い愛着の心を示しているといえ、夢に見た夫を目覚めてから抱きしめようとするように、夢と現実との区別がつかないほどの恋の病に陥っているのである。ただしBの左注はAとは異なり、佐為王の「哀慟」によって婢が救済されるという展開へと向かってゆく。これは歌が特別な力を示すことを語る歌徳説話の先駆けとして位置付けられるのであり、Bは《夫への愛着と歌の徳の物語り》であるといえる。この物語りは、夫への愛情の強さによって苦しみから救済されるという、愛情の深さへの称賛である。いずれも、夫への愛情の深さによって愛着する姿でありながらも、そこには夫に対する愛情を唯一の価値とする女の生き方の問題が存在するのである。そのことへの評価こそが、まさに当該作品ABが〈今物語り〉として成立した所以であったのである。

このように、当該作品の「係恋」は〈否定されるべき愛着〉としての仏典語の意味を理解しながらも、それを男女の強い愛情表現に写し取り、肯定的に用いたのである。それは、「係恋」という言葉が、仏教が肯定する思慕の情と否定する愛着という、双方に相反する意味を持つ言葉であることによって、当該作品においては、より強い男女の愛情の世界を、仏教が戒める「係恋（愛着）」として捉えることを可能としたのである。その文脈の上から当該作品を読むならば、二人の女性の「係恋（愛着）」こそが、世俗における夫婦の至上の愛情が示された、真実の姿として描き出されたということなのではないだろうか。それは恋や愛の世界を肯定し謳歌する『万葉集』

という相聞の歌集において実現された論理であり、そうした男女の情愛を肯定することにおいて、仏典語「係恋」もこの文脈の中に参画し得たのだといえる。そしてそのような妻の愛情こそが、新たな男女の愛の在り方を示した〈由縁〉を持つ歌として、〈今物語り〉の中に成立したのだと考えられるのである。

五　結

本論は、『万葉集』巻十六の恋物語りに用いられた「係恋」の語をめぐって、小島氏の指摘に導かれながら論じたものである。『万葉集』における「係恋」は、仏典にその典拠が認められる。その用例の分析から、Ⅰ思慕、Ⅱ愛着、Ⅲ執着の三つの意味を見出すことができ、当該作品ＡＢの「係恋」はⅡの愛着にその意味が求められる。ただし、仏典語Ⅱの例は〈否定されるべき愛着〉として用いられるのだが、当該作品においては〈肯定されるべき愛着〉として用いられている。それは当該作品の題詞が「夫の君に恋ひたる歌」であるように、愛着である男女の恋を積極的に歌の主題とすることにおいて、男女の恋物語りが成立するのであるが、それは仏典語「係恋」とは対立する用法となる。このような用法の対立が起きる理由は、天平期の知識人たちの仏教理解が示すように、仏教への信仰としてではなく、むしろ仏教を充分に理解することにより、世俗的生き方の価値を見出し、それを肯定するという態度と等しいところにある。当該作品ＡＢがあえてⅡの愛着の意味で「係恋」の語を用いたのは、仏教における〈否定されるべき愛着〉を、男女の愛情の肯定の中で描こうとしたためであるといえる。仏典でも限定的な言葉である「係恋」の語が選択された理由は、その意味の二律背反性にあったのである。それは当該作品の理解した仏教思想と、その仏教思想との意図的な対立という関係にあることを物語っており、そのことによって当該作品は、愛着の戒めを鏡として、男女のより激しい愛情を映し出したといえるのである。『万葉集』の恋物語りは、仏教思想との葛藤によって、男女の真の愛情に価値を見出す段階へと歩みを進めているのである。当該作品ＡＢは、新たな男女の愛情の在り方を示した〈今物語り〉として位置付けられるのである。

注

1　『万葉集』の引用は、中西進『万葉集　全訳注 原文付』（講談社文庫）に拠る。以下同じ。
2　辰巳正明「交友の詩学」『万葉集と比較詩学』（一九九七年、おうふう）。
3　佐竹昭広「会に合はぬ花」（完訳日本の古典七『万葉集 六』月報、一九八七年九月）。
4　日本古典文学全集『万葉集 四』（一九七五年、小学館）。
5　注3佐竹論に同じ。
6　山田孝雄「佛教の書より伝はりたるもの」『国語の中に於ける漢語の研究』（一九四〇年、宝文館）。
7　小島憲之「『万葉集』の『係念』『係恋』をめぐって」『漢語逍遥』（一九九八年、岩波書店。初出は『文学』五十七巻三号、一九八九年三月）。以下、小島氏の論は断りが無い限り同論に拠る。
8　『定本弘法大師全集』第九巻（一九九五年、密教文化研究所）。
9　正宗敦夫校訂『類聚名義抄』（一九五四年、風間書房）。
10　『文淵閣四庫全書』二三六・経部二三〇（台湾商務印書館）。
11　『古辞書音義集成　一切経音義 中』（一九八〇年、汲古書院）。
12　『荷田全集』第五巻（一九三二年、吉川弘文館）。
13　日本古典全書『万葉集 四』（一九五四年、朝日新聞社）。

14 完訳日本の古典六『万葉集 五』（一九八六年、小学館）。

15 新編日本古典文学全集『万葉集 四』（一九九六年、小学館）。

16 沖森卓也・佐藤信・矢嶋泉著『藤氏家伝〔鎌足・貞慧・武智麻呂伝〕注釈と研究』（一九九九年、吉川弘文館）。このテキストの底本は旧伏見宮家蔵『大職冠鎌足公家伝 上』に拠るが、「係恋」の「恋」を群書類従本・改訂史籍集覧本は「巒」に作る。

17 注16『藤氏家伝』に同じ。

18 『魏書』巻四十一・列伝第二十九（中華書局）。訓読文は筆者による試訓であり、漢字本文は次の通りである。

賀上書曰「（中略）臣愚以為自非大逆、赤手殺人之罪、其坐贓及盗与過誤之愆応入死者、皆可原命、謫守辺境。是則已断之体、更受全生之恩、徭役之家、漸蒙休息之恵。刑措之化、庶幾在茲。虞書曰『流宥五刑』、此其義也。臣受恩深重、無以仰答、将違闕庭、予増係恋、敢上瞽言、唯加裁察。」高宗納之。

なお、点線部は、本文に混乱有りか。大意は「皆天子の命によって（大逆・赤手・殺人以外の罪人は死刑ではなく）辺境の地の防備に付かせるべきである」と思われる。

19 『大正新脩大蔵経』は大蔵出版社刊行本に拠る。以下同じ。

20 『国訳一切経』は大東出版社刊行本に拠る。以下同じ。

21 ※を付した一文は、『国訳一切経』に「之を講堂の上に坐せしめ、其をして法を説かしめ、門徒諮仰すること往日。と殊ならず」とあるが、『大正新脩大蔵経』に基づいて私に改めた。

22 日本思想大系『聖徳太子集』「上宮聖徳法王帝説」（一九七五年、岩波書店）。

23 小島憲之「山上憶良の述作」『上代日本文学と中国文学 中』（一九六四年、塙書房）。

第八章　愚なる娘子

「児部女王の嗤へる歌」をめぐって

一　序

『万葉集』巻十六の第一部（三七八六―三八一五）には、題詞や左注によって歌の〈由縁〉が伝えられる作品が載り、その内容は男女の恋や結婚にまつわるものであることが特徴である。ただし、〈由縁〉を持つ歌は第二部の作品（三八一六―三八五九）にも認められ、その内容は中西進氏が整理したように、誦詠歌・嗤笑歌・物名歌に分類されるとみてよい（本書「序論iii」参照）。第二部の場合は題詞を伴うものもあるが、主として左注によって歌の〈由縁〉が語られており、本論で扱う以下の作品も、嗤笑歌としての性格を持つものである。

　　児部女王の嗤へる歌一首

美麗しもの何所飽かじを尺度らが角のふくれにしぐひあひにけむ（巻十六・三八二一）

　右は、時に娘子あり。姓は尺度氏なり。この娘子高き姓の美人の誂ふるを聴さずて、下き姓の媿士の誂ふるを応許しき。ここに児部女王の、この歌を裁作りて、彼の愚なるを嗤咲へり。

　　児部女王嗤歌一首

美麗物　何所不飽矣　坂門等之　角乃布久礼尓　四具比相尓計六

　右、時有娘子。姓尺度氏也。此娘子不聴高姓美人之所誂、応許下姓媿士之所誂也。於是児部女王、裁作此歌、嗤咲彼愚也。[★1]

左注によると、ある時尺度の娘子がいて、「高姓美人」の男の「誂」を聞き入れず、「下姓媿士」の「誂」に応じたという。このことを児部女王が「愚」であるとして「嗤咲」し、右の歌を作ったと伝えられる。児部女王は閲歴不明の女性であり、この話が事実をどのように反映しているかは不明である。歌意も難解な部分があるが、左注と照らし合わせると、素晴らしいものは何処でも誰しもが求めて飽き足りることが無いのに、なぜ尺度の娘子は角のふくれたような男と結ばれたのだろうか、という意であろう。詳細は後述するが、この歌の「角のふくれ」は、左注の「下姓媿士」の容貌を指すと思われ、「媿」は『説文解字』に「慙也」とあり、「愧」と同義の字とされるため[★2]、恥じ入るばかりの醜い男という意味である。児部女王の「嗤咲」は、尺度の娘子の選択した男の容貌と、そのような男を選んだ娘子に対して向けられているといえ、中西進氏はこの尺度の娘子について次のように評している。

　尺度娘子はハンサムなエリートの求婚に応じないで、身分低い醜男を許した。娘子は外的条件よりも精神の幸福を信じたわけである。そうした感情の傾斜こそ、第一部の諸歌で女たちが訴え、伝承者が共感を寄せたものではないか。

さにら娘子を「嗤咲」した児部女王については、

児部女王は、無神経で逞しいのである。この少女を愚であると断定する気持には、もはや恋というものの生ずる余地はない。児部女王の意図するものは打算なのだろうから、そしてそれを信じて疑わないのだから、その心情には第一部の諸歌は理解し難いはずである。つまり、第一部の享受と全くうらはらな享受者の世界が、この一首の世界である[★3]。

と述べている。中西氏は、尺度の娘子の選択を「精神の幸福を信じた」ためであるとし、地位や外見よりも男の内面を重視したのだと指摘する。対する児部女王については、娘子の精神性と相反する立場にあり、それは享受者の態度にも反映されているという。左注からは、娘子と児部女王は対照的な立場にある女性であることが読み取れ、児部女王が娘子を「愚」であるとして「嗤咲」した理由は一見明白である。娘子を「愚」として「嗤咲」したのは児部女王の価値観によるものであるが、しかし、「愚」とされた娘子には彼女の価値観があり、それを中西氏は「精神の幸福」「感情の傾斜」と評したのである。この娘子の価値観は、娘子が「高姓美人」の求めに応じずに「下姓媿士」を許したことであるが、児部女王がそれを「愚」として「嗤咲」するという立場の違いは、何によってもたらされるものなのだろうか。当該歌は、題詞によって児部女王の「嗤へる歌」であることが第一義として位置付けられているのであるが、中西氏の指摘する二人の女性の価値観の相違は、当該歌が成立した〈由縁〉の内実を照らし出すものとして重要であると思われる。そしてそれは「愚」と「嗤咲」という一対の語の理解においてなされるべきものと考えられるのである。

以上のことから、本論では、児部女王の「嗤咲」が娘子の「愚」なる行為によるものであることの意味を考え、また娘子の「愚」を「嗤咲」することがいかなる〈由縁〉として成立しているのかを論じてゆきたい。

二　尺度の娘子をめぐる妻争い

当該歌は下句の理解に難解な部分があることから、左注の文脈理解に基づきながら作品全体が理解されてきた経緯がある。従って、まずは左注の文脈を読み解きながら、当該作品の理解を確認してゆきたい。左注でまず注目されるのは、この娘子に「誂へ」た男が二人いるということである。この「誂」という字は『説文解字』には「相呼誘也」とあり、字義としては声をかけて呼び、相手を誘うことである。中川ゆかり氏は、「誂」の字を求婚に用いることは漢語としては特殊な用法であることに注意しながら、求婚の意味で用いられる「誂」の例が多くみられる『播磨国風土記』を取り上げ、漢籍の用例を踏まえて上代文献の「誂」について論じている。★4 中川氏は、『万葉集』の「誂」で表記される求婚はほとんどが求愛であり、言い寄る、気を引くという行為であるとする。そして「誂」は、正式な求婚（儒教思想に則った求婚）を意味する「娉」よりも、「複数の男性が一人の女性に言い寄るという情況で使われることが多い」のが特徴であると述べている。漢籍の「誂」については、早くに契沖の『万葉代匠記』（精撰本）が「所誂、戦国策云。楚人有両妻《アル》者、人誂其《ノ》長者《ヲ》★5」と指摘している。その『戦国策』（巻三）の話は、次の通りである。

楚人に両妻を有する者あり。人其の長けたる者に誂む。〔長けたる者〕之を詈る。其の少き者に誂む。少者之に許す。★6（下略）

この話は楚人の二人の妻に対して、ある人が「誂」んだという内容である。楚人の年長の妻は「誂」んだ人を罵り、若い妻はこの人の言うことを受け入れたという。全釈漢文大系本はこの「誂」を「イドム」と訓んでおり、妻に「誂」んだことを「気を引いてみる」と訳している。中川氏は右の『戦国策』の例を含めて、漢籍にみえる「誂」を「『誂・挑』という行為は正式な求婚である『娉』と全く異質の、家どおしの利害関係や条件抜きの、気に入ったら言い寄る、口説くというレベルでの求婚・求愛であり、相手の心を動かさなければ成立しないものである」と述べている。確かに、『戦国策』の「誂」は他人の妻に対して用いられており、正式な求婚という意味は認められない。この場合は、相手にちょっかいを出すこと、言い寄るなどの意味であり、『説文解字』がいうところの、相手を呼び誘うこと、相手に何らかのアプローチをするという意味である。

一方、『万葉集』における「誂」の用例は、当該作品以外には次の八例がある。

①神亀元年甲子の冬十月、紀伊国に幸しし時に、従駕の人に贈らむがために、娘子に誂へらえて作れる歌一首并せて短歌（巻四・五四三題詞／笠金村）

②尼の、頭句を作り、并せて大伴宿祢家持の、尼に誂へらえて末句を続ぎて和へたる歌一首

（巻八・一六三五題詞）

③……海若の　神の女に　たまさかに　い漕ぎ向ひ　相誂《あとら》ひ［相誂良比］　こと成りしかば　かき結び　常世に至り　海若の　神の宮の　内の重の　妙なる殿に　携はり　二人入り居て……

（巻九・一七四〇／高橋虫麻呂歌集）

④葦屋の　うなひ処女の　八年児の　片生の時ゆ　小放髪に　髪たくまでに　並び居る　家にも見えず　虚木綿の　隠りてませば　見てしかと　悒憤む時の　垣ほなす　人の誂《と》ふ時［人之誂時］……

（同・一八〇九／高橋虫麻呂歌集）

⑤昔者娘子ありき。字を桜児と曰ふ。時に二の壮士あり。共にこの娘を誂ひて、生を捐てて挌競ひ、死を貪りて相敵る。（巻十六・三七八六序）

⑥右は伝へて云はく「時に娘子ありき。夫の君に棄てらえて、他氏に改め適きき。時に或る壮士あり。改め適きしことを知らずて、この歌を贈り遣りて、女の父母に請ひ誂ふ。ここに父母の意に、壮士いまだ委曲なる旨を聞かずとして、すなはち彼の歌を作りて報へ送り、以ちて改め適きし縁を顕しき」といへり。

（同・三八一五左注）

⑦家婦の京に在す尊母に贈らむが為に、誂へらえて作れる歌一首并せて短歌（巻十九・四一六九題詞）

⑧右は、京に留れる女郎に贈らむが為に、家婦に誂へらえて作れり。女郎は即ち守大伴家持の妹なり。

（同・四一九八左注）

①②⑦⑧は、いずれも他者に求められて歌を作ったという意味の「誂」である。③④は虫麻呂歌集中の例であり、③は浦島子の伝説歌で、浦島子が神の女に「相誂ひ」した結果、「こと」が成就し、「かき結ぶ」関係に至ったというものである。この「誂」は「アトラヒ」又は「トブラヒ」とも訓まれ、浦島子と神の女が互いに「アトラヒ（トブラヒ）」したというのは、武田祐吉『増訂　万葉集全註釈』が「相互に誘い合う意[★7]」と述べるように、以下の文脈からして直ちに求婚を意味するのではなく、求婚に至るための何らかの行為を指すものと思われる。従って、この「相誂ひ」は先にみた『説文解字』の字義からすれば、浦島子と神の女が互いに呼びかけあい、誘いあったことを意味する。いわば互いの身分を明かし合い、その関係を近付けたことをいうのである。④は菟原処女の伝説歌で、「垣ほなす」状態で男達が彼女に「誂ふ」たという。和語トフは「訪ふ」であり、家を取り囲む垣のように、彼女を一目見ようと男達が大勢訪れたことを意味する。更に「誂」の字義を考慮して解釈すれば、彼女のもとに押しかけてちょっかいを出したことをも意味するであろう。⑤は巻十六の桜児の物語りであり、「誂」の字義によれば、ここは二人の男が桜児を得ようと彼女に声を掛け、誘い合った意となる。⑥も巻十六で、前の夫に棄てられて再婚した女に、そのことを知らない別の男が結婚を申し込む話である。この時、男は女の両親に歌を以て「誂」えており、本人に直接求婚するのではなく、結婚の承諾を得ようとして両親に申込みをした行為とみなされる。ここは、求婚に先立つ行為としての「誂」である。

　このように、『万葉集』における「誂」は、①②⑦⑧のように他者に求められて歌を作ること、④のように訪れること、③⑤⑥のように相手に呼びかけて誘う意で用いられている。③⑤⑥は、文脈上は結果的に求婚したことを意味するのであるが、「誂」の字義に立ち返れば、求婚をするために相手に声をかけたり誘ったりすることであり、求婚する相手に接近する最初の段階にある行為として位置付けられる。そのようにみる時、当該左注の「誂」も、⑤のように相手に声をかけてアプローチする行為を意味するものとして理解すべきであろう。

「誂」の字は直ちに求婚を意味するものではないが、⑤の桜児の物語りでは、その結果として彼女をめぐって二人の男が争いを繰り広げ、さらに④の菟原処女の伝説歌も、二人の男が処女をめぐって決闘する様子がうたわれており、これが二男一女型の妻争いの枠組みにあることは注意される。桜児も菟原処女も、彼女たちを得ようとする複数の男の争いが原因で、自ら命を絶ってゆく女性の物語りである。このように、複数の男による妻争いは、〈古物語り〉の型としての類型性が認められる。『万葉集』においては大和三山の伝説歌にはじまり、桜児・縵児の物語りや真間手児名などの伝説歌があり、『古事記』や『日本書紀』には歌垣による妻争いが伝えられている。『古事記』には袁祁命と志毘臣が菟田首の女の大魚をめぐって歌争いをした物語りがあり、同様の話は『日本書紀』にもみられ、影媛をめぐって太子武烈と鮪臣が歌による妻争いを繰り広げている。記では大魚がどちらの男を選んだのかは明言されず、紀では歌争いの後に鮪臣が殺されるという結末へと至る。その時、影媛は殺された鮪臣のために涙して、「苦しきかな、今日、我が愛しき夫を失ひつること[★8]」と言って歌を詠んだという。影媛は結果的に殺された鮪臣を選んだことになるのであるが、歌争いの場において女性がその意志を示す例はみられない。桜児・縵児や真間手児名は、いずれも求婚した男の誰かを選ぶことなく自ら命を絶ち、菟原処女においては、死んだ後に処女の墓の上の枝が血沼壮士の方に靡いたことによって、人々は彼女の選択を知ったのである（巻九・一八一一／高橋虫麻呂歌集）。つまり、二男一女型を含めた妻争いの歌や物語りにおいて、争われた女性が自らの意志を明示することは無いのである。

このような妻争いの伝説に対して、尺度の娘子が何をもって「高姓美人」を退け、「下姓媿士」を選んだのかは左注から読み取ることはできない。ただし、少なくとも当該左注からは二男一女型の妻争いの話型がその背後にあることは認められ、〈古物語り〉では女性が死をもってその争いに終止符を打つ、というのが類型であった。しかし、当該の娘子は二人の男に求められながらも命を絶つことはなく、その一方を選択するという態度を取ったのである。それは〈古物語り〉の話型を逸脱する、画期的な態度であったといえる。その意味で、この尺度の娘子の選択は女性の恋に対する新たな展開を示しており、〈今物語り〉としての性格を持つものといえるであろう。その一方で、その娘子の選択は、児部女王によって「嗤咲」される結果を招くのである。この時、児部女王が娘子の選択を「嗤咲」するという態度は何に起因するものであったのかを、次に考察してゆきたい。

三 『万葉集』の嗤笑歌と愚なる娘子

当該作品の題詞には「嗤へる」、左注には「嗤咲」とあるように、『万葉集』巻十六は「嗤」「嗤咲」と題する歌が多く存するのが特徴である。それらは「嗤咲歌」「戯笑歌」等と呼び慣わされ、次の例をみることができる。

1池田朝臣の、大神朝臣奥守を嗤へる歌一首〔池田朝臣の名は忘失せり〕(三八四〇)
2大神朝臣奥守の、報へ嗤へる歌一首(三八四一)
3平群朝臣の嗤へる歌一首(三八四二)
4穂積朝臣の和へたる歌一首(三八四三)
5黒き色を嗤咲へる歌一首(三八四四)
6答へたる歌一首(三八四五)

右の歌は、伝へて云はく「大舎人土師宿祢水通といへるあり、字を志婢磨といふ。時に大舎人巨勢朝臣豊人、字を正月麿といへると巨勢斐太朝臣〔名字は忘る。島村大夫の男なり〕との両人、並に此彼の貌黒色なり。ここに、土師宿祢水通この歌を作りて嗤咲ふ。而して巨勢朝臣豊人、聞きて、すなはち和ふる歌を作りて酬へ咲ふ」といへり。

7僧を戯れ嗤へる歌一首（三八四六）

8法師の報へたる歌一首（三八四七）

9痩せたる人を嗤咲へる歌二首（三八五三―五四）

右は、吉田連老といへるあり。字を石麿と曰ふ。所謂仁敬の子なり。その老、人と為り身体甚く痩せたり。多く喫飲すれども、形飢饉に似たり。此に因りて大伴宿祢家持の、聊かにこの歌を作りて、戯れ咲ふことを為せり。

これら『万葉集』の嗤笑歌について、西角井正慶氏は「戯咲歌は、掛合問答の習性として、片歌問答の時代から潜在した性質が考へられるが、人を嗤る歌は、全く遊戯的社交のたはむれ歌として作られた」、「だが嗤り歌はさうした揶揄の程度を越えるもので、いかに痛烈に、また面白く侮り笑ふか、といふ点に、戯咲歌としての面目が出て来るのである」★9といい、掛け合い問答の中で展開する揶揄とその応酬に嗤笑歌の性格を捉えている。釜田喜三郎氏は「万葉集の滑稽歌」は「いずれも即興的な機智や技巧を重んずる点に理智的遊戯的特色がある」★10と述べて、その即興的性格に伴う機知や発想、歌の技巧において遊戯的性格のあることを指摘している。長谷川政春氏は、巻十六の戯笑歌は「身体的特徴の表白と闘争性と類型発想の多いこと」を指摘し、これら戯笑歌の発生を、折口信夫氏が「霊戦《モノアラソヒ》」と呼んだ男女の問答歌や、柳田国男氏が説く笑いの攻撃性を踏まえながら、「祭祀における直会のごとき晴の場で作られたもの」と位置付けている。[★11] 巻十六の嗤笑歌の発生を祭祀の場に求めることの妥当性はなお検討の余地があるが、右に挙げた嗤笑歌が身体的特徴への揶揄と、その攻撃性に特徴のあることは認められるところである。

諸氏が指摘するように、右の歌は9の例以外は応酬の歌であり、相手の何らかの特徴を揶揄するものである。1と2は池田朝臣と大神朝臣の応酬で、池田朝臣は大神朝臣が「寺寺の女餓鬼」に好かれるような男であると嘲笑し、対して大神朝臣は池田朝臣の赤い鼻をもって嗤い返している。3と4は平群朝臣と穂積朝臣の応酬で、穂積朝臣の腋草と平群朝臣の赤鼻が両者の攻撃の対象になっている。5と6は左注によると、土師水通と巨勢豊人の応酬で、巨勢豊人と斐太朝臣の色黒と、土師水通の色白を互いに嗤い合うものである。7 8は僧を嗤う歌と、嗤われた僧の応酬であり、7では僧の鬚の剃り残しを揶揄し、8では檀越の弱みである「課役」を持ち出してやり返している。9は大伴家持が夏痩せと鰻をテーマとしながら、吉田老の痩身を戯れに笑うものである。このように、嗤笑歌は相手の身体的特徴や弱点を取り上げて歌に詠み込むことを基本としていることが認められるのであり、この嗤笑歌の理解に基づきながら、当該歌の嗤笑歌としての位置付けを確認しておきたい。

当該歌第一句目の「美麗物」は、ヨキモノノ、ウマシモノ、クハシモノ等の訓があり、未だに定訓を得ておらず、[★12] 現代諸注においては凡そ「ウマシモノ」と「クハシモノ」に二分される状況にある。この「美麗」の語は、『日本書紀』においては「ウルハシ」と訓まれ、⑴神、⑵美景、⑶天皇、⑷美女に対して用いられており、最も多いのは⑷美女に対する例である。たとえば、大鷦鷯尊が髪長媛を見た時には「感其形之美麗、常有恋情」(応神天皇十三年九月)とあり、また允恭天皇が衣通郎姫に対して「美麗嬢子」(允恭天皇十一年三月)と言ったという例などである。[★13]『日本書紀』の「美麗」は、取り立てて優れた容姿を意味し、⑷については天皇が求めるに相応しい資質を持った女性であることが示されている。すなわち、当該歌の「美麗物」は、広義には優れた容姿や資質を備えたものを指し、狭義にはそのような人物――左注でいうところの「高姓美人」と対応していると考えられる。

第二句目の「何所不飽矣」は、ナソモアカヌヲ、イツクアカシヲ、イヅクモアカジヲ等と訓まれるが、[★14]その理解は左注との関わりによって意訳的に解釈されている。大別すれば、「いづく」を不特定の場所として「どこに行っても飽き足りることはない」とするものと、不特定の人物を指して「どなたでも飽き足りることはない」とする説がある。[★15]原則として、「いづく」はある場所を指す言葉であるが、『万葉集』巻四に「何処《いづく》の恋そ掴みかかれる」（六九五）という例があることは注意される。これは直訳すれば「どこの恋が私に掴みかかって来たのか」となるが、恋の主体が人であることを考えれば、ここは「どこのどなたの恋が私に掴みかかって来たのか」と解釈できよう。つまり、この「何所（いづく）」という語は場所・人物のいずれにも該当する場合があり、「何所不飽矣」はどこで誰が求めても際限のないものであることを意味するのである。従って、児部女王は上句で「美麗」なるものの普遍的価値を示したのである。

第三句目の「尺度らが」は、左注にみえる尺度の娘子のことであり、この娘子はよりにもよって「角のふくれにしぐひ」合ったのだという。第四句の「角のふくれ」は、契沖が『万葉代匠記』で「角のふくれは見にくゝ賤しきもの、かたちを鬼にたとへていふ心なり」（初稿本）、「牛ノ角ナトノ様シテ中ノ皺出タル顔ツキヲ云ナルヘシ」（精撰本）と述べるように、醜い容姿を意味すると解釈して以降、概ねこの説が支持されている。それに対して井上通泰『万葉集新考』は、相手の男が「角氏」の某であることを意味するという。[★16]しかし、左注と対応させれば、この「角のふくれ」は娘子の選んだ「下姓媿士」の容姿を指すのであり、「ふくれ」は『和名類聚抄』巻二に「皺　布久流、肉墳起也」とあり、また『日本霊異記』下巻三十八縁の訓釈に「肥　不久礼天」とみえることから、少なくとも、この表現は娘子の選んだ男の容姿が揶揄の対象となることが示されている。結句の「しぐひあひ」は難語であるが、賀茂真淵『万葉考』が「喰合にけり也」[17]と述べ、鴻巣盛広『万葉集全釈』は「今の乳繰合ふに似た語である」[18]とし、日本古典文学全集本は「くっつくなどの意の卑猥な表現か」[19]と述べており、男女の交接を暗示する俗語的な表現であろうと推察される。この語は他に類語が無いため正確な理解は困難であるが、左注と照らし合わせれば、娘子が「下き姓の醜士の誂ふるを応許」したことが「角のふくれにしぐひあひ」の第一の意味となる。いわば、当該歌は素晴らしいもの（人物）は何処でも誰しもが求めて満足することは無いのに、この尺度の娘子はなぜよりにもよって、角のふくれたような醜い男に「しぐひ」合ったのだろう――その男の求めに応じたのだろう、と理解できるのである。当該歌は娘子が選んだ男の容貌を「角のふくれ」として揶揄しており、男の身体的特徴を嘲っていると思われることから、他の万葉一般の嗤笑歌の範疇にあることは認められる。ただし、当該歌の場合は、娘子が「角のふくれ」たような男を選択し「しぐひあひ」したことが、ここでの「嗤咲」の中心である。これは直接的に相手の身体的特徴を揶揄する他の嗤笑歌一般の例とは異なり、女王は娘子の選択した男、ひいては彼女の選択、生き方そのものを「嗤咲」の対象としているのである。この児部女王の「嗤咲」の在り方は、他の嗤笑歌の作品の比較からでは明らかにすることは困難であると思われる。そこで、左注にみえる「嗤咲」の語について、さらに検討してみたい。

この「嗤咲」という熟語は『万葉集』以外の上代文献にはみられず、「嗤」という語も『日本書紀』舒明天皇九年三月条に「『……今汝頓に先祖が名を屈かば、必ず後世の為に嗤はれなむ』といふ」とあるが、記紀万葉を通してもワラフという語は「咲」「笑」が用いられることが大半である。「咲」は『万葉集』では花が咲く意と微笑む意で用いられており、それはおそらく「如花《はなのごと》 咲而立者《ゑみてたてれば》」（巻九・一七三八／高橋虫麻呂歌集）のように、花が咲く様子を、主として女性が微笑む姿に見立てたことによるのであろう。しかし、当該作品のように「嗤咲」という場合は、「咲・エム」とは大きく異なり、相手を嘲笑することにその意味がある。このような用い方は、『懐風藻』の釈智蔵伝に「同伴と陸に登り、経書を曝涼す。法師襟を開き風に対して曰く、我れ亦経典の奥義を曝涼す。衆皆嗤笑し以て妖言と為す」[20]とみえる。この伝えは、経書を曝涼している時に、釈智蔵が腹を曝して自分の腹中にある経典を曝涼しているのだと言ったというもので、その時周囲の人々は、奇抜なことをする人だと「嗤笑」したという。このように、漢語においては嘲笑する場合に「嗤笑」の語を用いるのであり、漢籍における「嗤笑」の語は、たとえば次のような作品にみられる。

『世説新語』排調

桓玄素より桓崖を軽んず。崖、京下に在りて好桃有り、玄連に就きて之を求むるも、遂に佳なる者を得ず。玄、殷仲文に書を与へ、以て嗤笑を為して曰く、徳の休明なるは、粛慎も其の楛矢を貢せり。如し其れ爾らずんば、籬壁間の物も、亦得可からざるなり、と。[21]

『捜神記』徐光（二十巻本）

また光は水害や旱害を予言したが、すべてたいそうよくあたった。（中略）その後、綝（孫綝：筆者注）は幼少のみかどを退位させ、代りに景帝を位につけたが、御陵へ参拝に行こうと車に乗ったとき、大風が吹いて来て車を揺り動かしたため、車がひっくりかえりそうになった。このとき光が松の木の上で手を打ちながらこちらを指さし、あざ笑っているのが、綝には見えたのである。そこで供の者にたずねたが、誰も見た者はなかった。それからまもなく、綝は景帝に殺された。

〔凡言水旱甚驗。（中略）及綝廃幼帝、更立景帝、将拝陵、上車、有大風盪綝車、車為之傾。見光在松樹上

拊手指揮嗤笑之、綝問侍従、皆無見者。俄而景帝誅綝。」★[22]

『世説新語』は、桓玄が徳のないことを自嘲する際の「嗤笑」であり、『捜神記』は高所から大風に吹かれて転倒しかかっている孫綝の滑稽な姿を除光が嘲笑したのであるが、文脈上は孫綝の後の運命を見通しての「嗤笑」であったと読み取れる。これら漢語にみえる「嗤笑」は、自嘲や嘲笑の意味として用いられていることが理解される。さらに、漢文文献に「嗤笑」の語を求めると、この語は仏典に多く見出されることが注目される。

A『菩薩本縁経』巻下・鹿品第七（『国訳一切経』印度・本縁八）

鹿王即便ち声を尋ねて之を求め、一人ありて水の為に漂はされ、復木石の為に楪触せられて多く苦悩を受くるを見る。（中略）「若し是の人をして陸地に在らしめんには、象の為に困しめらるゝとも、方便を為作して救護するを得べし。今は此の水に在り漂疾急速なり、我当に云何してか而も救抜するを得べけん。我設ひ水に入りて済ふ能はざらんには、一切聞知して当に嗤笑せらるべし、『自ら能はざるを知りつゝ何の故に水に入るや』と。」★[23]

B『賢愚経』巻第七・梨耆彌、七子の品第三十二（『国訳一切経』印度・本縁七）

時に婆羅門、復更に問ふて言く「何事を以ての故に衣を并せて水に入るや」と。時に女答へて言く「女人の身相には好悪有り、衣を褰《かか》げ水に入らば人の為めに見らる。相好ければ可し、好からざれば嗤笑ふ。是の事を以ての故に之を褰げず」と。

C『四分律』一七八単提法（『国訳一切経』印度・律二）

i爾の時、世尊、舎衛国祇樹給孤独園に在しき。時に六群比丘尼家業を営理して、舂磨《きゅうま》し、或は炊飯し、或は炒麦《しょうばく》し、或は煮食し、或は床臥具を敷き、或は地を掃き、或は水を取り、或は人の使令を受く。諸の居士見已りて皆共に嗤笑して言はく、『我が婦の家業を営理し、舂磨炊飯し、乃至人の使令を受くるが如く、此の六群比丘尼も亦復、是くの如し』と。時に諸の居士皆慢心を生じて復恭敬せず。（単提法の四）

ii爾の時、婆伽婆、舎衛国祇樹給孤独園に在しき。時に六群比丘尼手づから自ら紡績す。諸の居士見已りて皆共に嗤笑して言はく、『我が婦の如く紡績す。此の比丘尼も亦復是くの如し』と。諸の居士即ち慢心を生じ、恭敬の心あることなし。（単提法の四）

iii爾の時、婆伽婆、舎衛国祇樹給孤独園に在しき。時に六群比丘尼自ら身を荘厳し、髪を梳づり、香を身に塗摩す。諸の居士見て皆共に嗤笑して言はく、『我等の婦其の身を荘厳し、髪を梳づり、香を身に塗摩す、此の比丘尼も亦復是くの如し』と。便ち慢心を生じて恭敬せず。（単提法の七）

Aは、鹿王が激流で溺れている鹿を救うために思案するのであるが、助ける術がないのを知りつつ水に入ればきっと「嗤笑」されるであろうという。この「嗤笑」は、溺れている鹿を助けることもできず、さらに自らの身を危険にさらすことは愚かしい行為であるという世間の認識に思いを致してのものである。Bは、衣を着たまま河を渡った女性に婆羅門がその訳を尋ねたところ、女性は女の身体には善悪の相があり、衣を脱いで河を渡れば身体を見られてしまう。良相であればよいが、悪相であれば「嗤笑」されるために、衣を着て河を渡ったのだと説明する。この「嗤笑」は相手の容姿を卑下して馬鹿にする意であり、この女性は「嗤笑」されることを危惧し、あらかじめ回避できる智恵のある者として、婆羅門に評価されるのである。Cの三例は、いずれも比丘尼の行為に対して居士（在俗の仏道修行者）が「嗤笑」する例である。iは家政婦のように家業を営む者、iiは自ら紡績する者、iiiは美しく着飾り髪を整えて香を塗る者であり、そのような行いは居士たちの婦、在俗の女性と同等であるという。それ故、居士たちはそのような比丘尼の行いを敬わずに「嗤笑」するのであり、比丘尼の行いは厳しく戒められるのである。この「嗤笑」は、身分や立場に相応しくない行いに対する嘲弄であるといえよう。

以上のように、仏典にみられる「嗤笑」は世間の常識では愚かしいと思われる行為、或いはその容姿の醜悪さを嘲笑する意で用いられており、特にACの諸例においては、物事の道理をわきまえない行為について、他者がその行為を批判するという意味を含み持っている。この仏典を通して理解される「嗤笑」の意味、殊に他者による批判的な嘲笑である点は、当該左注の理解に重要であると思われる。

当該作品に立ち返れば、「角のふくれ」たような「下姓媿士」の求めを許した尺度の娘子は、児部女王に「愚」であるとして「嗤咲」される。この時の児部女王の「嗤咲」は、漢語・仏典語の「嗤笑」の意味、即ち世間の常識をわきまえない、道理を理解しない愚かな行為に対して批判的に用いているといえる。従って、女王は世間一般の価値観の中にあって、それを以てこの娘子を世間の道理を理解できない、愚かしい選択をした女性であると判断したのである。そこには、女王の常識から外れた選択をした娘子を批判し、嘲る気持ちが働いているといえるであろう。先に確認したように、当該歌は「角のふくれ」たような「下姓媿士」の容姿を揶揄したものであることは、他の嗤笑歌の例に通じるものである。しかし、左注の「嗤咲」はそのような男を選んだ娘子に対して向けられているのであり、この「嗤咲」のあり方は、『万葉集』の嗤咲歌一般の例とは一線を画すものである。それは、児部女王の「嗤咲」の理由が娘子の容姿や特徴ではなく、彼女の「愚」なる行為にあるからである。

四　「嗤咲」と「愚」の世界

ここまでの「嗤咲（嗤笑）」の検討によって、当該作品が他の嗤笑歌とは異なる事情の中に成立している可能性が導かれてきた。そこで次に問題となるのは、「嗤咲」される「愚」とは何かということである。巻十六には、当該作品以外にもう一人「愚」なる者が登場する。この愚人の在り方は、当該作品の「愚」を考える時に大きな示唆を与えてくれるものである。

梯立の　熊来のやらに　新羅斧　落し入れ　わし　懸けて懸けて　な泣かしそね　浮き出づるやと　見むわし（巻十六・三八七八）

右の歌一首は、伝へて云はく「或る愚人あり。斧を海底に墜して、鉄の沈みて水に浮ぶ理なきを解らず。聊かにこの歌を作りて、口吟みて喩すことを為しき」といへり。

右は、「能登国の歌三首」とある中の一首である。この左注に登場する「愚人」は、斧を海に落としたが、鉄は水に浮かないという道理を知らなかったという。先行研究においては、「聊かにこの歌を作りて、口吟みて喩すことを為しき」の主体を、愚人を嘲笑する第三者とみなす理解が大勢である。★[24]この「喩」は観智院本『類聚名義抄』に「タトヒ（「ヒ」の右傍「フ」）　サトル（「ル」の右傍「ス」）　ヲシフ」★[25]などと訓まれるため、右の歌は何かを教え諭すために詠まれた歌であることには違いない。しかし、愚人を嘲笑する第三者の歌とすると、歌の内容が水に入った斧が浮かんでこない「理」を教え諭すものでないこととの整合性がとれないことになる。この点に着目した新日本古典文学大系本は、愚人が「理に合わないことを得々と教え諭しているところに滑稽さがある」★[26]と述べており、文脈の理解としては妥当な意見であろうと思われる。

ここで注意すべきことは、「愚人」と「喩」との関係である。ここにみえる「或る愚人」の語について、新日本古典文学大系本は『出曜経』巻十六の「或有る愚人、師訓に遇はず、既に広く学ばず」の例を挙げて、仏典語であることを指摘している。また大谷雅夫氏は高橋虫麻呂歌集の「水江の浦島の子を詠める一首并短歌」に「世間之愚人乃」（巻九・一七四〇）とみえ、これが仏典語「世間愚人」であるという佐竹昭広氏の指摘を踏まえ、「愚人」「世間愚人」が『百喩経』に頻出する語であることを指摘している。[★27] たしかに、「愚人」という語は仏典に多くみられ、類語としては「愚闇」「愚者」「愚智」「愚癡」等が挙げられる。これらはいずれも愚かな人、智恵のない人のことを指し（中村元『佛教語大辞典』東京書籍参照）、仏教はこの愚闇や愚癡の蒙を開くために、様々な「喩」を用いることが多い。「喩」とは仏典において「所立の宗の義を暁明ならしむる為に用ふる譬況例證を云ふ」（望月信亨『佛教大辞典』佛教大辞典発行所）、「①譬喩。たとえ。②実例。人に教えるための実例。過去の物語などを例にとって説明すること」（中村元『広説佛教語大辞典』東京書籍）などとされ、先に大谷氏が指摘した『百喩経』には、この「愚」と「喩」を一対とした例話がある。

D『百喩経』巻一「愚人、塩を食ふ喩」（『国訳一切経』印度・本縁七）

昔、愚人有り。他家に至る。主人、食を与ふるに淡くして味無きを嫌ふ。主人、聞き已り更に為めに塩を益す。既に塩を得るに美し。便ち自ら念言へらく「美き所以は塩有るに縁る故なり、少しく有るも尚爾なり、況んや復多きをや」と。愚人、智無く便ち空しく塩を食ふ。食ひ已り口爽返し其の患と為りぬ。

譬ば彼外道、飲食を節め以て道を得べきを聞き、即便ち断食すること或は七日或は十五日を経て徒に自ら困餓するも道に益無し。彼の愚人塩の美きを以ての故に而も空しく之を食ひ口をして爽はしむるを致すが如く、此れも亦復爾なり。

右の例における愚人は、塩の効いた食事が美味であったことから、終に塩を食って病を得たといい、そのような智恵の無い者を「愚」と称するのである。『百喩経』には、このような「愚人」の物語りが九十八話にわたって記されている。各話の末尾には「喩」として、愚人の行いを仏教者や凡夫の行いに重ね、仏教の教えが説かれている。『百喩経』は仏教文学の中における譬喩経典の一つであり、『国訳一切経』の解題によると『百喩経』の各説話は「正しく喩の話とその喩が言ひ現はしてゐるもの即ち道徳的教訓の話か宗教的教誡の話かである。今、此処に述べる喩経も喩の話とその喩話が指示する佛教訓話との二部分から成り立つてゐる」と言い、さらに「然し多くの喩経中には前者の喩話のみ有し、後者の訓話の欠けてゐるものもある。百喩経に於ては、正規の形式を備へ必ず二部分から成り立つてゐる」[★28]のが特徴であるとされる。

このように、「喩」とは本来は愚人に正しい理（道徳的教訓・宗教的教誡）を提示することであるのだが、能登国の歌の左注にみえる「喩」は、愚人の誤った「喩」が歌として示されており、また逆に、この人物はこの「喩」の歌によって「愚人」と称されるのである。これは、「愚人」の行為と「喩」とが密接に結びついている例として注目されるべきものである。この能登国の愚人の歌の左注は、契沖『万葉代匠記』によって『呂氏春秋』の故事が指摘されている。『呂氏春秋』の該当部分を次に引用する。

楚人に江を渉る者有り。其の剣、舟中より水に墜つ。遽に其の舟に契みて曰はく、是れ吾が剣の従りて墜つる所なり、と。舟止まり、其の契みし所の者に従り、水に入りて之を求む。舟は已に行けども、剣は行かず。剣を求むること此の若きは、亦た惑はずや。（巻十五・察今）[★29]

これは、水に落とした斧（剣）を後に求めることができると信じているという点において、能登国の愚人の左注との類似性をみるのであるが、『百喩経』にもこれと類似する話が載る。

E 『百喩経』巻一「船に乗り釪を失ふ喩」（『国訳一切経』印度・本縁七）

昔、人有り、船に乗り海を渡る。一つの銀釪を失ひ水の中に墮す。即便ち、思念ひらく「我、今、水に画き記を作さむ。之を捨て而して去り後当に之を取るべし」と行くこと二月を経て師子諸国に到る。一河水を見て便ち其の中に入り本失ふ釬を覓む。諸人、問ふて言く「何の作す所を欲す」と。答へて言く「我、先に釬を失ふ。今、覓め取らむと欲す」と。問ふて言く「何処に於て失ふ」と。答へて言く「初め、海に入りて失ふ」と。又復、問ふて言く「失ふて幾時を経たる」と。言く「失ふて来二月なり」と。問ふて言く「失ふて来二月、云何が此れを覓めむ」と。答へて言く「我、釬を失ひし時水に画き記を作す。本画く所の水此と異ること無し。是の故に之を覓む」と。又復問ふて言く「水別ならずと雖も汝昔失ふ時乃ち彼に在り。今、此に在り、覓むるも何に由り得可けむ」と。爾の時衆人、大笑せざるは無し。

亦、外道、正行を修せず相似の善中横《よこしま》に計り苦困し以て解脱を求むるが如きは猶し愚人釬を彼に失ひ此に於て覓むるが如し。

この話は、ある人が海中に銀釬（銀の食器）を落としてしまったが、水に印を付けたので後に食器を得ることができると思い、二ヶ月後にセイロン諸国に至り、河の中に入って失くした食器を探し始めた。そしてその訳を尋ね知った諸人に大笑いされたというものである。この人は喩において「愚人」であると評され、そのような行為は外道の行いに等しいと説かれている。能登国の愚人の話については、諸注釈書においても先の『呂氏春秋』の故事が指摘されているのだが、水に落とした鉄を再び得られると信じている点に加え、それが「愚人」とされる点、さらに「愚人」の物語りを「喩」とする点が重なることから、『万葉集』の「愚」と『百喩経』との関係は無視できないであろう。

こうした「愚人」が「嗤笑」され、それを「喩」とする物語りは『百喩経』に数多く載り、『百喩経』において「愚」と「嗤笑」とが一対の関係であらわれることは注目される。これは、当該の娘子が児部女王に「愚」として「嗤咲」されたことと重なり合う問題であろう。そこで、当該作品の「愚」と「嗤咲」を考えるために、『百喩経』において「愚」と「嗤笑」が一対であらわれる話の一例を検討してみたい。

F『百喩経』巻一「三重の楼の喩」（『国訳一切経』印度・本縁七）

往昔の世、富みて愚の人有り。癡にして知る所無し。余の富家に到り三重の楼を見る。高広、厳麗、軒敞《あらわ》れ疎朗にして心に渇仰を生ず。即ち是の念を作さく「我に、財銭有り彼より減ぜず。云何が頃来而も是の如きの楼を造作せざりしや」と。即ち、木匠を喚び問ふて言つて曰く「彼の家の端正の舎を作るを解するや不や」と、木匠、答へて言く「是れ、我が作る所なり」と。即便ち語りて言く「今、我が為めに楼を造り彼の如くすべし」と。是の時、木匠即便ち地を経《はか》り墼《しきがわら》を壘《かさ》ね楼を作る。愚人、其の墼を壘ね舎を作るを見て猶疑惑を懐き了知する能はず。而して之に問ふて言く「何等をか作らむと欲するや」と。木匠、答へて言く「三重の屋を作る」と。愚人、復言く「我、下の二重の屋を欲せず。先に我が為めに最上の屋を作る可し」と。木匠、答へて言く「是の事有ること無し。何ぞ最下重屋を作らずして彼の第二の屋を造り得ること有らむ。第二を造らずして云何が第三重屋を造り得む」と。愚人、固く言ふらく「我、下の二重屋を用ひず。必ず我が為に最上の者を作る可し」と。時の人聞き已り便ち怪笑を生じ、咸、此の言を作さく「何ぞ下の第一屋を造らずして上者を得ること有らむ」と。

譬へば世尊の四輩の弟子の如し。精勤して三宝を修敬すること能はず、懶惰《らいだ》、懈怠《けたい》にして、道果を求めむと欲して是の言を作さく「我、今、餘の下三果を用ひず、唯、彼の阿羅漢果を得むと欲す」と。亦、時人の嗤笑する所と為る。彼の愚者等の如く異り有ること無し。

G『百喩経』巻一「黒石の蜜漿を煮る喩」

昔、愚人有り、黒石の蜜を煮る。一富人有り、其の家に来至る。時に此の愚人、便ち是の念を作さく「我、今、当に黒石の蜜漿を取り此の富人に与ふべし」と。即ち、少しの水を著け用つて火中に置く。即ち火上に於て扇を以て之を扇ぎ冷しむるを得むことを望む。傍人、語りて言く「下に火を止めず、之を扇ぐことを已めずむば云何が冷すを得む」と。爾の時、衆人、悉く皆嗤笑せり。

其れ、猶外道、煩悩熾然の火を滅せず少しく苦行を作し棘刺の上に臥し、五熱身を炙つて清涼、寂静の道を望むも終に是処無し。徒に智者の怪笑する所と為り苦の現在を受け殃来劫に流る。

Fは、他人の三重の楼を羨んだ愚人が、職人に同じ楼を造るように命じた。しかし、愚人は下の二重の楼は必要ないから最上階の楼だけを造るように命じ、職人がいくら説明しても愚人は頑なに最上階だけを造れと言い張ったという。Gは、愚人が黒石の蜜を煮ている時に、鍋の下の火を止めないで上から扇であおいで冷まそうと必死になっているというものである。FGの愚人は、いずれも「時人」や「衆人」に「嗤笑」されるのであり、それは彼らの行為が世間の常識では考えられない、物事の道理をわきまえない無智な者であったために、嗤笑される対象となったのである。このように、「嗤笑」されることと「愚」であることは一体の関係にあり、仏典においてはそれらを例話とし、「喩」として仏教の教えを説くのである。

当該作品に立ち返れば、児部女王は娩士を選んだ娘子の「愚」を、歌をもって「嗤咲」した。これはFGでみた仏典の「愚」と「嗤笑」の在り方と重なり合うものである。それは、当然誰しもが求めて際限のない「美麗」なるもの——「高姓美人」を選ばずに、「角のふくれ」た「下姓娩士」の求めに応じたことであり、女王は娘子を世間の道理や常識を理解できない者として「嗤咲」し、「愚」なる者であると評したのである。

では、この時の児部女王が拠り所とした世間の常識とは、一体何であったのだろうか。その参考となるものに、『全後魏文』の「貴族不婚卑姓詔」(文帝)が挙げられる。そこには「夫婚姻者、人道之始、是以夫婦之義、三綱之首、礼之重者、莫過于斯、尊卑高下、宜令区別（中略）今制皇族、師伝、王公侯伯及士民之家、不得与百工、伎巧、卑姓為婚、犯者加罪（魏書文成紀）[★30]とあり、皇族や貴族が卑姓の者と結婚することを戒め、それを罪とするものである。この全後魏文の例を直接の根拠とするのではないが、ここからは身分ある者は相応の身分の者との婚姻が求められたことが窺え、児部女王もそのような価値観によって娘子の選択を「愚」としたのであろうことは想像に難くない。尺度の娘子がどの程度の身分であったかは不明であるが、「高姓」「下姓」は彼女の身分を基準にした表現と思われ、その選択は児部女王の常識から逸脱したものであったのである。さらに、『万葉集』において男性の価値を示す言葉を求めると、「容姿佳麗」（巻二・軽太子）、「容姿佳艶、風流秀絶」（巻二・大伴田主）などが挙げられる。容姿端麗で、その上に風流を解する人物が優れた男性とされたのである。『万葉集全解』は「高貴であればあるほど容姿も整い、りっぱであるというのが当時の社会通念[★31]」であると述べており、当時の世間一般の常識からすれば、「高姓美人」を選ぶのが当然であるというのが児部女王の立場であったと考えられる。この児部女王の立場は、社会の規範や制度に基づく生き方であり、結婚する時には親の決めた相手や、親の意向のままに生きる生き方であるといえるであろう。その立場に身を置く女性ならば、当然「高姓美人」の「誂」を許すはずであり、その常識を逸脱することは、まさに「嗤咲」されるべき「愚」であったのである。

これまでみてきたように、『百喩経』において嗤笑されるべき愚者の行為は、何らかの「喩」を抱えていた。愚者と喩が結びつき得ることは能登国の愚人の例話によって明らかであり、当該の娘子の「愚」と児部女王の「嗤咲」を語る左注にも、「喩」としての意味が認められるはずである。そしてこの「喩」は、当該歌の〈由縁〉として理解することが可能であると思われる。それは児部女王と尺度の娘子をめぐる事実譚的な逸話であるよりも、女性の結婚にまつわる一種の比喩による教訓的例話として語られたものと推測される。その教訓的な性質は、

「高姓美人」と「下姓媿士」という極端な対比にあらわれており、その二人の男により「誂へ」られて、予想外にも「下姓媿士」を選んだという娘子の選択の異常性を引き合いに出すことに示されている。このような選択は、当然のこと世間の常識から外れた愚行であり、世間の笑い者になるのだという教訓が込められているものと考えられる。女性の結婚は親や親族に決定権のあった時代において、自らの意志で男性を選択すること自体が「嗤咲」されるべき「愚」なる行為であったとも考えられる。児部女王の立場に立てば、結婚による女の幸福は実利的な価値に基づいているのである。それは一つの比喩としての結婚の教訓話であり、しかも、それは児部女王の立場からすれば、世間の笑い話の一つでもあったのである。『百喩経』における「喩」が「道徳的教訓」でもあったことからすれば、当該左注が記された意図には「喩」という性格も認められ、それは教訓的な例話として人々の口上にのぼった〈今物語り〉であったと位置付けることが可能であろう。

五　結

本論は、「児部女王の嗤へる歌」とその伝えをめぐって、娘子の「愚」を「嗤咲」することがいかなる〈由縁〉として成立しているのかについて考察した。当該歌の伝えには、娘子が二人の男に「誂へ」られたとあり、この物語りは二男一女型の妻争いを背景に持ちながら成立しているといえる。ただし、この娘子が一方の男を選択したことによって、従来の話型からの逸脱を読み取ることができる。しかも、その娘子の選択は児部女王によって「愚」であるとして「嗤咲」されるのである。

この「嗤咲」は漢語にみる「嗤笑」と同義と考えられるが、「嗤咲」の語は漢語のみならず、むしろ仏典語に散見される語である。仏典語における「嗤笑」は、世間の常識から外れた、道理をわきまえない愚かしい行為に向けられる笑いであり、当該の児部女王も、彼女の常識からは考えられない選択をした娘子を「愚」であるとして「嗤咲」したのである。仏典において、この「愚」と「嗤笑」は一対の関係にあり、殊に『百喩経』には、「愚」である者の例話を「喩」として「嗤笑」する話を多く載せる。『百喩経』に登場する愚人は、世間の価値観や常識、物事の道理を理解しない、愚かな者であるが故に嗤笑されるのであり、それらは仏教の教えを説くための例話として描かれる。これらは「喩」として説かれており、「愚」と「喩」の関係としては『万葉集』巻十六の能登国の歌の左注に、「愚人」と「喩」が結びついた例話が載る。当該作品（愚・嗤笑）と能登国の歌の左注（愚・喩）、そして『百喩経』の在り方を総合すると、《愚―嗤笑―喩》の連関は切り離せない関係にある。それゆえ、当該作品の児部女王に「愚」として「嗤咲」される娘子の物語りも、ある「喩」を抱えているとみることができる。それは、女性の結婚にまつわる教訓的例話としての「喩」であったと推測され、二人の男に求められた時には条件の良い男性を選ばないと、世間から「愚」なる女性として「嗤咲」されるのだという戒めの話としても存在したであろうし、当時もてはやされた笑い話の〈今物語り〉の一つとして読み解くことも可能となるのである。

この「喩」としての性格は、そのまま当該歌の〈由縁〉として捉えることができるであろう。ただし、それは児部女王を主体とする〈由縁〉の在り方である。先に中西進氏が尺度の娘子に対して「外的条件よりも精神の幸福を信じた」女性であると評したことを鑑みるならば、尺度の娘子の側からみた別の〈由縁〉の理解が存在するのではないだろうか。児部女王が実利的な価値に基づく結婚を最善とする女性であるのに対し、尺度の娘子は「精神の幸福」に最も価値を見出す女性であった。それを端的に示すのが、外的条件である「高姓美人」と「下姓媿士」の対比であり、それは実利的条件と精神的条件の対比へと写し取られている。この時の娘子の「愚」なる選択は、結婚に対する価値観に多様性の存在することを示しているのであり、外的条件に基づかない、真の愛情に価値を見出す女性の登場であるといえる。そしてこの娘子が自らの意志で「下姓媿士」を選択したことによって、女性が自らの意志で、自らの価値観によって人生を選択するという生き方を獲得しているという〈由縁〉としても、成立しているといえるのではないだろうか。

注

1 『万葉集』の引用は中西進『万葉集 全訳注 原文付』（講談社文庫）に拠る。以下同じ。
2 『説文解字 附検字』（一九七二年、中華書局）。以下『説文解字』の引用は同書に拠る。
3 中西進「愚の世界―万葉集巻十六の形成―」（『国語国文』三十六巻五号、一九六七年五月。後、『万葉論集』第六巻、一九九五年、講談社に収録）。なお、引用文中における「第一部」については、本論「序論iii」参照。
4 中川ゆかり「播磨国風土記の一特徴―『誂』で表わされる求婚をめぐって―」（『風土記研究』二十九号、二〇〇四年九月。後、『上代散文 その表現の試み』二〇〇九年、塙書房に収録）。以下、中川氏の論の引用は同論に拠る。
5 『契沖全集』第六巻（一九七五年、岩波書店）。以下『万葉代匠記』の引用は同書に拠る。
6 全釈漢文大系『戦国策上』（一九七五年、集英社）。
7 武田祐吉『増訂 万葉集全註釈』第七巻（一九五六年、角川書店）。
8 『日本書紀』の引用は、日本古典文学大系本（岩波書店）に拠る。以下同じ。
9 西角井正慶「誹諧歌とその作者」（『万葉集大成』第九巻、一九五三年、平凡社）。
10 釜田喜三郎「万葉集の滑稽歌」（『国文学 解釈と教材の研究』四巻一号、一九五八年十二月）。
11 長谷川政春「〝笑い〟の文学の一考察―万葉集巻十六の戯笑歌から―」（『文学・語学』五十四号、一九六九年十二月）。長谷川氏が指摘する折口論は『折口信夫全集』第十巻（中央公論社）、柳田論は『定本柳田国男集』第七巻（筑摩書房）に拠る。

12 紀州本・西本願寺本ほか「ヨキモノノ」、童蒙抄「ウマヒトハ」、万葉考・古義・窪田評釈・武田全註釈・日本古典文学大系本・日本古典文学全集本ほか「ウマシモノ」、井上新考・澤瀉注釈・講談社文庫本・全解「クハシモノ」、新日本古典文学大系本「かほよきは」などがある。

13 ⑴神の例は、大物主神に対して「美麗之威儀」「美麗小蛇」（崇神天皇十年九月条）とあり、また石神が「美麗童女」と化した例（垂仁天皇二年条）がある。⑵美景の例は、景行天皇の「望」において「其山峯岫重畳、且美麗之甚」（景行天皇十八年七月条）とあり、⑶天皇の例は、仁徳天皇を「貌容美麗」（即位前紀）、反正天皇を「容姿美麗」（即位前紀）と表現している。また、掲載例以外の⑷美女の例は、山背大国不遅の女・綺戸辺が「姿形美麗」（垂仁天皇三十四年三月）と称された例がある。

14 類聚古集・古葉略類聚抄・尼崎本・広瀬本「ナニソモアカテ」、西本願寺本ほか「ナソモアカヌヲ」、神宮文庫本「イツクモアカヌヲ」、代初「いつくあかぬを」、古義・武田全註釈・日本古典文学大系本・澤瀉注釈ほか「イヅクアカジヲ」、日本古典文学全集本・完訳日本の古典・新編日本古典文学全集本・新日本古典文学大系本「いづくもあかじを」、日本古典集成本・釈注「いづくかあかじ」などがある。

15 「何処」を不特定の場所や物とする説に、総釈・窪田評釈・日本古典全書本・武田全註釈・佐佐木評釈・澤瀉注釈・釈注・全歌講義などがあり、不特定の人物を指すとする説に童蒙抄・日本古典文学全集本・講談社文庫本・完訳日本の古典・新編日本古典文学全集本・新日本古典文学大系本・全解などがある。

16 井上通泰『万葉集新考』第六巻（一九二八年、国民図書株式会社）。

17 『賀茂真淵全集』第五巻（一九八五年、続群書類従完成会）。

18 鴻巣盛広『万葉集全釈』五冊上巻（一九五七年、広文堂）。

19 日本古典文学全集『万葉集 四』（一九七五年、小学館）。

20 『懐風藻』の引用は、辰巳正明『懐風藻全注釈』（二〇一二年、笠間書院）に拠る。

21 新釈漢文大系『世説新語 下』（一九七八年、明治書院）。

22 『捜神記』（二十巻本）は現代語訳を東洋文庫『捜神記』（一九六四年、平凡社）に拠り、漢字本文は『捜神記・世説新語 上』（世界書局）に拠り、〔 〕内に提示した。なお、引用した孫綝の話の前段では、除光が綝の門前を通りかかった時に、「血の匂いがする」と言って唾を吐き散らし、それに腹を立てた綝に殺されたが、血が流れなかったという話が載る。

23 『国訳一切経』の引用は、大東出版社刊行本に拠る。以下同じ。

24 例えば、澤瀉注釈は「愚人の愚行を嘲笑した意味が示されてゐる」とし、日本古典集成本は訳文で「周りの人が、慰みにこの歌を作って吟み、当てこすってやった」とし、全歌講義では「諭しているのではなくからかっている表現」と解釈している。

25 正宗敦夫校訂『類聚名義抄』（一九五四年、風間書房）。

26 新日本古典文学大系『万葉集 四』（二〇〇三年、岩波書店）。以下の引用は同書に拠る。なお、新日本古典文学大系本はこの箇所について、「一般に、この歌は、斧を落として泣く愚人を諭したものと理解される。しかし、それならば、『斧が浮き出るか見よう』という歌の結びは、嘲弄でこそあっても、愚人への『喩』とは言えない」とし、「聊」の用字は前後の動詞の主体を同じくすることを踏まえて、この歌は愚人の作であることを指摘する。また、井上新考は「愚人が人の斧をおとしたるを見て鉄の沈めば水に浮ぶ理なきを知らで此歌を作りて斧をおとしたる人を慰めたるなり」と述べている。

27 大谷雅夫「万葉集と仏教、および中国文学」（新日本古典文学大系『万葉集 四』二〇〇三年、岩波書店）。

28 『国訳一切経』印度撰述部・本縁部七『百喩経』解題（一九三四年、大東出版）。

29 新編漢文選『呂氏春秋 中』（一九九七年、明治書院）。

30 『全上古三代秦漢三国六朝文』第八巻〈陳・後魏〉（河北教育出版）。なお簡体字は常用漢字に改めた。

31 多田一臣『万葉集全解』第六巻（二〇一〇年、筑摩書房）。

初出論文一覧　既発表論文を本書に掲載するにあたり、加筆訂正した。

序論
　書き下ろし
第一章　磐姫皇后と但馬皇女の恋歌の形成――〈類型〉と〈引用〉の流通性をめぐって――
原題「朝川を渡る女――但馬皇女物語の形成――」　平成二十四年度上代文学会春季大会口頭発表（二〇一二年五月）
原題「恋の凱歌――追いかける女の歌の形成――」國學院大學大学院上代歌謡研究会編『上代歌謡研究　Ⅲ』（二〇一五年二月）
第二章　桜児・縵児をめぐる〈由縁〉の物語り
原題「桜児物語――『万葉集』にみる女性の悲劇的な死の理由――」　『水門』23号（二〇一一年七月）
第三章　真間手児名伝説歌の形成――歌の詠法を通して――
原題「真間手児名伝説歌の形成――『過』と『詠』の方法を通して――」　『水門』25号（二〇一三年十一月）
第四章　嫉妬と怨情――古代日中文学の愛情詩と主題の形成――
原題「嫉妬と怨情――古代日中文学の愛情詩――」　中国南開大学国際シンポジウム口頭発表及び論文発表（二〇一二年九月）
第五章　怨恨歌の形成――〈棄婦〉という主題をめぐって――
原題「『万葉集』巻十六の怨恨の歌――〈棄婦〉という新たな主題をめぐって――」　『國學院雜誌』115巻7号（二〇一四年七月）

第六章　「係念」の恋——安貴王の歌と〈今物語り〉——

原題「『係念』の恋——安貴王作歌の位置付け——」平成二十五年度全国大学国語国文学会夏季大会口頭発表（二〇一三年六月）

第七章　「係恋」をめぐる恋物語りの形成——「夫の君に恋ひたる歌」をめぐって——

原題「万葉集にみる『係恋』——『夫の君に恋ひたる歌』をめぐって——」『東アジア比較文化研究』13号（二〇一四年六月）

第八章　愚なる娘子——「児部女王の嗤へる歌」をめぐって——

原題「児部女王の嗤ふ歌——『万葉集』巻十六の『愚』なる娘子をめぐって——」『國學院大學大學院紀要　文学研究科』45輯（二〇一四年三月）

おわりに

本書『万葉集の恋と語りの文芸史』は、〈文芸史〉という方法のもとに、『万葉集』に詠まれた古代の人々の心の在り方を、一つの歴史として捉えようとしたものである。人はなぜ自らの心のうちを歌に詠み、他者と歌をとおして交わり、そしてそれを文字という方法で残そうとしたのか。その謎を解こうとする時の最良の素材が『万葉集』の恋の歌であり、最も難しいテーマであったと思う。『万葉集』の恋歌は、声のテキストの段階と文字のテキストの段階が複雑に入り交じり、一筋縄ではなかなかその正体を明かしてはくれない。作品はあくまでも人間が生み出した虚構の世界ではあるが、そこに人間の〈心〉を捉えようと努めなければ、作品を理解したといえるのだろうか。と同時に、本書では論証に多くの漢文文献や仏教経典を用いたが、それらは単なる語彙の出典にとどまらず、作品の形成に深く関与している状況が明らかになった。このことからすれば、出典論から作品論への展開が求められており、作品の〈心〉と出典がいかに呼応しているのかを解き明かすことが今後重要な課題となるであろう。本書が目指したのは、この意味からの作品論でもあった。が、まだまだ至らない点や、説明の荒い点が多々存することと思う。ご叱正を請う次第である。

古典文学との出会いは、中学生の時の『竹取物語』であった。授業で冒頭部分を音読し、その音の美しさに魅了された。古代の美しい言葉を学びたい。その思いから、高校時代は意味もわからないまま古典文学を読んだ。

古代の人々の声に心を向け、美しい言葉で溢れている古典文学を読んでいる時間は、何にも代え難い至福の時間だった。國學院高校に通っていたわたしには、國學院大學へと進学することに何の迷いもなかった。古典を学ぶのに最適の大学と思ったあの時の判断は、間違っていなかった。学部時代は、故青木周平先生のもとで『万葉集』を学んだ。青木先生には研究の楽しさと基礎を教えていただいた。大学院へ進学することも、わたしの中では自然のことであったが、青木先生には、修士一年生の秋にお別れをしなければならなかった。研究の道を志そうとした矢先の出来事であり、その道が途絶えたかに思えた絶望の時期であった。しかし、その後辰巳正明先生のご指導を受け、辰巳先生の壮大な『万葉集』論に、自分の世界の狭さを痛感した。背中を押してくれる先輩にも恵まれ、無事博士課程へと進むことができた。

本書は、大学院時代の七年間の成果をまとめた、課程博士論文をもとに執筆している。わたしの学位審査をしてくださった、主査の辰巳正明先生、副査の菊地義裕先生、上野誠先生、谷口雅博先生には、深く御礼申し上げる。また、大学院時代にわたしの研究を支えてくださった國學院大學の先輩や後輩、諸先生方にも感謝申し上げる。そして、本書を書き上げることができたのは、ひとえに辰巳先生のおかげである。先生なくして、本書の刊行も、学位も、今のわたしもなかった。

後期課程に入ってからというもの、不真面目なわたしは寄り道ばかりしてしまった。先生からのご叱責で、ようやく博士論文を意識しはじめたのは、後期三年生の頃だ。この頃、逃げ回っていた漢文文献の世界へ足を踏み入れた。そこには、とてつもなく素晴らしい世界が広がっていた。博士論文を書き上げようと心を入れ替えてからは、いつも辰巳先生の後に付いてまわった。辰巳先生と通った東横線G駅の喫茶店では、たくさんの思い出がある。そこで交わした先生との多くの会話は、わたしの一生の財産である。

辰巳先生には、多くのことを教えていただいた。文学を研究するということは何か、そして『万葉集』が一生をかけるに値する作品であることに気づかせてくださったのも、先生だ。今でもはっきりと覚えているのが、修士一年生の時のはじめての研究発表の授業のあと。辰巳先生に「大谷さんの研究は、人類を平和にしますか?」と問いかけられた。凡愚なわたしは、この先生はなにをおっしゃっているのだろう、と思った。だが、その後先生の教えを受け、今では少しばかりその意味がわかる気がする。小さな世界に閉じこもっていては、文学研究とはいえないのだということ、そして文学研究は人間学に根ざすべきであるということだったのだろう。本書がどこまでその答えになっているかはわからないが、これが今のわたしの精一杯である。先生からいただいた、たくさんの希望に満ちた宿題に、一つ一つ、時間をかけて答えてゆきたい。先生へ感謝の気持ちを伝え、先生のご学恩に報いるには、その方法しかないと思う。いましばらく、見守っていただきたい。

幸いなことに、今わたしは渋谷の学舎を離れ、『万葉集』が産声をあげた場所、奈良県の明日香で仕事をすることができている。新しい環境で、そして『万葉集』の原点の地で、研究者としてスタートを切れることを本当に嬉しく思う。まだまだ半人前のわたしをあたたかく迎えてくださった同僚と職場の皆様に、感謝申し上げる。

本書の表紙に、驚かれた方も多いのではないかと思う。表紙の絵は、十八世紀のフランスの小説家、ベルナルダン・ド・サン=ピエール著の『ポールとヴィルジニー』という、悲恋物語りの小説の挿絵として書かれたものである。男が女を背負って川を渡ろうとするこの絵は、まさに『伊勢物語』の芥川を彷彿とさせる。本書でも、但馬皇女の「朝川渡る」を考察した。ここには、男女の恋にまつわる川渡りが、悲恋物語りの普遍的なモチーフであったことが示されていよう。その意味で、『万葉集』は世界文学と充分に向き合うことのできる作品であり、そうあるべきだと思うわたしの願いもあり、本書の表紙にふさわしいものと考えた。

　本書は、辰巳正明先生と谷口雅博先生のお力添えをいただき、國學院大學課程博士論文出版助成を頂戴して出版されている。國學院大學と、刊行をお引き受けくださった笠間書院の池田圭子社長、橋本孝編集長、編集をご担当くださった重光徹氏に、深く御礼申し上げる。また、本書の校正は、大学院時代の後輩である大塚千紗子・小野諒巳・神宮咲希の諸氏にお願いした。忙しい中ご協力いただき、感謝申し上げる。

　最後に、これまでわたしを支えてくれた家族に御礼を言いたい。自分のことはあまり喋らず、心配ばかりかけた娘であったと思う。家族の支えなくして、学位取得も本書の出版も、叶えることはできなかったであろう。いつも応援してくれる弟からもらった学位取得祈願のだるまは、わたしの宝物だ。本書の刊行が、少しばかりの孝行になればと思う。

平成二十七年十二月　　蒼天の日　飛ぶ鳥の明日香の里にて　　大谷　歩

事項索引

カ

キ

ク

ケ

ス

セ

ソ

タ

チ

著者略歴

大谷　歩（おおたに・あゆみ）

1986年　宮城県仙台市に生まれる
2008年　國學院大學文学部日本文学科　卒業
2010年　國學院大學大学院文学研究科文学専攻博士課程前期　修了
2015年　國學院大學大学院文学研究科文学専攻博士課程後期　修了
学位取得　博士（文学・國學院大學）
現在、奈良県立万葉文化館研究員

共著に『古事記歌謡注釈　歌謡の理論から読み解く古代歌謡の全貌』（辰巳正明監修、2014年、新典社）がある。

万葉集の恋と語りの文芸史

2016年（平成28）2月28日　初版第1刷発行

著者　大谷　歩

装幀　笠間書院装幀室
発行者　池田圭子

発行所　有限会社 **笠間書院**
〒101-0064　東京都千代田区猿楽町2-2-3
☎03-3295-1331　FAX03-3294-0996
振替00110-1-56002

ISBN978-4-305-70796-3　組版：ステラ　印刷／製本：モリモト印刷